Pausch Siedau

Todesbeichten
Kriminalroman

federfrei
www.federfrei.at

Marchtrenk, 2011
www.federfrei.at

Umschlagabbildung: © K.-U. Häßler,
Janaka Dharmasena, Fotolia
Lektorat: Lektorat Stefanie Bähr, Saarbrücken
Satz und Layout: Verlag Federfrei
Druck und Bindung: Finidr s.r.o., Tschechische Republik

ISBN 978-3-902784-05-6

Sämtliche Protagonisten dieses Romans, ihre Namen und ihre Handlungen sind frei erfunden, etwaige Ähnlichkeiten mit lebenden oder verstorbenen Personen nicht beabsichtigt.

Kapitel 1

»Mei letzte Halbe noch, dann geh i's an!«, raunzte der Mann in Schwarz dem Wirt zu. Dann wandte er sich wieder an die illustre Runde am Stammtisch.

Der ortsbekannte Wirt zapfte dem kleinen, hageren, ortsbekannten Totengräber mit den knochigen Wangen widerwillig noch ein Bier, brachte es aber nicht an den Tisch, sondern stellte es am Ende der Bar auf einen ziemlich abgegriffenen Bierdeckel. Die ortsbekannten Versammelten verstummten. Der Hagere, der mit seinem Buckel zur Bar saß, konnte in den Gesichtern seiner Gegenüber erkennen, dass der Wirt hinter seinem Rücken offenbar eine abfällige Geste über seine Person gemacht hatte. Langsam drehte er sich, auf dem Stuhl sitzend, um. Mit einem Knopf der Rückenspange seines schweren, bodenlangen Mantels blieb er dabei an einem geschnitzten Ornament des alten, aus viel zu dunklem Holz gemachten Wirtshaussessels hängen. Er grinste hämisch zum Wirt hinüber, dann erblickte er das Bier am anderen Ende des Tresens. Es schäumte noch immer über. Die frische Kohlensäure stieg vom Boden des Glases blitzschnell in Hunderten von Bläschen an die Oberfläche.

Bei dem Anblick des frisch gezapften Bieres rann dem kleinen, glatzigen Mann etwas Speichel aus dem Mund. Der verfing sich aber gleich in den Bartstoppeln. Das Grinsen wurde nun noch breiter, so dass auch die hinteren, allesamt plombierten Backenzähne in Erscheinung traten. In Kombination mit den gelblich schimmernden Schneidezähnen an vorderster Front ergab das ein schockierendes Bild. Nicht nur für jeden Dentisten. Einen Zahnarzt hatte dieser Mann schon seit Jahren nicht mehr gesehen. Hätte er jemals wieder einen aufgesucht, dann hätte dieser wohl sofort die Kamera gezückt, um Fotos für ein Fachjournal zu schießen

– als abschreckendes Beispiel für dentale Verwahrlosung. Immer noch machte er keine Anstalten, die Spucke wegzuwischen, im Gegenteil, sein Blick schweifte langsam wieder zurück zum Wirt, der entspannt an der Bar lehnte und die frisch gespülten Gläser abtrocknete. Kein Wort durchbrach dieses Szenario. Mit einem leisen Krächzen erhob sich das knochige Geschöpf. Die ebenfalls zu großen Stiefel zog es am Boden nach, genauso wie den Wirtshausstuhl, an dem sich der Knopf verfangen hatte. Um das lästige Beiwerk loszuwerden, schlug der Totengräber nun wie ein wild gewordenes Ross mit dem Fuss aus. Dabei verlor er Lehm und Erde und zu guter Letzt auch den Stuhl. Die entstandene Dreckspur reichte nun vom Tisch bis zum Platz am Tresen, wo das Bier stand. Gerade als er nach dem Glas greifen wollte, setzte der Wirt drei große Schritte hinter der Bar nach vor und zog das Glas grinsend noch mal zurück. So eine Spritzigkeit hätte man dem »Baucherten« hinter der Bar nicht zugetraut.

»Und, wie schaut's aus? Wer zahlt diesmal die Zech? I brauch an Namen, damit ich's aufschreiben kann.«

Der Totengräber setzte seinen Hut auf und stellte die Kragenkrempe des Mantels hoch. »Schreib's auf der Schraglgschwandtner Mena ihren Leichenschmaus. Morgen um halb drei kommt die Bagasch, da fallen a paar Halbe mehr oder weniger nit auf!«

Nun grinsten beide. Der Wirt schob ihm die Halbe wieder zurück und ergänzte: »So groß ist die Angehörigenschar aber nicht, vielleicht fallt's ja doch einmal auf.«

Das Grinsen der beiden steigerte sich nun in ein dämliches, künstliches Lachen, in welches die Stammgäste einfielen. Sie amüsierten sich köstlich auf Kosten einer Toten und derer Hinterbliebenen. Nichts Ungewöhnliches beim Wirten in Hinterstein. Gut gelaunt und mit einem großen Schluck aus dem Bierglas öffnete der Totengräber nun die schwere Eingangstür des Gasthofes. Die Versammelten am Tisch riefen ihm noch nach:

»Tu nimmer z'viel, Stoff!« Und der Wirt ergänzte: »Und des Glasl bringst ma wie immer morgen vorbei.«

Stefan Gruber, der Totengräber von Hinterstein, winkte mit seinen krummen Fingern noch einmal bei der Tür herein, ehe er draußen im Finstern mit dem Bier verschwand. Er wusste, dass die Zurückgebliebenen beim Wirten nun Scherze über ihn machten. Aufgrund einer Kniegelenkserkrankung im Kindesalter konnte er körperliche Tätigkeiten nur unter Schmerzen und sehr langsam ausführen. Das brachte ihm seinen Spitznamen und blöde Sprüche ein.

»Dem Gruber Stefferl seine Löcherl, grabt er des Nachts mit an Löfferl!« Oder: »Grabt der Gruber Stoff a Loch, bleibt's a paar Tag lang off!«

Solche oder ähnliche, aus seiner Sicht völlig niveaulose und gemeine Sager würde man nun unter großem Gelächter im Wirtshaus zum Besten geben. Das wusste er. Trotz dieser Demütigungen und trotz seiner schmerzhaften Arthrose war er an diesem Abend bestens gelaunt. Fast schon glücklich. Den Grund dafür kannte aber nur er, und er behielt ihn auch wie ein Geheimnis für sich.

Mit der Melodie von »Spiel mir das Lied vom Tod« auf den Lippen querte er nun den Marktplatz vor dem Wirtshaus hinüber zu den Stufen, die zum Friedhof und zur Kirche hoch führten. Durch seine Krankheit konnte er die Füße nur minimal vom Boden anheben, weil seine Knie zu starr waren, deshalb tschetschte er auch lieber des Nachts in Hinterstein herum. Tagsüber zog er sich zurück, denn es war ihm peinlich, wenn ihn die ortsbekannten Kinder als »Glöckner von Notre Dame« verspotteten. In der Nacht aber hatten die Kinder zu schlafen und konnten ihn nicht hänseln. Wenn seine schleifenden Schritte zu später Stunde aber die ortsbekannten Hunde im Ortszentrum aufweckten, dann wussten auch die letzten Einwohner Hintersteins, dass am nächsten Tag eine Beerdigung stattfinden würde, wenn sie es nicht ohnehin schon von anderen Quellen erfahren hatten.

Die Grabmäler grub der Gruber jedenfalls nächtens. Dabei zogen seine schleifenden Gummistiefel verheerende Spuren durch den Kies am Friedhof. Er musste sie nach getaner Arbeit dann frühmorgens mit einem Rechen noch rücklings beseitigen. Am Tag wäre das aufgefallen, aber im Schutze der Dunkelheit bemerkte es außer ihm selbst niemand. Der Stoff hasste jedwede Graberei untertags. Mehr noch hasste er aber Begräbnisse, bei denen er anwesend sein musste. Das kam zum Glück nur selten vor. Manchmal machte ihm der Regen einen Strich durch seine Gewohnheiten. Nasser Boden bricht nämlich leicht ein, und dann sind die offenen Gräber nachzustützen und der Gruber muss wie eine scheue Fledermaus seine Angst vor dem Tageslicht aus berufsethischen Gründen überwinden. Um sich auf solche Eventualitäten vorbereiten zu können, schaute er sich vor jeder Beerdigung den Wetterbericht an. Diesmal hatte er Glück, denn die Nacht war eine sternklare. Hunde waren offenbar auch keine in der Umgebung, und so konnte unser Totengräber so gegen Mitternacht seine Arbeit auf dem Friedhof beginnen. Mit ein paar Bierchen in den Venen und zwei Bauscheinwerfern links und rechts des geplanten Grabes machte er sich ans Werk. Bevor er zum Wirten ging, hatte er quasi schon »mise en place« gemacht.

»A gutes, griffbereites Werkzeug is des halbe Loch«, hatte er einmal einem Hinterbliebenen erklärt. Und so schöpfte der Gruber unter einem wunderbaren Sternenhimmel das Grab für die Mena Schraglgschwandtner, die tags darauf in demselben beerdigt werden sollte. So gegen vier Uhr früh war er mit seiner Graberei fertig. Und auch zufrieden. Ein schönes Loch war es geworden. Das hätte man mit einem Bagger auch nicht schöner hinbekommen. Von Baggern wollte er ohnehin nichts wissen. Man war in Hinterstein nicht so modern, schon gar nicht, was die Toten anbelangte. Wozu auch, sie hätten ja nichts davon gehabt. Ganz im Gegenteil: Man war auch den »Hinübergegangenen« eine solide Handarbeit schuldig. Der Totengräber hatte sich immer erfolgreich gegen einen Minibagger gewehrt, auch wenn ihm nach einem Loch sämtliche Extremitäten weh taten. Da nahm er lieber die Plagerei in Kauf, respektive die Schaufel in die Hand, anstatt mit einem komplizierten Kettenfahrzeug den Boden im Friedhof aufzuwühlen.

Das hätte außerdem noch mehr Flurschaden zur Folge gehabt, als seine Stiefelschleiferei!

Krächzend streckte der Schwarze nach getaner Arbeit seine Glieder gen Himmel. Das sollte keiner übertriebenen Gottesanbetung gleichkommen. Nein, ihm taten einfach seine Knie, die Schultern und das Kreuz wahnsinnig weh.

Er kramte in seinem langen Mantel, der unten und am Rücken voller Lehm war. In einer Innentasche hatte er immer einen kleinen Flachmann versteckt. Es könnte ja zu regnen beginnen, dann bräuchte man etwas Wärmendes, hatte er dem Pfarrer erklärt, der sich einmal über die Trinkgewohnheiten des Grubers in der Grube aufgeregt hatte. Er warf den Kopf in den Nacken und nahm einen guten Schluck. Pfui Teufel, es brannte im Hals, und er presste die Lider in seinen knöchernen Augenhöhlen zu. Er hatte wohl daheim den Franzbranntwein zum Einreiben anstatt eines echten Vogelbeers erwischt.

Als er die Augen wieder öffnete und aus der Grube hochsah, erschrak er gewaltig. Sein Blick fiel auf die Kirchturmuhr. Es war schon bald halb fünf! Höchste Zeit, den Friedhof zu verlassen und die Spuren zu kaschieren. So schnell er konnte – und das war wirklich langsam – kletterte er aus dem Grab heraus. Die ersten ortsbekannten Witwen kamen so gegen sechs, um ihre verstorbenen Männer zu besuchen. Die alten Frauen konnten schlecht schlafen und waren so früh auf den Beinen, da es um 6.30 Uhr im Altersheim schon Frühstück gab. Jetzt musste er flott sein.

Mit einer Hand den Rechen nachziehend, mit der anderen das Werkzeug tragend, tschetschte er geradewegs dem Friedhofsausgang entgegen. Er hatte es nicht weit nach Hause. Sein nicht sehr einladendes Haus war das Nachbargebäude des Pfarrhofs, aber nur durch eine dunkle Seitengasse erreichbar. Endlich daheim angekommen, ließ er sich samt Mantel und dreckigen Stiefeln in sein Bett fallen. Nicht aber ohne vorher in der Küche aus dem Kühlschrank noch ein Bier gezwitschert zu haben. Sozusagen ein flüssiges Frühstück. Oder ein Betthupferl. Je nachdem. Auf jeden

Fall schlief unser Gräbergraber friedlich wie selten zuvor so gegen 5.15 Uhr ein. Gerade noch rechtzeitig vor Sonnenaufgang.

Und es wurde ein schöner, sonniger Frühlingstag. Jedoch nicht für alle. Und auf gar keinen Fall für den ortsbekannten Josef Schraglgschwandtner, dessen ortsbekannte Gattin Mena um 14.00 Uhr zu Grabe getragen werden sollte. In einem dunklen, aber einfachen Sarg wurde der Leichnam auf einem ungeschmückten Einspänner durch den Ort über den Marktplatz vor die Kirche transportiert. Direkt hinter dem Sarg nahm Gatte Sepp Aufstellung, dahinter wiederum die Kameradschaft des Ortes. Diese bestand aus ein paar ortsbekannten, alten Männern, die ihre Häuser nur mehr für das Bier und den Leichenschmaus nach dem Begräbnis verließen. Gut, die Mena kannte man im Ort. Sie war ja wie alle anderen ortsbekannt. Zumindest vom Sehen her kannte man sich, und den Sepp kannte man aus dem Wirtshaus und als Landwirt. Da war es schon angebracht, zur Beerdigung zu kommen.

Dann gab es noch ein paar ortsbekannte Frauen der katholischen Frauenbewegung, die sich dem Trauerzug anschlossen. Sie kamen indirekt auch wegen des Bieres und des Leichenschmauses, denn ihnen oblag die Kontrolle darüber, dass ihre Männer, allesamt beim Kameradschaftsbund, nicht zu viel Gerstensaft konsumierten. Außerdem war ein Begräbnis in Hinterstein die ultimative Chance, sich auszutauschen. Böse Zungen nannten es »tratschen«. In Hinterstein tratschte man nämlich noch von Angesicht zu Angesicht. Da Modernität in diesem Dorf ein Fremdwort war, tauschte man Neuigkeiten nicht über Facebook oder Twitter aus, sondern bei Begräbnissen oder Patroziniumsfesten in der Kirche. So auch an diesem schönen Tage, der übrigens der Mittwoch der Osterwoche war. Für ein Plauscherl am Grabe hätte es kein schöneres Wetter geben können.

Dem Witwer Josef Schraglgschwandtner war das freilich einerlei. Er fragte sich, warum außer dem Kameradschaftsbund und den katholischen Frauen überhaupt niemand erschienen war.

»Die Mena, seine Mena, war doch so ein geselliger und geschätzter Mensch«, dachte er. Aber da täuschte er sich gewaltig, denn die Schraglgschwandtners waren im Ort alles andere als beliebt.

Der Trauerzug setzte sich also mit nur wenigen Personen über die Treppe hinauf zum Friedhof in Bewegung. Bedächtig schritt man an den Gräbern ortsbekannter, honoriger Hintersteiner vorbei. Honorig war in Hinterstein jeder, der es nicht vorzeitig verlassen hatte. Also jeder, der in dem kleinen Ort bis zu seinem Tode durchgehalten hatte. Jene Hintersteiner, die irgendwann Landflucht betrieben und dem Dorf den Rücken gekehrt hatten, wurden entsprechend dem dogmatischen Hinterstein-Kodex gar nicht auf dem einheimischen Friedhof begraben. Rechts hinten in selbigem hatte der Gruber das Grab der Schraglgschwandtners vorbereitet.

Der Pfarrer Paul Kreinhuber, der das Begräbnis leiten musste, hatte in der Eile gar nicht mehr die Grabstätte inspizieren oder vorab weihen können. Dass er so zeitgedrängt zur Beerdigung kam und dass er bei der anschließenden Grabrede so nervös umherstammelte, das hatte etwas mit einer fehlenden Mahlzeit zu tun. Diese fehlende Mahlzeit hatte wiederum indirekt etwas mit dem Begräbnis der Mena Schraglgschwandtner zu tun. Und der anschließende Wutausbruch des Sepp Schraglgschwandtner hatte wiederum indirekt mit der fehlenden Mahlzeit des Pfarrers und dessen unorthodoxer Grabrede zu tun. Obwohl ja eine orthodoxe Grabrede auf dem katholischen Friedhof noch viel unangepasster gewesen wäre.

Was aber am unpassendsten an dem ganzen Begräbnis war und was am meisten zum verbalen Amoklauf des Witwers Sepp beitrug, war das Szenario, welches sich allen Anwesenden, vom ältesten Kameraden bis hin zur jüngsten Jungscharführerin der katholischen Frauen, beim Eintreffen an der offenen Grube bot.

Totengräber Gruber hatte bei seinen nächtlichen Erdbewegungsarbeiten nicht nur etwas zu tief ins Glas geschaut, sondern offenbar auch etwas zu tief gegraben. Ohne es zu merken, dürfte er den

Leichnam der vor acht Jahren verstorbenen und begrabenen Wagnerbäuerin, ihres Zeichens Mutter von Sepp und Schwiegermutter von Mena Schraglgschwandtner, freigelegt haben. Aber damit noch nicht genug. Auf der Suche nach dem Flachmann hatte unser Stoff das Bierglas am Boden abgestellt und vergessen. Genau in der skelettierten Hand der Altbäuerin. Na dann: Prost!

Da standen sie nun: der Pfarrer, der Sepp Schraglgschwandtner, die Mitreisenden des Trauerzuges und die vier Sargträger mit der immer schwerer werdenden Mena auf ihren Schultern und starrten auf das ausgeaperte Skelett am Boden der Grabstätte, welches ein Halbe-Glas vom Hintersteiner Wirt in Händen hielt. Fast so, als hätte man es vor acht Jahren als Grabbeigabe so drapiert. Aber da ja der Hinterstein'sche Friedhofskodex so etwas gar nicht erlaubt hätte, konnte das nur vom Dilettantismus eines der Beteiligten zeugen. Das vermutete auch der fassungslose Witwer und noch dazu nun als Sohn betroffene Sepp, als er den Pfarrer und den abwesenden, weil ja wie ein Säugling mit Gummistiefeln in seinem Bett schlummernden Totengräber, als unfähige »Schwarze Bagasch« beschimpfte. Noch unfähiger als die »Schwarze Bagasch« in der Regierung, fügte er hinzu. Und noch viel unfähiger als alle Schwarzen inklusive Grabbeigaben auf der Welt. Eine solche Leichenschänderei sei nur in diesem Kuhnest möglich. Mit diesen Worten verschwand Sepp Schraglgschwandtner und bahnte sich wild gestikulierend den Weg durch die hinter ihm Stehenden im Trauerzug, ohne die Beisetzung seiner Mena weiter mitzuverfolgen.

Diese erst durchzuführende Bestattung stellte den Pfarrer Kreinhuber organisatorisch nun vor ein Riesenproblem. Zumal er, der selbst etwas beleibter war, das Glas aus der Grube nicht herausholen konnte. Dem Vorschlag der Ministranten, doch eine Räuberleiter machen zu dürfen, um das Skelett mal aus der Nähe betrachten zu können, konnte der Gottesmann ebenfalls nichts abgewinnen. Das Corpus Delicti musste aus dem Grab heraus, um den Sarg hinunterlassen zu können. Also schickte er einen Buben zum Haus des Totengräbers. Dieser solle doch unverzüglich seinen eigenen Fauxpas beseitigen.

Doch so einfach war das nicht. Der Gruber verließ aufgrund seiner Tages-Begräbnis-Phobie weder sein Haus noch nicht mal sein Bett. Daraufhin schickte der Pfarrer den zweiten Buben zum Wirt. Er möge doch sein Halbe-Glas, da zivilrechtlicher Eigentümer und somit für die Beseitigung desselben zuständig, aus dem Grab herausholen. Der Wirt hatte Angst vor dem Auffliegen der Weiterverrechnung der Vorabend-Zechen vor Begräbnissen an die jeweiligen Hinterbliebenen beim Totenschmaus. Daher kam er auch nicht, um sein Bierglas zu holen. Außerdem sei er, der Wirt, genauso wampert wie der Pfarrer. Also könne sich doch Hochwürden selber sportlich betätigen, wenn er glaubte, wieder aus dem Loch herauszukommen.

Mit diesen gegenseitigen Aufforderungen vergingen wertvolle Minuten, in denen die Sonne immer intensiver vom Frühlingshimmel brannte und sich mittlerweile ein unguter Geruch aus dem Sarginneren von Mena entwickelte. Die wenigen Trauergäste waren schon mindestens vier bis fünf Meter von Sarg und Grab zurückgewichen. Dem Pfarrer Kreinhuber, der ohnehin kein ordentliches Essen zwischen den Rippen hatte, wurde nun etwas flau, auch wenn sein Gefühl der peinlichen Berührung nach den Worten des Witwers jene des empfindsamen Magens in den Schatten stellte. Der Schatten war in dieser Hitze auf jeden Fall ein Glück. Da der Pfarrer in selbigem stand, konnte er sich auch noch auf den Beinen halten. Es war zwar erst Ostern, und Hinterstein befand sich am Gesäß der Welt und hätte daher eigentlich Hinternstein heißen müssen, aber die globale Erderwärmung machte natürlich auch vor diesem Kuhnest nicht halt. So kam es, dass dieses Jahr eben schon zu Ostern eine Affenhitze herrschte, zumindest für österliche Verhältnisse. Aufgrund dieser Hitze und der lang anhaltenden Versuche, das Bierglas zu bergen, sowie der unmittelbaren Nähe zum Leichnam wurde zwei Sargträgern richtig übel, und sie kippten seitwärts weg. Durch diesen unglücklichen Umstand rumpelte der Sarg samt Mena in die vorgesehene Grube, und ein Raunen des Entsetzens ging durch die Menge, sofern man bei den noch restlich Versammelten überhaupt von Menge sprechen konnte.

Sprachlos war jedenfalls unser Pfarrer Kreinhuber. Ihm war mittlerweile selber die Leichenblässe ins Gesicht gefahren, die sich nun mit grünen Nuancen von Übelkeit abwechselte. Da kein Mensch mehr in der Lage war, pietätvoll zu agieren und auch unser Pfarrer keine Worte des Trostes mehr spenden konnte, kam der Dorfälteste von ganz hinten mit seinem Hakelstecken herangewackelt und kommentierte die Situation des fehlenden Engagements des Wirtes und des Totengräbers mit folgenden Worten:

»Man tut leichter was d'erwarten wia d'errennen.« Und in der Tat: Das Problem hatte sich von selbst gelöst. Das Bierglas war damit zwar wirklich zur bleibenden Grabbeigabe geworden, aber das Begräbnis hatte sich wenigstens abgekürzt.

»So wie es war am Anfang, so auch jetzt und alle Zeit. In Ewigkeit AMEN.« Mit diesen Worten beendete der Pfarrer die desaströse Beerdigung.

Die alte Wagnerbäuerin hätte sich sicher im Grabe umgedreht, wenn nicht ein zweihundert Kilo schwerer Sarg samt Inhalt auf ihr gelegen wäre. Aber nicht wegen des Bierglases. Nein. Auch nicht wegen der Abwesenheit ihres Sohnes bei der Beisetzung ihrer Schwiegertochter. Und schon gar nicht wegen der Wortkargheit unseres Herrn Pfarrers. Für die alte Wagnerbäuerin wäre ein ganz bestimmter Mensch bei dieser Beerdigung wichtig gewesen. Eine Person, deren Fehlen im Übrigen auch allen Anwesenden aufgefallen war. Eine Person, welche die Wut des Josef Schraglgschwandtner schon lange vor der Entdeckung des Bierglases hatte aufflammen lassen. Vor allen Dingen aber die Person, die für die Übelkeit und den Hunger Hochwürdens verantwortlich war. Eine Person, von deren Verschwinden die anwesenden Hintersteiner und Hintersteinerinnen zu diesem Zeitpunkt noch keine Ahnung hatten.

Kapitel 2

In einem kleinen Ort zu verschwinden, ist nicht einfach. Wenn dann doch jemand verschwindet, ist das durchaus etwas Besonderes. Vor allen Dingen viel besonderer als der kleine Ort selber.

Denn so kleine Orte wie Hinterstein gibt es wie Sand am Meer. Obwohl der Vergleich hinkt.

Stellt man sich vor, jedes Sandkorn am Meer stünde für eine Ortschaft, Hinterstein wäre sicherlich nur mit einem halben Bröserl vertreten. So ein unscheinbarer Ort war Hinterstein. Hätte es nicht eine Tafel am Ortsanfang und -ende gegeben, man wäre glatt hindurchgefahren, ohne von diesem Dorf großartig Notiz zu nehmen. Aber das Wort »großartig« sollte im Zusammenhang mit Hinterstein nicht in einem Satz erwähnt werden, denn es trägt viel zu dick auf.

Mit den umliegenden, eingemeindeten Bauern kam man auf 1980 Bewohner. Diese Zahl war eine schreckliche Blamage für den ortsbekannten Bürgermeister. Er machte es sich jeden Tag zum Vorwurf, dass der Ort die 2000er-Grenze nie erreicht hatte. Diese 20 »Hanseln«, wie er sie liebevoll nannte, nicht aufgetrieben zu haben, vermieste ihm regelmäßig die Stimmung. Seine Sekretärin sah das ganz anders. Sie ermunterte ihren Chef mit den Worten: »Samma froh, bittschön, dass wir nit noch 20 weniger sand.«

Das hatte durchaus etwas für sich, besonders in Anbetracht der niedrigen Geburtenraten in ganz Europa. Es brachte den Bürgermeister aber trotzdem nicht dazu, erhobenen Hauptes durch sein stagnierendes Hinterstein zu flanieren. Ihm schien es bei seinen Rundgängen so, als würde der Ort langsam, aber sicher das Leben aushauchen. Die dörfliche Dynamik, die er aus seiner Kindheit kannte, war verschwunden. Die Geschäftslokale waren weniger geworden. Die Schülerzahlen verringerten sich. Sogar den Gendarmerieposten hatte man zugesperrt, als man damals die Gendarmerie abgeschafft und alles der Polizei einverleibt hatte. Nur das Haus samt Schild »Gendarmerie« gab es noch. Und den alten Streifenwagen. Dem Innenministerium war es kein dringliches Anliegen gewesen, ihn zurückzunehmen und umzurüsten. So vegetierte der alte »Weiße« mit den roten Streifen in der Kurzparkzone vor dem Stiegenaufgang zum Posten dahin. Das tat dem Bürgermeister im Herzen weh. Manchmal spielte ihm seine Fantasie einen Streich, und er dachte:

»Vielleicht braucht ihn ja irgendwann mal ein Regisseur für einen Film, der in Hinterstein gedreht wird.«

Aber in Hinterstein wurde freilich kein Film gedreht, denn die großen Filmemacher hatten andere Pläne und unser Bürgermeister, der ein fanatischer Kinofan war, spürte, dass ihm diese Hoffnung nicht in Erfüllung gehen würde. Außer – ja, außer es gäbe irgendwann mal ein wirklich spektakuläres Ereignis in seinem Dörfchen inklusive medialer Aufmerksamkeit. Dann war alles möglich. Bis dahin aber war kein großer Optimismus angesagt. Und so stand das alte Gendarmerieauto eben weiterhin in der Kurzparkzone, was übrigens niemand störte. Wer sollte schon einen Dienstwagen der Gendarmerie strafen? Tja, wer exekutierte überhaupt etwas in Hinterstein? Die Kurzparkzone war schon lang zu einer »Langparkzone« geworden. Dabei wäre gerade in Hinterstein das Wort Kurzparkzone zutreffend gewesen, denn sie umfasste nur ca. zehn Stellplätze. Dauerparker gab es hier außer dem Gendarmeriewagen auch nicht. Zumindest auswärtige Kfz und deren Besitzer verweilten für gewöhnlich nicht dauerhaft in diesem Ort. Auch dieses Faktum war für den Bürgermeister nicht sehr ermutigend.

Der Einzige, den der ausrangierte Dienstwagen ein wenig störte, das war der Postler. Er bildete sich ein, das alte Fahrzeug würde dem Postamt, welches sich gleich neben dem Posten auf derselben Seite des Dorfplatzes befand, Kundenparkplätze wegnehmen und deshalb wäre das Amt so wenig frequentiert. Den Ausdruck »frequentiert« hatte er einmal im Fernsehen gehört, und seitdem benutzte er ihn am Tag mindestens vier bis fünf Mal. Zumindest jedes Mal, wenn ihn jemand auf die Lage am Postamt ansprach und obwohl er insgesamt eher schweigsam war. Insgeheim hoffte er sogar darauf, etwas aus seiner vermeintlichen Wortgewandtheit machen zu können. Er war nämlich auch ein bisschen träumerisch veranlagt. Deshalb spekulierte er, ähnlich wie der Bürgermeister, damit, dass irgendwann in Hinterstein ein Film gedreht und er, wenn auch nur als Nebendarsteller, entdeckt würde. Es war nämlich ein Charakteristikum vieler Hintersteiner, dass sie einem großen Traum nachhingen, zu dessen Verwirklichung sie aber keinen Deut beitrugen. Sie träumten einfach ein wenig und dachten gleichzeitig, dass sich ohnehin nichts ändern würde.

Nun, jedenfalls veranlasste das Ortsbild samt altem Gendarmeriewagen den Bürgermeister und den Postler unabhängig voneinander dazu, sich Drehbücher auszudenken, die sie niemals niederschrieben, sondern lediglich in ihren Köpfen mit sich herumtrugen. Für den Postmann war das Auto aus den oben genannten Frequenzgründen aber auch ein Ärgernis. Musste er ihn doch unentwegt ansehen, diesen alten Kübel, wenn er aus dem Fenster starrte, weil nichts los war. Einmal war er sogar schon kurz davor gewesen, ihn abschleppen zu lassen. Doch er fürchtete, dass dann der ehemalige Postenkommandant im Ruhestand mit einer Ankettungsaktion gedroht hätte, und so viel Aufhebens wollte er als Briefträger dann doch nicht verantworten. Denn schließlich war er ja ein einfacher Mann, auch wenn er von Filmrollen träumte und auch wenn er von den meisten Hausfrauen, die er auf der täglichen Runde durch den Ort traf, regen Zuspruch bekam. Unser Postler fand überhaupt Anklang bei den Frauen, zumindest bei den 40- bis 60-jährigen. Diese beglückte der Hintersteiner »Postillon d' Amour« manchmal sogar als Aushilfsliebhaber, wenn der Gatte als Fernfahrer oder Untertagebauarbeiter während der Woche nicht zu Hause war. Und so war es nicht verwunderlich, dass gerade diese Hausfrauen lautstark in das Horn des Postfuxes bliesen. Aber das tut hier nichts zur Sache.

Ach ja, Fux hieß der Herr mit dem gelben Dienstrad. Seinen

kleinen Kastenwagen hatte man ihm vor zwei Jahren aus dem Etat gestrichen, daher kam wohl auch der Argwohn gegen das motorisierte Polizeivehikel. Andererseits war die autofreie Mobilität gar nicht so schlecht, zumal er gerne mal ein Schnapserl zu sich nahm und dann ohnehin nur mehr mit dem Dienstrad fahren konnte. »Franz Fux, Briefträger« stand auf einem alten, vergilbten Messingschild, welches er an seinem verwaschenen, hellblauen Hemd mit Emblem trug. Als in den 1990er Jahren der gleichnamige Briefbombenbauer im Zuge von Ermittlungen verhaftet worden war, dachten einige Hintersteiner wirklich, ihr Postbeamter wäre »hops« gegangen. Als Postbeamter wäre man da natürlich an der Quelle gesessen. Und einen etwas schrulligen Eindruck machte der trotz Dienstjahren niemals zum Postmeister beförderte Fux zugegebenermaßen auch. Zumindest nach außen hin. Innerlich sah er sich eher dem Post-Fuchs zugetan als dem Antisemitismus. Und er hatte natürlich nichts mit dem Briefbomber zu tun.

So präsentierte sich also der Hinterstein'sche Dorfplatz einem ankommenden Besucher: mit der Post, dem aufgelassenen Posten daneben und dem Gemeindeamt samt niedergeschmettertem Bürgermeister gegenüber. Am Eck hätte es noch einen kleinen Greißler gegeben, hätte dieser nicht auch schon seit einem halben Jahr für immer seinen Rolladen unten gelassen. Seitdem bezogen die Hintersteiner ihre Lebensmittel aus der Bezirkshauptstadt. Oder vom fahrenden Tiefkühlhändler, der von den Hausfrauen auch liebevoll »Po-Frost« genannt wurde. Zu guter Letzt gab es dann noch, wie sollte es in einem Ort wie Hinterstein auch anders sein, eine bodenständige Gastwirtschaft. Tiefsinnigerweise hieß das Wirtshaus in Hinterstein »Zum Hinteren Stein«. Natürlich assoziierbare Vergleiche mit den Gourmet-Restaurants »Zum Goldenen Hirsch« oder »Zur Blauen Gans« wären aber an dieser Stelle aus Qualitätsgründen unangebracht, obwohl der Wirt das anders sah. Er, der von den Einheimischen liebevoll »Wamperter« genannt wurde, war überzeugt von einem Komplott gegen ihn, da man ihn nicht im Gault Millau angeführt hatte. Denn so wie der Bürgermeister und der Postler vom Kinoruhm träumten, schwelgte der Wirt hin und wieder in Nobelrestaurant-Phantasien, die aber – man muss es wohl nicht extra erwähnen – nur einer maßlosen Selbstüberschätzung entsprangen.

Stirnseitig vom Marktplatz thronte an der vierten Seite, im Gegensatz zu den anderen, eher heruntergekommenen Häusern, ein mächtiger, vierkantiger Pfarrhof mit angeschlossenem Friedhof, in dessen Mitte sich eine eigentlich für die Dimension des Pfarrhofs zu kleine Kirche befand. Allein die Größenverhältnisse am Platz deuteten schon darauf hin, dass hier seit jeher die klerikalen Vertreter das Sagen gehabt haben mussten. Und tatsächlich war auch jetzt noch der Fried- und Pfarrhof in Hinterstein jener Ort, an dem sich das Leben und der Tod in gesunder Fluktuation abspielten. Aber offenbar hatte in Hinterstein nicht nur der Friedhof Leichen im Keller, denn auch der Pfarrhof barg ein dunkles Geheimnis.

Der ortsbekannte, und in Hinterstein war ja jeder Hintersteiner ortsbekannt, also der ortsbekannte Pfarrerskoch Matthias, genannt Hias, war nämlich verschwunden. Und weil dieser Hias noch so gut wie nie über die Ortsgrenze von Hinterstein hinausgekommen war, musste es sich geradezu um ein aufsehenerregendes Verbrechen handeln, welches sein Verschwinden erklären konnte. Seit dem Begräbnis der Mena Schraglgschwandtner, seiner offiziellen Ziehmutter, hatte man ihn nicht mehr gesehen.

Kapitel 3

Man mag sich vielleicht wundern, wie es kommt, dass es in Hinterstein einen Pfarrerskoch und keine Pfarrersköchin gab. Wo es doch normalerweise in 2000-Seelen-Gemeinden wie Hinterstein durchaus üblich war, weibliches Personal in den Pfarrhäusern zu engagieren. Nun, das ist leicht erklärt. Der frühere Pfarrer nämlich, sein Name war Gumphauser, dieser frühere Pfarrer hatte eine Pfarrersköchin gehabt, das Weidenstätter Lieserl. Lieserl war ein hübsches Mädl, um die zwanzig Jahre jünger als der Pfarrer Gumphauser, und sie schaute zu ihrem Chef, der ja der Vertreter des lieben Herrgottes war – schaute also zu ihrem Chef auf.

Der Pfarrer Gumphauser hatte sein Zölibat immer streng gelebt, und sein Fleisch war niemals schwach geworden, obwohl das Fleisch doch insgesamt so schwach sein kann. Gumphausers Fleisch, und er hatte genügend davon, wurde nicht so leicht schwach. Aber beim Lieserl, diesem hübschen Mädl, war das was anderes. Als sie eines Tages, vor etwa fünf Jahren, ganz traurig ihrem Chef, dem Pfarrer Gumphauser, mit dem sie über alles reden konnte, weil er wie ein Vater für sie war, als sie ihm eines Tages unter Tränen erzählte, dass sie noch nie ein Mannsbild näher kennen gelernt hätte und sie nichts von der Liebe oder ähnlichen, gar sündhaften Dingen wüsste, da opferte sich der Gumphauser auf und zeigte ihr, was sie so dringend zu wissen begehrte. Er zeigte ihr sein Zumpferl und tat damit das, was man mit einem Zumpferl halt so tut, wenn man nicht gerade ludelt. Das Lieserl war ganz verzaubert vom Gumphauser seinem Zumpferl, und sie wäre nie auf die Idee gekommen, wie sündhaft das doch war. Er war der Vertreter des lieben Herrgottes und der konnte doch gar nichts Sündhaftes tun. Ja, das Lieserl fühlte sich gar wie die Jungfrau Maria und sah in ihrem Pfarrer so was wie den heiligen Geist. Weil aber in der Gemeinde niemand daran glaubte, dass das Kind, welches unser Lieserl neun Monate später gebar, vom heiligen Geist war, musste der Pfarrer Gumphauser auf Betreiben der mächtigen Pfarrgemeinderäte, allesamt ehrenwerte Bauern, das 2000-Seelen-Dorf Hinterstein verlassen.

Daraufhin kam ein neuer Pfarrer in den Ort, der natürlich von der Schmach und der Schande des anderen wusste. Und der sich vor einem ähnlichen Fehler gleich bewahren wollte. Deshalb stellte er keine Pfarrersköchin an, sondern einen Pfarrerskoch. Den Hias eben, der nun verschwunden war. Der neue Pfarrer hieß

Kreinhuber und war von Anfang an sehr beliebt, außerdem war er völlig unverdächtig, was Frauen betrifft. Er hatte nämlich für die Hintersteiner und besonders für die Hintersteinerinnen kein bekanntes und vor allem relevantes Vorleben, denn er kam aus Bayern. Und als deutschsprachiger Ausländer genoss er sozusagen moralische Immunität. Er hätte sich nie der Sünde mit einem Weib verschrieben. Nein, bei einem korrekten Deutschen ginge das nicht. Na ja, er war Bayer, aber Bayern sind ja auch Deutsche. Für die Hintersteiner war er jedenfalls einer. Einige munkelten, der neue Pfarrer Kreinhuber hätte eben andere Vorlieben und es wäre kein Zufall, dass er den Hias, der ein junger, kräftiger und fescher Bursch war, angestellt hatte. Aber das waren völlig unhaltbare und böse Gerüchte. Beliebt war er jedenfalls, der Pfarrer. Genauso beliebt wie unser Hias, der nun spurlos verschwunden war.

Kapitel 4

Der Hias wurde im Sommer 1988 geboren. Niemand wusste, wer seine leiblichen Eltern waren. Am 13. August 1988, einem Freitag, wurde er an einer Wegkreuzung auf dem Sausteig von der Wagnerbäuerin gefunden. Diese Bäuerin, sie hieß eigentlich Johanna Schraglgschwandtner, war damals schon 74 Jahre alt und verwitwet. Sie bewohnte das Salettl, das Austraghäusl neben dem Hof, den ihr ältester Sohn Sepp mit seiner Mena bewirtschaftete. Die Wagnerbäuerin war gerade auf dem Heimweg vom Einkaufen von Hinterstein hinauf zu ihrem Salettl, als sie an der Wegkreuzung ein leises Weinen hörte. Zuerst glaubte sie, ein Kätzchen zu vernehmen. Aber als sie sich in die Richtung drehte, aus der das Weinen kam, bemerkte sie ein kleines Kindlein in ein Leintuch eingewickelt, winzig klein. Das war der Hias. Das heißt, dieses Kindlein sollte der Hias werden, denn damals hatte es ja noch gar keinen Namen. Die Wagnerin war gerade in eine sentimentale Lebensphase eingetreten. Sie war nicht, wie das bei manchen der Fall ist, mit dem Alter immer härter geworden, sondern im Gegenteil: Jeder Tag, der ins Land zog, machte sie weicher, mitleidiger und gütiger. Ihr Mann, ein typischer Bauer seiner Generation, hatte ihr niemals Zärtlichkeiten geschenkt, sondern sie in erster Linie als Arbeitskraft gesehen. Von den fünf Kindern, die sie zur Welt gebracht hatte, waren zwei kurz nach der Geburt gestorben. Die anderen wurden ohne Liebe großgezogen. Er, der Bauer, hatte keinen Sinn für Liebe. Ja, er wusste gar nicht, was das war und hatte es selber nie erfahren. Sie, die Bäuerin, hatte keine Zeit für Liebe, denn sie musste Tag und Nacht ihrem Manne dienen, auch mit Liebesdiensten, die aber nichts mit Liebe zu tun hatten. Von den drei verbliebenen Kindern verließen zwei schon früh den Hof und kamen nie wieder. Nur der älteste Sohn Sepp trat in jeder Hinsicht die Nachfolge seines Vaters an, welcher starb, als er 17 war. Der neue Bauer heiratete später seine Mena, aber Kinder bekamen sie nie, und keiner wusste, was später mal mit dem Hof passieren würde. Die alte Mutter übersiedelte mit 50 schon ins Austraghäusl, half weiterhin im Stall und ordnete sich ihrem Sohn so unter wie früher ihrem Mann. Jeder einsame Tag machte sie nachdenklicher und weicher.

Mit dieser sentimentalen Grundstimmung ausgestattet, ging sie nun auf ihre letzte Lebensphase und auf das kleine, weiße, wimmernde Bündel zu. Das war für die alte Frau so etwas wie ein Geschenk Gottes. Sie nahm das Kindlein, unseren Hias, in den Arm, ließ die Konsumtasche mit allen Einkäufen einfach stehen und brachte den armen Kleinen wohlbehütet in ihr Salettl. Natürlich dauerte es nicht lange, bis ihr Sohn und die Schwiegertochter das Weinen hörten und nachschauten. Als sie die Alte mit dem Säugling antrafen, schimpften sie zuerst wie verrückt und riefen dann die Gendarmerie. Ein verlassenes Kind, noch dazu an einem Freitag, dem 13., gefunden, konnte nichts Gutes bedeuten, glaubten die Jungbauern, die auch nicht mehr ganz jung waren.

Die Gendarmerie nahm den winzigen Hias mit und brachte ihn in ein Heim für Waisenkinder in einer nahegelegenen, größeren Ortschaft. Das brach der Wagnerbäuerin fast das Herz. Sie bettelte und flehte, ihr dieses Gottesgeschenk nicht wegzunehmen:

»Wenn des dein Votta wissen tät, dass ihr den Hof verkommen lasst's und keine Nachkommen habt's. Der tät sich im Grab umdrehn, tät sich der. Dein Votta zu Ehren musst du des Kind nehmen, damit der Hof weiterbesteht.«

Mit diesem Satz traf sie ihren Sohn genau dort, wo es ihm am meisten weh tat. Denn dass er keinen Nachkommen hatte, das war ihm wirklich eine schreckliche Schande. Vielleicht hatte die Mutter ja recht. Vielleicht war das die Chance, doch noch ein Kind zu haben, wenn auch kein echtes eigenes. Aber wenigstens eins, das man formen konnte zu einem Bauern, der später alles übernimmt. Besser ein adoptiertes Kind als gar keines. Diesen Gedanken trug er einige Monate mit sich herum. Irgendwann war der Beschluss gefasst. Er trug ihn seiner Frau vor; nur zur Information und nicht zur Abstimmung. Dann leitete er alles in die Wege, um den Hias zu adoptieren. Der Kleine wurde also offiziell der Sohn des jungen Bauernpaares Schraglgschwandtner. Inoffiziell zog ihn aber die Alte in ihrem Salettl groß. Und das tat sie mit einer beachtlichen Fürsorge und Verantwortung, die man ihr bis dahin wohl kaum zugetraut hatte. Ja, man kann sagen, dass der Hias eine gute Kindheit genoss bei dieser alten Frau, die locker seine Oma hätte sein können. Seine offiziellen Adoptiveltern sah er selten, und diese legten auch keinen Wert darauf. Der Bauer war sogar ein wenig eifersüchtig, weil er bemerkte, wie seine Mutter sich um diesen kleinen Bastard kümmerte, während sie ihn, ihren echten Sohn, immer vernachlässigt hatte. Aber darüber wurde selbstverständlich nicht gesprochen.

Die Alte sorgte jedenfalls für alles, was der Hias benötigte und brachte ihm verschiedene Dinge bei, die ihm später nützlich sein sollten, vor allem Dinge, die den Haushalt betrafen. So lernte der kleine Matthias sehr früh schon das Waschen und Bügeln, das Nähen und Stricken, das Brotbacken, das Buttermachen, das Kühemelken, die Gartenarbeit, und vieles, vieles mehr. Der Hias wurde somit zu einem echten Haushalts-Allrounder, der virtuos alles beherrschte, was zur Aufrechterhaltung eines Lebens notwendig war, ja einer, der sozusagen autark überleben konnte ohne große Hilfe von außen.

Er ging natürlich auch zur Schule und war dort sehr interessiert und aufmerksam. Ja, er war ein guter, braver Schüler, der den Lehrern auffiel. Man muss es zwar nicht übertreiben mit der Lobhudelei auf den Schraglgschwandtner, aber es sei schon festgehalten, dass er mit ein bisschen mehr Förderung durch das Lehrpersonal locker jedes Gymnasium mit Auszeichnung bestanden hätte.

Doch leider kam es nicht dazu, dass er eine höhere Schule besucht hätte. Denn gerade in seinem vierzehnten Lebensjahr änderte sich sein bis dahin so beschauliches Leben dramatisch. Die Wagnerbäuerin wurde krank und verstarb nach einigen Wochen des Leidens im stattlichen Alter von 88. Das traf den Vierzehnjährigen schrecklich schlimm. Die Sache wurde für den Hias dadurch verschärft, dass er außer dieser Frau niemanden hatte, denn seine Adoptiveltern kannte er nur sehr flüchtig. Diese hatten ihrerseits aber eine recht simple Idee, wie es mit dem Buben weitergehen sollte: Er sollte ganz einfach am Hof bleiben und die Arbeiten verrichten, die es zu verrichten gab. Wohnen konnte er weiterhin im Salettl und da er ja ein perfekt gelernter Selbstversorger war, musste man sich um ihn keine Gedanken machen. Mit der Hauptschule war er gerade fertig geworden, und mehr brauchte er nicht. Irgendwann würde er dann eben den Hof übernehmen und ihn unter dem Namen Schraglgschwandtner weiterführen. Das war der simple Plan von Sepp und Mena. Und dem armen Hias blieb nicht viel übrig, als sich vorerst diesem Plan zu unterwerfen. Wo hätte er denn auch hingehen sollen? Er lebte von nun an ein trauriges und einsames Leben in seinem Salettl, das nur durch die Besuche am Grab der Ziehmutter erhellt wurde.

Auf diese Weise verging ein Jahr, in dem der Hias vom 14-jährigen Buben zum 15-jährigen Mann heranreifte. Der Prozess seines Erwachsenwerdens ging schnell über die Bühne. Es schien so, als wäre er fast über Nacht bärtig geworden, auch wenn dieser Bart vorerst noch ein Flaum war. Besonders aber war er mental gereift und gegenüber seinen Unterdrückern widerspenstig geworden. Er sah es nicht ein, warum er für Sepp und Mena den Hausdodl spielen sollte. Er hatte mit diesen Menschen nichts zu schaffen und überlegte ernsthaft, von seinem Salettl auszureißen und irgendwohin abzuhauen. Dazu kam es aber erst zwei Jahre später, als er 17 war und vom neuen Pfarrer Kreinhuber als Koch angestellt wurde.

Und nun war dieser brave und pflichtbewusste Hias verschwunden und hatte nicht einmal das Begräbnis seiner eigenen Ziehmutter besucht, die eben nun auf der Wagnerin lag. Beide Angesicht zu Angesicht mit einem Halbe-Bierglas in der Mitte. Das sah dem Hias nicht ähnlich, obwohl er natürlich jeden Grund gehabt hätte, zu seiner hartherzigen Verwandtschaft keinen Kontakt mehr zu pflegen. Aber wer den Hias ein bisschen besser kannte – und in Hinterstein kannte jeder jeden etwas besser – der wusste, der Hias hätte wahrscheinlich nicht einmal seinen zukünftigen Mörder hängen lassen. Aber ob der junge Schraglgschwandtner überhaupt Opfer eines Verbrechens geworden war, wusste kein Mensch. Auch nicht der Pfarrer Kreinhuber.

Kapitel 5

Am Ostermittwoch, dem 12. April, kam der Pfarrer Kreinhuber erstmals auf das Verschwinden des Hias drauf. Er stand auf, wusch sich ein wenig, denn er hielt nicht allzu viel vom Waschen, und setzte sich an den Frühstückstisch. Aber zu seinem großen Erstaunen war dieser Frühstückstisch leer.

»Hias«, rief er, um herauszufinden, wo der Bursche steckte.

»Hi-as!« Aber nichts rührte sich. Der Pfarrer stand auf, schaute sich um. Ging in die Küche. Der Hias war nicht zu finden.

»Ja, sag amoi, wo kann denn der Bursche stecken?«

Der Hias war seit diesem Tage verschwunden.

Pfarrer Kreinhuber erzählte die ersten beiden Tage nichts davon. Auch nicht beim Begräbnis der Schraglgschwandtner Mena. Aufgefallen war es jedem, aber darüber gesprochen hatte keiner. Grundsätzlich kam es schon öfters vor, dass der Hias zwei Tage nicht außer Haus ging, vor allem, wenn grad viel zu tun war in der Küche.

Jetzt war Ostern, da war sehr viel zu tun in der Küche. Das letzte Abendmahl am Gründonnerstag. Die Fischzubereitung am Karfreitag. Es war wirklich sehr viel zu tun. Das heißt, es wäre sehr viel zu tun gewesen. Und da war es ganz normal, dass man den Hias im Ort nicht gesehen hatte, außer halt zum Einkaufen, denn der Lebensmittellieferant Po-Frost, der ja nun auch in Hinterstein seine Runden drehte und so einen leckeren Fisch frei Haus lieferte, war dem Pfarrerskoch unsympathisch. Der wird in der Küche stehn, haben sich die Leut gedacht, wenn sie sich überhaupt was gedacht haben. Die meisten haben sich nicht den Kopf zerbrochen darüber, ob der Hias jetzt in der Küche steht oder nicht. Komisch war es schon, dass er der Mena nicht die letzte Ehre erwiesen hatte. Aber so wichtig war der Hias den Leuten im Dorf dann auch wieder nicht, dass man hier extra nachgefragt hätte. Wichtig war er nur dem Pfarrer, weil der hat ja nichts zu essen gehabt.

Der Pfarrer Paul Kreinhuber, der in dieser ganzen tragischen Geschichte einer der Hauptleidtragenden war, weil er ja keinen Koch mehr hatte und dadurch geradezu existenziell bedroht war, dieser Paul Kreinhuber kam also aus Bayern. Bayern ist ein gutes Pflaster für große Katholiken. Immerhin war der erste Bischof von Salzburg, der alte Rupert, auch ein Bayer gewesen, als er irgendwann im 7. Jahrhundert die heutige Mozartstadt aufbaute. Und freilich dürfen wir nicht vergessen, dass der Papst Benedikt der Sechzehnte, der unfehlbare Petrus-Nachfolger, der Josef Ratzinger aus dem bayrischen Örtchen Marktl ist. Die bayrischen Katholiken hatten es also ganz nach oben geschafft in der Kirchenhierarchie. Darauf war der Kreinhuber schon ein wenig stolz, auch wenn er selbst nur dem klerikalen Fußvolk angehörte als Pfarrer in Hinterstein.

Eigentlich war Fußvolk im Zusammenhang mit Hinterstein noch zu hoch gegriffen. Fußpilz hätte es eher getroffen. Persönlich war ihm zwar der Papst Johannes Paul II. lieber gewesen als der Ratzinger, denn schließlich mussten zwei Pauls schon zusammenhalten. Aber dennoch: Die Loyalität unter Bayern war ein starkes Gefühl im Leibe Kreinhubers oder, besser gesagt, in seiner Seele.

Wie auch immer: Die Kirche war bayrisch und das fand er gut, auch wenn er nicht alles an der Kirche gut fand. Er war übrigens ziemlich genau 45 Jahre alt und seit fünf Jahren im Ort. Optisch war er ein recht fescher Mann, viel fescher als sein Vorgänger Gumphauser. Zwar hatte er einen ordentlichen Bauch und immer Hunger, aber das störte das Gesamtbild nicht. Er hatte vorne Geheimratsecken, und sein Haupthaar war schon ausgedünnt. Aber im Hinterkopfbereich wucherte eine dicke Lockenmähne, was eher untypisch für einen katholischen Pfarrer war. Die meisten trugen ihr Haar sehr kurz geschnitten und äußerst gepflegt. Gepflegt war die Nackenmähne vom Kreinhuber im Großen und Ganzen auch, aber sie war eben nicht kurz geschnitten, sondern ein wenig länger. Da er gekräuseltes Haar hatte, wuchs es ihm nicht über die Schultern hinunter, sondern in die Breite, so dass er ein wenig aussah wie der Südtiroler Bergsteiger Reinhold Messner ohne Vollbart.

Kreinhuber war mittelgroß gewachsen und stellte als Mann was dar, das den Frauen durchaus gefiel. Allerdings wäre er niemals schwach geworden gegenüber den weiblichen Versuchungen, denn er kompensierte alles, was es in dieser Beziehung vielleicht zu kompensieren gab, über das Essen.

In seiner Einstellung zu den Hintersteiner Sünderinnen und Sündern war der Kreinhuber streng, aber gnädig. Er dachte manchmal, dass eben jeder auf irgendeine Weise mit seinen Neigungen und Trieben umzugehen hatte, und wusste, dass alle Menschen schwach waren, inklusive ihm selbst und sogar inklusive dem Josef Ratzinger aus Marktl, der jetzt Benedikt genannt wurde. Letzteres sagte er natürlich niemandem, denn offiziell war der Papst ja unfehlbar, aber inoffiziell, quasi als Lebenserkenntnis, wusste es der Kreinhuber trotzdem.

Auch dem Hias gegenüber war er streng, aber gnädig. Streng, weil er ihm fast keinen Luxus gönnte und von ihm Verzicht und Askese verlangte, besonders in Hinblick auf seine Unterkunft. Gnädig, weil er gerade beim Essen dem Hias, der ein genialer Koch war, den ansonsten verwehrten Überschwang und Genuss sehr wohl erlaubte, allerdings keine Völlerei, denn diese war strengstens verwerflich. Er legte übrigens sehr viel Wert darauf, mit dem Hias gemeinsam zu essen. Jede Mahlzeit nahmen sie gemeinsam ein, freilich nie, ohne vorher dem Herrgott für Speis und Trank gedankt zu haben. Ihre Beziehung war sehr korrekt, nicht gerade herzlich, aber doch von einer gewissen Zuneigung geprägt. Jedenfalls aber schätzte man sich.

Kreinhuber war ein Mann, der seine Gefühle nicht überschwänglich zeigen konnte, der aber seinem Koch durchaus wohlwollend gesinnt war, und das nicht nur wegen dessen kulinarischer Fähigkeiten. Nein, der Matthias gefiel ihm als Mensch. Er war ein guter Bub, der es nicht leicht gehabt hatte. Einer, der neugierig und schlau war und kluge Fragen stellen konnte.

Hias wiederum blickte zum Pfarrer Kreinhuber auf, auch wenn er ihn nicht verehrte, denn so verehrungswürdig war er dann auch wieder nicht. Aber er mochte ihn und ließ sich vieles von ihm sagen. Beide waren sie auf ihre Weise einsam: der Pfarrer, weil er berufsbedingt keine Familie haben durfte außer der großen christlichen Familie, die aber so viele Mitglieder hatte, dass er nur einen minimalen Bruchteil davon kannte; der Koch, weil er seine leiblichen Eltern nie gesehen hatte und seine Adoptiveltern ihn schlecht behandelten. Die zwei Männer, der eine jung, der andere mittelalt, lebten miteinander in gegenseitigem Respekt.

Manchmal entspannen sich beim Essen Gespräche über verschiedene Fragen, die der Hias dem erfahrenen Pfarrer stellte.

»Hochwürden«, fragte der Bursche eines Tages, »wie ist es denn nach dem Tod – was passiert denn da mit uns?«

Kreinhuber überlegte ein wenig und antwortete dann: »Ja, weißt du, Matthias, dann steigt unsere Seele in den Himmel auf und sitzet zur Rechten Gottes.«

Das verstand der Schraglgschwandtner, aber es reichte ihm nicht ganz. »Ja, das hab ich schon gehört, aber was heißt denn das eigentlich? Sitzen wir dann in Ewigkeit nur neben dem Herrgott herum? Das wäre ja langweilig.«

Der Pfarrer wusste nicht genau, was er entgegnen sollte, denn so sicher war er sich da auch nicht, wie das mit dem Paradies wirklich war. Aber er bemühte sich um eine ehrliche Antwort. »Also, so ganz genau weiß ich das auch nicht, wie das im Himmel ist. Schöner ist es jedenfalls als hier, und es gibt keine Trauer mehr.«

Hias freute sich über diese Auskunft, hatte aber noch was auf dem Herzen. »Und die schlechten Menschen? Wo kommen denn die hin? Müssen die wirklich in der Hölle schmoren?«

Mit dieser Frage traf er den Kreinhuber an einer empfindlichen Stelle, denn seine persönliche Meinung darüber stimmte nicht ganz mit den offiziellen Positionen der Kirche überein. Der Pfarrer überlegte daher, was er nun antworten sollte. Berufsbedingt war er zur offiziellen Antwort verpflichtet, aber sein Koch war ja doch fast so etwas wie ein Freund für ihn. Andererseits durfte man ja gerade bei einem Pfarrer den Beruf niemals nur als Beruf sehen und vom Privaten trennen, war ein Pfarrer doch immer ein Berufener und nicht bloß ein Berufsausübender.

»Es heißt, dass die guten Christen in den Himmel kommen und die schlechten in die Hölle. Ja, so heißt es. Es heißt aber auch, dass unser Herrgott und unser Christus uns verzeihen, weil sie uns Schafe alle lieben. Darum wird jede Seele irgendwann zur Rechten Gottes sitzen. So ist das, Matthias.«

Das gefiel dem Schraglgschwandtner, und er war seinem Chef

für diese Antwort dankbar. Kreinhuber ahnte nicht, dass er sich an dieses Gespräch noch einmal schmerzlich erinnern würde.

Kapitel 6

Nach zwei Tagen hielt sein Magen die Abwesenheit seines Kochs jedenfalls nicht mehr aus, und Kreinhuber rief die Polizei. Aber weil in Hinterstein ja bekanntlich der Gendarmerieposten aufgelöst worden war, wandte sich der Pfarrer gleich telefonisch an den Inspektor Fink, den er persönlich aus früheren Zeiten in Salzburg kannte.

»Servus, Drossel.«

Der Inspektor wurde von seinen Freunden immer mit einem Vogelnamen begrüßt. Er hieß ja Fink, und es war ein schöner Spaß für seine Freunde, ihn damit zu ärgern, dass man ihm einen anderen Vogelnamen gab. Diesmal war es eben Drossel, was ziemlich ernst klingt. Denn die Drossel ist ein ernster Vogel. Und weil die Angelegenheit ja eine ernste war, schien dem Kreinhuber »Drossel« sehr passend. Fink wusste sofort, dass es sich um was Ernstes handeln musste. Denn wäre es ein lustiges Anliegen gewesen, dann hätte Kreinhuber ihn niemals mit »Drossel« begrüsst, sondern vielleicht mit »Meise« oder »Spatz« oder »Specht«. Aber niemals mit »Drossel«.

»Was ist los, mein lieber Kreinhuber? Wie geht es dir in Hinterstein?«, fragte Fink.

»Momentan geht's nicht so gut. Stell dir vor, mein Pfarrerskoch und Messner, der Matthias, ist verschwunden. Spurlos verschwunden. Ich hab schon seit zwei Tagen nix mehr gegessen. Genau in der Osterwoche muss der Bursche verschwinden. Kannst dir vorstellen, wie das letzte Abendmahl verlaufen ist. Ohne Essen. Eine fürchterliche Gschicht. Heut is Karfreitag. Ich hab einen Haufen zu tun und vorzubereiten. Man soll zwar fasten am Karfreitag, aber dass man gar nichts isst, das kann man auch von einem Pfarrer nicht verlangen. Einen Fisch hat es immer gegeben, und wenn's einer aus dem Plastik ist. Das muss so sein. Eine fürchterliche Gschicht«, lamentierte der Pfarrer.

Fink verstand nicht, warum sein alter Freund ihm das alles erzählte. »Das tut mir leid für dich. Aber wieso rufst du denn an?«

»Genau deswegen«, antwortete Kreinhuber. »Du musst was machen. Der Hias war noch nie weg. Ich hab schon herumgefragt, aber nirgends ist er gesehen worden. Leibliche Familie hat er keine. Gestern haben wir seine Ziehmutter eingegraben, da war er morgens auch schon nicht mehr da. Ich hab mir gedacht, vielleicht trauert er doch ein wenig und taucht dann bei der Bestattung am Grab auf. Aber nix. Da ist was passiert, sag ich dir.«

Dem Inspektor schien das reichlich eigenartig.

»Geh, mach dich nicht lächerlich. Zwei Tage ist einer weg, und du vermutest gleich ein Verbrechen.«

Doch Kreinhuber ließ sich nicht besänftigen.

»Wenn ich dir doch sag, dass der so gut wie nie weg war. Noch nie außer Hinterstein draußen. Sein Lebtag nicht. Und bei uns gibt's ja keinen Posten mehr. Wo soll ich mich denn hinwenden? Du bist ein Kriminaler, du musst mir helfen.«

Inspektor Fink war ein vielbeschäftigter Polizist und hatte wahrlich andere Sorgen, als sich um die Hirngespinste von Provinzpfarrern zu kümmern.

»Ach, mein lieber Freund. Frag doch deinen Herrgott, wo er hin ist. Aber, na ja, du hast Glück. Ich bin morgen in der Nähe. Muss einen Drogenring in Flachau aufdecken. Dann schau ich bei dir vorbei. Ok?«

Damit war der Pfarrer vorerst zufrieden.

»Danke, Spatz. Bis morgen.«

Inspektor Werner Fink war ebenfalls 45 Jahre alt. Er war in Salzburg mit Paul Kreinhuber zur Schule gegangen. Der Kreinhuber kam zwar aus Bayern, hatte aber als Kind mit seinen Eltern einige Jahre im angrenzenden Salzburg gelebt und dort auch die Schulbank gedrückt. Sie waren zwei echte Lausbuben gewesen und hatten viele Lehrer in den Wahnsinn getrieben mit ihren Streichen und Boshaftigkeiten. Doch davon wollten sie nun nicht mehr allzu viel wissen, hatten sie doch so ehrenwerte Berufe ergriffen, zu denen Lausbubenstreiche gar nicht passten. Manchmal, wenn sie sich trafen, was eher selten vorkam, und gemeinsam auf die alten Zeiten anstießen, dann scherzten sie über ihre Wandlung, aber in der Regel blieb die Vergangenheit unerwähnt.

Fink hatte sich nach der Matura für eine Laufbahn bei der Polizei entschieden, weil er Kriminalromane liebte. So landete er auch relativ rasch in der Kriminalabteilung und irgendwann im Morddezernat.

Nun war er 45 und hatte eine beachtliche Karriere hinter sich. Er hatte viele schreckliche Dinge gesehen, viele Tragödien erlebt, viele Leichen betrachtet, und doch war er kein Pessimist geworden. Er hasste auch die Mörder nicht, denn er hatte festgestellt, dass die meisten Mörder ganz normale Gesellen waren, die meist aufgrund von unangenehmen Umständen zu dem geworden waren, was sie waren. Freilich: Einige veritable Ungustln gab es schon. Aber Fink war aufgrund seiner Erfahrungen sehr vorsichtig geworden und urteilte selten über die Menschen. Das war auch richtig so, denn sein Job war es ja nicht, Urteile zu fällen, sondern Tatsachen ans Licht zu bringen. Ansonsten hätte er ja Richter werden müssen.

Nun, jedenfalls war dieser Werner Fink ein angesehener, abgebrühter, aber dennoch warmherziger und vor allem äußerst intelligenter Ermittler. Als Krimifan fragte er sich selber oft, mit welchem Romankommissar er sich am ehesten identifizieren konnte. Die Antwort lautete: Miss Marple. Das war kurios, er wusste es. Schließlich war Miss Marple ja eine Frau, noch dazu eine relativ alte. Außerdem war sie im Gegensatz zum Fink ziemlich beleibt. Aber die Äußerlichkeiten waren hier nicht so wichtig. Was ihm an ihr gefiel, war ihre Hartnäckigkeit, ihre Neugierde und die Tatsache, dass sie von allen unterschätzt wurde.

Aus diesem Grunde identifizierte er sich mit ihr. Aber eigentlich muss man sagen, dass diese Identifikation mit Miss Marple völlig aus der Luft gegriffen war, denn Fink hatte außer einem gewissen kriminalistischen Gespür nicht die geringste Ähnlichkeit mit dieser Romanheldin. Seine Begeisterung für sie rührte eher daher, dass sie ihn frappant an seine Oma erinnerte, die er über alles geliebt hatte. Er wollte sich das aber nicht eingestehen, obwohl er ansonsten alles Mögliche an sich eingestand und sich auch sehr genau selber analysierte. In Hinblick auf Miss Marple aber war er befangen.

In Wirklichkeit hatte er viel mehr von Sherlock Holmes. Denn Fink war ein äußerst eleganter Mittvierziger, mittelgroß mit einer markanten Nase im Gesicht, vollem schwarzen Haar, das an den Schläfen schon ergraute, sehr intelligent und gebildet. Ein rundum attraktiver Mann. In seinen Ermittlungsmethoden konnte er streng und zielgerichtet sein wie Dr. Watson, flink, behände und sportlich wie James Bond, wortkarg wie Commissario Brunetti, aber auch gefinkelt und chaotisch wie Columbo. Ja, er war geradezu eine Mischung aus den größten, bekanntesten und beliebtesten Krimikommissaren, die die Literatur je hervorgebracht hat.

Er war aber keine Romanfigur, sondern ein echter Inspektor, und das machte ihn noch viel erstaunlicher. Am erstaunlichsten aber war wohl, dass seine Genialität und diese Mischung aus diversen Helden, die sich in ihm vereinte, kaum jemand bemerkte, außer uns und seiner Frau Esther, mit der er nun schon seit 18 Jahren verheiratet war.

Auf die einen wirkte der Fink wie ein ganz gewöhnlicher Mensch ohne besonders hervorstechende Eigenschaften. Und genau das half ihm in seinem Beruf, denn die dunklen Gestalten dachten, wenn sie mit ihm zu tun hatten, nicht an James Bond oder Sherlock Holmes, sondern wiegten sich nicht selten in Sicherheit.

Kapitel 7

Als dieser positive Held am nächsten Tag in Hinterstein vorbeischaute, war der Hias natürlich immer noch nicht gesehen worden. Und selbst die optimistischsten Hintersteinerinnen und Hintersteiner konnten nun nicht mehr glauben, dass der arme Pfarrerskoch noch einmal auftauchen würde. Denn der Hias war noch nie über die Ortsgrenze von Hinterstein hinausgekommen, sein Lebtag nicht, außer damals, als er als kleines Babypinkerl kurze Zeit im Waisenhaus gewesen war. Und das war in Bischofshofen gewesen, also auch keine Weltreise von Hinterstein entfernt. Aber doch weit genug weg, um negative Einflüsse der großen Stadt im Salzachtal fernzuhalten. Jedenfalls war klar: Da musste was passiert sein. Als Fink die Unruhe seines Freundes Kreinhuber mit eigenen Augen sah, da verging auch ihm das Lachen, mit dem er sich noch am Vortag am Telefon über diese scheinbar lächerlich übertriebene Sorge geäußert hatte. Es wurde ihm plötzlich klar, dass hier wirklich etwas geschehen sein musste. Zwar fand er es immer noch komisch, dass wegen einer dreitägigen Abgängigkeit eines erwachsenen Menschen gleich so ein Aufsehen gemacht wurde. Aber die ehrliche Sorge im Gesicht des Pfarrers ließ schon darauf schließen, dass etwas Ernstes dahintersteckte.

»Ich seh, dass du wirklich beunruhigt bist, lieber Kreinhuber. Ehrlich gesagt, kommt es mir schon reichlich eigenartig vor, dass du dir um diesen Burschen solche Sorgen machst. Zwei, drei Tag ist er weg und du stehst kopf. Was steckt da dahinter?«

Kreinhuber setzte einen belehrenden Blick auf.

»Ja, schau, Amsel. Du hast leicht reden. In der Stadt, da geht keiner niemandem ab. Da kann einer ja zwei Jahre in seiner Wohnung tot herumliegen, versauern und stinken wie ein Lebertran, und noch immer kommt keiner drauf, dass was passiert is. Aber wir sind hier in Hinterstein. Ich hab nicht mal 2000 Leut in meiner Gemeinde. Ich kenn einen jeden. Und wenn einer aufs Klo geht und nicht runterlässt dabei, dann weiß das am nächsten Tag der ganze Ort. Und wenn einer verschwindet, ohne dass ihn dabei irgendjemand gesehen hat, dann ist das nicht normal. Und wenn er drei Tag nicht kommt, dann muss da was passiert sein. Verstehst? Am Land sind halt andere Regeln. Aber das Schlimmste ist, dass es grad meinen Koch derwischt. Und grad zu Ostern. Heute ist doch die Ostermette auf d'Nacht. Weißt du, wie anstrengend die ist für mich? Wovon soll i leben? Was soll i denn essen? Immer das kalte Jausnen ist nicht gsund. Und was soll werden aus einem Ort, dessen Pfarrer nix z'essen hat? Meine Schafe kommen ja jetzt schon nur mehr selten in die Kirchn. Wenn ich vor lauter Abnehmen dann nicht mehr richtig gscheit predigen kann, dann kommt mir ja gar niemand mehr. Die Folge ist Sodom und Gomorrha. Und das nur, weil der Pfarrerskoch verschwindet.«

Kreinhuber griff sich verzweifelt an seine von Sorgenfalten überzogene Stirn. Der pragmatische Fink, ganz Inspektor, versuchte, Ruhe zu bewahren.

»Na, jetzt übertreib mal nicht. Hast du schon mit den Angehörigen geredet?«

Diese Frage verärgerte den Pfarrer.

»Angehörigen? Ja, welche Angehörigen? Ich hab dir doch am Telefon schon gsagt, dass ich der Einzige bin, den er hat. Sonst keine Verwandten weit und breit. Mit seinen Adoptiveltern hat er ja schon lang keinen Kontakt mehr. Und sonst hat er niemanden. Nix.« Er seufzte und ließ seinen Blick in die Ferne schweifen, ehe er hinzufügte: »Er ist ja ein Stiefkind gwesn, der Hias. Von einer alten Bäuerin aufgezogen worden, die schon lang tot is.«

Fink notierte all diese Informationen, und schienen sie auch noch unbedeutend, eifrig auf seinem Notizblock mit.

»Und wo wohnt der Bursch?«, fragte er dann.

»Gleich neben der Kirch hier im Pfarrhaus, wo ich auch wohn, da hat er sein Kammerl«, antwortete Kreinhuber.

»Was? Nur ein Kammerl?«, fragte der Alpencop überrascht.

»Ja, freilich nur ein Kammerl. Was braucht ein Pfarrerskoch auch mehr als ein Kammerl?«

Inspektor Fink war ein Mann aus der Stadt, der von den dörflichen Strukturen am Land wenig Ahnung hatte. Er konnte nicht verstehen, dass es tatsächlich noch einen Menschen gab, der nie aus Hinterstein hinausgekommen war. Er konnte auch nicht verstehen, dass sein Freund aus früheren Tagen so einen Aufstand machte. Am allerwenigsten aber konnte er verstehen, dass der Pfarrerskoch nur in einer Art Abstellkammer wohnte. Zwar war er sich durchaus bewusst – denn Fink war ein Mann, der schon berufsbedingt mit offenen Augen durchs Leben ging – dass viele Menschen nur in Kammern wohnten und viele andere gar auf der Straße oder unter Brücken. Schon berufsbedingt wusste er das. Wer hätte das besser gewusst als ein Inspektor der Kriminalpolizei? Hätte es sich bei dem Abgängigen um einen Kammersänger, um einen Kameralisten oder Kameraden gehandelt, wäre diese Unterkunft noch verständlich gewesen. Aber der Pfarrerskoch hätte seiner Ansicht nach doch von seiner Pfarrgemeinde etwas Besseres bekommen müssen als eine einzige Kammer. Und dass der Pfarrer Kreinhuber, der mit Fink in Salzburg zur Schule gegangen war – dass dieser Kreinhuber als Pfarrer es duldete, dass sein ach so wichtiger Koch nur in einer Kammer wohnte – nun, das schien dem Fink doch etwas bedenklich.

Jedenfalls wollte er sich dieses Kammerl genauer ansehen. Kreinhuber brachte ihn hin. Es war ein Zimmer von etwa zehn Quadratmetern, karg eingerichtet. Es lag im ersten Stock des Pfarrhauses. Der ganze untere Stock gehörte Kreinhuber. Die übrigen Räume im oberen Stock waren ein Klo, ein winziges Badezimmer und zwei Abstellkammern, in denen altes Gerümpel rumstand, auch einige Gegenstände aus der Kirche, ein kaputtes Kruzifix, ein kaputter Opferstock und verschiedene Orgelteile, die auch nicht mehr zu gebrauchen waren.

»Komisch«, bemerkte Fink.

»Was ist komisch?«, fragte Kreinhuber, aber der andere gab ihm keine Antwort.

Dem Inspektor war etwas aufgefallen, aber er wollte das noch nicht preisgeben. Jetzt noch nicht. Und vielleicht war es ja auch völlig unbedeutend.

»Du, ich muss jetzt wirklich wieder fahren. In diesem Lokal da muss ich doch noch was erledigen heut Abend. Und du musst dich ja auch auf die Ostermette vorbereiten. Also, mach's gut. Und: Iss was gscheits.«

Kreinhuber fand den Hinweis gar nicht lustig.

»Mir bleibt ja nix übrig. Dann werd' ich mir halt anstatt dem Hering so einen Iglo-Polardorsch einwerfen! Ja, und was willst jetzt unternehmen?« Erwartungsvoll schaute er den Salzburger Kriminalbeamten an, doch dieser konnte nicht viel tun.

»Momentan kann ich gar nichts unternehmen. Eine Vermisstenanzeige werden wir machen, aber das ist alles, was man tun kann. Mehr nicht.«

Kreinhuber war damit zwar nicht besonders glücklich, sah aber ein, dass man ja wirklich nicht viel tun konnte in dieser Situation. Deshalb gab er sich vorerst damit zufrieden. Er begleitete den Inspektor noch zu seinem Auto, schüttelte ihm die Hand und verabschiedete sich. Sie vereinbarten, in telefonischem Kontakt zu bleiben.

Dann stieg Fink ins Auto und wollte losfahren, doch in diesem Moment sah er eine Frau wild gestikulierend quer über den Vorplatz auf den Pfarrer zulaufen.

Kapitel 8

Es war die ortsbekannte Zigeunerin. Eigentlich gehörte sie der Volksgruppe der Roma an, aber in Hinterstein wusste das niemand. Für alle war sie einfach nur die Zigeunerin. Und die Frau selbst hatte auch kein Problem damit, dass sie die ortsbekannte Zigeunerin und nicht die ortsbekannte Roma-Frau war. Sie wurde von allen auch akzeptiert, auch wenn sie nicht alle mochten. Aber wen mochten schon alle? Den Pfarrer Kreinhuber vielleicht und den Hias. Obwohl: So sicher war das auch nicht.

»Pfarrerä, Pfarrerä. Ichä haben Visionä, furchtäräbarä Visionä. Pfarrerä«, stieß sie mit ihrem eigenartigen Akzent hervor.

Pfarrer Kreinhuber fühlte sich von diesem unverhofften Ansturm der Zigeunerin unangenehm berührt. Er hatte nichts gegen diese Frau, aber berufsbedingt standen sich die beiden eher skeptisch gegenüber. Freilich war die Dame noch nie in seiner Messe gewesen, aber das konnte er ja auch nicht erwarten. Was ihm vielmehr an ihr missfiel, waren ihre ständigen Umtriebe als Wahrsagerin. Ja, sie verdiente sogar ihr Geld mit diesem Schabernack und gewiss sogar mehr als Kreinhuber. Das passte ihm nicht, zumal es natürlich auch gegen seine christliche Überzeugung war und schlichtweg heidnisch. Viele Hintersteinerinnen und Hintersteiner waren schon zu dieser Frau, sie hieß übrigens Carmen, gegangen und hatten sich die Zukunft voraussagen lassen. Und auch Kreinhuber hätte gerne mal gewusst, was genau dahintersteckte hinter diesen Weissagungen. Aber berufsbedingt – er war ja ein Mann Gottes und kein Heide – konnte er leider Carmens Künste nicht in Anspruch nehmen.

»Was willst du denn, Carmen? Was führt dich zu mir?«

Inspektor Fink war übrigens wieder aus seinem Auto ausgestiegen, um dieses seltsame Schauspiel persönlich mitzuverfolgen.

»Habä ichä gesehen die Hias, deine Kochä. Liegt er in einä Stall, wie Jesus-Kindä. Nur ist die Hiasä totä, mausetot in diesä Stadl. Habä ichä gesehen, Visionä. Furchtäräbarä Visionä.«

Kreinhuber warf Inspektor Fink einen vielsagenden Blick zu. Dieser wusste nicht, was er von alldem halten sollte. Er glaubte nicht an irgendwelche Visionen. Und er konnte auch nicht recht glauben, dass Kreinhuber daran glaubte. Doch wie es aussah, war der ziemlich durcheinander. Carmen, die Wahrsagerin, war ganz aufgebracht. Sie setzte sich auf eine Bank vor der Friedhofsmauer, um sich erstmal zu beruhigen. Was die beiden Männer nun sagten, konnte sie nicht hören.

»Du wirst doch nicht glauben, was diese Frau sagt«, begann Fink und war sich selbst nicht sicher, ob das nun eine Frage oder eine Feststellung war.

»Nein! Das heißt, ganz ausschließen würd ich es nicht, dass sie recht hat«, entgegnete Kreinhuber. Fink war überrascht.

»Lieber Kreinhuber, du bist ein Pfarrer und glaubst an derartige Visionen? Die ist doch verrückt, sieht Gespenster.«

Doch der Pfarrer war sehr verunsichert:

»Aber woher weiß sie überhaupt, dass der Hias verschwunden ist?« Darauf hatte der gelernte Inspektor freilich eine einfache Antwort parat:

»Das hat sich doch bestimmt schon herumgesprochen. Ist ihr halt nach dem Begräbnis der Frau Schraglgschwandtner irgendwie zu Ohren gekommen. Und jetzt will sie sich wichtig machen.«

Kreinhuber äugelte verstohlen zu ihr hin, richtete dann einen fragenden Blick gen Himmel und flüsterte seinem alten Freund ins Ohr: »Und wenn es stimmt?«

Fink zuckte mit den Schultern. »Solange keine Leich gefunden worden ist, kann ich nichts tun. Und werd auch nichts tun. Du kannst ja alle Stadln durchsuchen. Gibt ja ziemlich viele hier. Ich muss aber jetzt wirklich fahren.«

Der Kommissar setzte sich abermals ins Auto und fuhr tatsächlich los. Kreinhuber beruhigte die immer noch völlig aufgebrachte und schwer atmende Roma-Frau, gab ihr etwas zu trinken und schickte sie dann nach Hause mit der Bitte, ihre Visionen vorerst für sich zu behalten.

Es war nicht alltäglich, dass eine Roma-Frau wie Carmen so ganz alleine in ihrem Wohnwagen in einem kleinen Nest wie Hinterstein wohnte. Was hatte sie denn dort verloren und warum war sie nicht in eine größere Stadt gezogen? Die Hintersteinerinnen und Hintersteiner wunderten sich sehr darüber. Sie hätten Carmen zwar ganz einfach fragen können, woher sie kam und wieso sie alleine war, wo doch die Roma ansonsten meistens im Familienverbund lebten. Das hätte man sie sicher fragen können. Aber die Hintersteiner fragten nicht, und auch sonst fragte niemand, auch wenn man es gern gewusst hätte. So ist das öfter mit den Fremden. Sie hätten interessante Geschichten zu erzählen, aber weil sie niemand fragt, bleiben ihre Geschichten unerzählt. Dadurch bleiben die Fremden fremd und die Einheimischen einheimisch. In Hinterstein war man der Meinung, dass so alles seine Richtigkeit hatte.

Daher fragte man Carmen nicht, woher sie gekommen war. Die Leute gingen zwar zu ihr und ließen sich die Zukunft vorhersagen, aber das war's dann auch schon wieder. Nur ein einziger Mensch hatte sich in diesem Dorf jemals für die Geschichte Carmens interessiert. Dieser Mensch war unser Hias. Er war 15 Jahre alt gewesen, als er irgendwann einen Wohnwagen am Straßenrand inmitten von Hinterstein stehen sah. Wie dieser dorthin gekommen war, wusste er nicht. Auto war keines dabei, und es schien fast so, als wäre der Wagen durch Zauberhand ganz plötzlich nach Hinterstein gelangt.

Manchmal sah man eine Frau älteren Alters aus dem Wohnwagen aussteigen und einkaufen – das war Carmen. Außer ihr wohnte niemand dort. Der mittlerweile pensionierte Postenkommandant kontrollierte damals die Papiere der zugewanderten Frau. Da sie aber von irgendwoher eine gültige Aufenthaltsbewilligung in Österreich hatte, konnte man sie nicht so einfach ausweisen. Die Gendarmen von Hinterstein waren mit dem Fremdenrecht außerdem nicht vertraut und wollten keine Unannehmlichkeiten. Schon gar nicht wollte man irgendeinen »Gscheiten« vom Ministerium herumschnofeln haben. Daher ging man nicht besonders streng gegen Carmen und ihren Wohnwagen vor. So stand dieser eine Weile einfach am Straßenrand.

Als sich die Beschwerden vom damaligen Pfarrer Gumphauser aber häuften, drohte die Gendarmerie mit einer Beschlagnahmung des alten Fuhrwerks, wenn sie nicht sofort und umgehend innerhalb von zwei Wochen diesen Platz geräumt hätte. Nun dachten alle, die Roma-Frau würde so schnell verschwinden, wie sie gekommen war, aber da täuschten sie sich.

Irgendwie schaffte sie es in den zwei Wochen von einem alten Bauern, der etwas außerhalb ein großes Feld besaß, gegen Geld ein Plätzchen für ihren Wohnwagen zu mieten. Offiziell wurde sie an der Adresse des Bauern sogar angemeldet, so dass sie einen festen Wohnsitz hatte. Man munkelte nicht ganz zu Unrecht, dass sie durch eine Weissagung den Bauern zu diesem Akt gebracht hatte. Was aber dahinter steckte, wusste niemand. Und fragen traute sich, wie erwähnt, ja keiner außer dem Hias.

Nachdem er über mehrere Wochen die alte Carmen immer wieder beobachtet hatte, wie sie im Geschäft einkaufte – meistens Tee und Naschereien – überwand er sich eines Tages und sprach sie an.

»Entschuldigen S'«, sagte er, als sie den Laden mit einem kleinen Tascherl verließ, »sind Sie a Zigeinerin?«

Carmen betrachtete den halbwüchsigen Burschen lächelnd und antwortete: »Schaue ichä so aus, wie eine Zigeinerin, und bin ich eine Zigeinerin, jawohl. Willstä du deine Zukunftä wissen?«

Der Hias überlegte ein wenig und stimmte dann zu. Er war kein Feigling, aber ein bisschen mulmig war ihm schon, als er mit der Unbekannten in ihren Wohnwagen einstieg und dort allerlei dubiose Utensilien bemerkte – eine Glaskugel, Karten und Räucherstäbchen. Doch die Frau war freundlich zu ihm, und daher riskierte er es.

Carmen sah Hias tief in die Augen und begab sich dann in einen tranceartigen Zustand, der auf ihn erschreckend wirkte. In dieser Trance erzählte sie ihm allerlei Details aus seinem Leben, die allesamt stimmten. Dann sagte sie ihm voraus, dass er bald schon einen Job beim Pfarrer annehmen und spannende Abenteuer erleben würde. Plötzlich stockte sie und beendete mit kreidebleichem Gesicht die Weissagung. Sie hatte etwas im Nebeldunst gesehen, was ihr fast das Herz zerriss. Aber das konnte sie Hias nicht sagen. Und sagte es auch nicht.

»Was is? Wie geht's denn dann weiter mit mir und dem Job beim Pfarrer?«, fragte der Bub.

Doch Carmen wehrte ab. »Kann ichä nichtä so weit sehen vorausä, nur kurzä Periodä. Weiß ich sonst nix mehrä.«

Das war das erste Treffen zwischen den beiden. Von diesem Tage an ging der Hias fast jeden Nachmittag, wenn er Zeit hatte, zu Carmen. Er trank Tee mit ihr, aß Kekse und stellte ihr allerlei Fragen über seine Zukunft, die sie manchmal beantwortete und dann wieder nicht. Der Bub gefiel der alten Frau sehr gut, denn er war vif und hatte neugierige Äuglein. Sie freute sich, wenn er zu ihr kam.

»Warum bist du denn eigentlich hier in Hinterstein, Carmen?«, fragte er bei einem dieser täglichen Gespräche.

»Istä lange Geschichte, kleine Hias«. Doch Hias hatte Zeit, und so begann sie, zu erzählen. »Bin ichä gekommen nach Ästerraich aus rumänische Dorf, heißt Glod. Schäne, kleine Dorf mit viele Zigeiner.« Hias war in Geographie immer gut gewesen, aber Glod kannte er natürlich nicht, denn das war auf fast keiner einzigen Rumänienkarte eingezeichnet, so klein war es. Ähnlich wie Hinterstein eben. Wo Rumänien war, wusste er aber sehr wohl.

»Und warum bist du von dort weggegangen?«, fragte er.

»War böse Mann, böse gegen Zigeiner. Bin ich mit meine große Familiä weggefahrenä für bessere Leben in Ästerraich.« Nun wollte der Schraglgschwandtner natürlich wissen, wo die Familie geblieben war. Darauf antwortete Carmen aber nur unverständlich: »Ach, mein Bua, kleine Hiasi. Bin ich unreine Frau. Unreine Frau muss weg.«

Das verstand der Bursche nicht, aber er fragte auch nicht weiter nach, denn er bemerkte, dass Carmen einige große Tränen über ihre Wangen kullerten, als sie das sagte.

Einige Wochen später wollte Matthias wissen, wie das Leben in Rumänien so war.

»Schwierige Leben dort in Glod. Kleine Dorfä wie Hintersteinä.« Dann erzählte sie davon, dass sie in Glod mit ihrer großen

Familie gelebt hatte, dass die jungen Männer aber keine Arbeit fanden, dass man sie verfolgt hatte und dass sie am liebsten die Musik von den Gipsy-Kings hörte, selber Flamenco tanzen konnte und auch Spanisch sprach. Außerdem erfuhr der Hias, dass Carmen entgegen der Annahmen aller Hintersteiner katholisch war, an Jesus und Gott glaubte, aber nicht in die Kirche gehen wollte, da sie sich dort nicht willkommen fühlte. Sie erzählte ihm von ihren vielen Reisen, von den Menschen und den Städten Rumäniens, von ihrer Ankunft im österreichischen Burgenland und von der Macht der Seele, von den Geistern der Toten, die sie täglich begleiteten, von den Visionen und ihrem Wandeln zwischen den Welten. Sie eröffnete dem 15-jährigen Buben einen Kosmos, von dem er nicht zu träumen gewagt hatte. Ja, sie wurde zu seiner Lehrerin und zu seiner zweiten Ziehmutter, nachdem er seine erste verloren hatte.

»Die Leut sagen, du hast den Bauern verzaubert, damit er dich auf seinem Grund leben lässt. Stimmt das?«, fragte Hias.

Carmen lächelte.

»Habe ich ihm nurä gesagtä, dass er wird viiieeele Geld verdienen, wenn er wirdä Biobauerä. Darf ichä jetzt wohnen hierä und wenn funktioniertä, ichä bleiben kannä für immer.«

Der Hias wollte wissen, ob Carmen das in einer Vision gesehen hätte. Sie verneinte und meinte nur, dass jeder Depp wüsste, dass man als Biobauer bessere Chancen hätte. Nicht für jede Prognose bräuchte man eine Vision. Der von ihr beratene Bauer hatte tatsächlich langsam auf Bio umgestellt und erste Erfolge erzielt.

Der Hias jedenfalls kam immer öfter zu Carmen und vernachlässigte mehr und mehr seine Pflichten am Hof. Die Roma-Frau ermunterte ihn, von zu Hause wegzugehen und sich der Tyrannei der Adoptiveltern zu entziehen, aber so einfach war das nicht. Denn sie selbst hätte in ihrem Wohnwagen kein Zimmer für den Hias frei gehabt und zu zweit wäre es wirklich viel zu eng gewesen. Eine andere Möglichkeit aber gab es nicht, und ein Job war auch keiner in Aussicht. Das alles ging zwei Jahre so dahin, bis sich durch den Pfarrerwechsel in Hinterstein endlich eine Chance ergab.

Carmens Prophezeiung erfüllte sich, als Kreinhuber einen Koch suchte und den Hias aus Mangel an Alternativen einstellte. Das war der Moment, wo der Bub auch den letzten Zweifel ablegte und sich endlich vom Bauernpaar Sepp und Mena trennte. Er verzichtete auf alle Ansprüche, um mit den Unterdrückern nicht im Streit zu bleiben. Da er ein guter Bub war, hegte er keinen Hass auf die beiden. Sie taten ihm in ihrer Boshaftigkeit sogar ein wenig leid. Des Burschen neues Zuhause jedenfalls wurde der Pfarrhof, der sich glücklicherweise nicht allzu weit von Carmens Wohnwagen befand.

Kapitel 9

Kreinhuber musste am Abend die Ostermesse lesen. Wie jedes Jahr sollten auch diesmal wieder wesentlich mehr Hintersteinerinnen und Hintersteiner in die kleine Kirche am Ende des Dorfplatzes kommen als an gewöhnlichen Sonn- oder Feiertagen. Aber was sich an diesem Samstag abspielen sollte, das konnte nicht einmal ein erfahrener Seelsorger ahnen. Der Pfarrer war noch gerade auf dem Friedhof unterwegs gewesen und hatte die Ministranten für die Messe zusammengetrommelt, als ihm ein Tumult bei den Stufen zum Friedhofseingang zu Gehör kam. Mit schnellem Schritt eilte er um das Westende des gelblichen Gemäuers, als ihn schon die aufgebrachte Menge in Empfang nahm. Allen voran der Bürgermeister, der die heiligen Hallen außerhalb der offiziellen Kirchenfeiertage sehr selten aufsuchte.

»Du, Kreinhuber, wenn ich Gemeindesprechtag hab, sperr ich schon mein Amt auf. Und wenn du als Hirte willst, dass dich die Schäflein aufsuchen, dann musst deinem Stall die Pforten öffnen.«

Herrje, nachdem ja der Hias auch die Position des Messdieners bekleidete, hatte noch gar keiner die Kirchentür aufgesperrt, weder das Hauptportal noch den Nebeneingang. Und schon gar nicht den Eingang zur Sakristei, aber da hätte ja auch kein Normalsterblicher etwas zu suchen gehabt. Kreinhuber wurde rot wie eine Tomate, als er die nicht enden wollende Schlange bis auf den Dorfplatz runter sah. Das merkten auch die Kirchgänger in der »Pole-Position«, darunter ein paar eingefleischte ältere Kirchgängerinnen in bunten Kleiderschürzen, welche auch immer den Kirchenputztag organisierten. Sie sprachen unseren Kreinhuber auf seine »Tomate auf den Schultern« an.

»Das ist mir jetzt schrecklich peinlich, entschuldigt bitte meine Sorglosigkeit«, entgegnete unser Pfarrer. Wobei ihm, angesprochen auf das Gemüse, gleich wieder der Magen knurrte. So wurde ihm schmerzlich wieder das Fehlen des Hias vor Augen geführt. Die Krönung war dann noch ein »Schlecht schaun'S aus, Herr Pfarrer!«, von einer der Betfrauen in den hinteren Reihen.

Kreinhuber eilte, jetzt mit noch schnellerem Schritt, zum Kirchenportal, um die Meute so rasch wie möglich ins Gotteshaus zu lassen. Vor lauter Nervosität fand er auf Anhieb nicht den richtigen Schlüssel und musste ein paar Mal probieren. Sofort war die Menge ungehalten und von hinten schoben ein paar ältere Herren der Kameradschaft die Leute nach vorn. Sie drängelten wie unreife Schüler an der Bushaltestelle, wenn der Chauffeur die Tür nicht gleich öffnet. Mit dem heißen Atem der keuchenden Meute im Genick schaffte es unser verunsicherter, zum Messdiener degradierte, gerade noch vor dem 19.00-Uhr-Läuten, die schwere Kirchentür zu öffnen.

Wie bei besonders günstigen Angeboten einschlägig bekannter Möbelhäuser oder Discounter stürmten die Gläubigen mit Öffnung der Pforte die Bastion, den gar nicht so leicht zu bewegenden Kreinhuber auf dem Schotter zur Seite schiebend. Dann ging alles in Sekunden wie in einem Film. Die vorher älter und behände wirkenden Hintersteiner und Hintersteinerinnen flitzten förmlich am Mann in Schwarz vorbei, ohne groß von ihm Notiz zu nehmen. Um ihn ging es am heutigen Samstagabend nicht.

Kreinhuber war im wahren Wortsinn hin- und hergerissen. Schrecklich war dieser Ansturm auf der einen Seite. Doch andererseits: So einen Ansturm auf sein Gotteshaus hätte sich wohl jeder Diener des Herrn gewünscht. Bei »Diener« fiel dem Kreinhuber wieder der Hias ein. Er blickte zum Himmel und bekreuzigte sich, als die letzte Gläubige, eine weit über 90-Jährige im Rollstuhl, endlich über die Schwelle in den dunklen und kalten Innenraum der Kirche entschwand. Und als er so die Außenmauer der Kirche hinaufsah, sprang ihm der abgewetterte Zwiebelturm ins Auge. Woraufhin unserem Kreinhuber gleich wieder der Magen zwickte. Womit hatte er das bloß verdient? Schließlich aber doch froh darüber, dass er wenigstens über ein automatisches Läutwerk verfügte und nicht auch noch selber am Glockenstrick baumeln musste, begab er sich – wohlgemerkt außen an der Kirche – zum Eingang in die Sakristei, wo noch zwei der eigentlich vier Ministranten warteten.

»Wo sind die andern beiden«, fragte er die wortkargen Kleinen. Die blickten sich an und zuckten die Achseln. Wohl aus Angst vor den beiden Größeren. Sie wollten dem Pfarrer nicht auf die Nase binden, dass die sich in dem allgemeinen Heckmeck aus dem Staub gemacht hatten. Gerade die Messen am Samstagabend waren bei den Ministranten nicht beliebt. Eine fixe Einteilung für den Dienst gab es in Hinterstein nicht, der Pfarrer hatte eine halbe Stunde vor Messbeginn die Chance, sich spielende Kinder vom Dorfplatz weg zu rekrutieren. Das hatte ihm auch meistens der Schraglgschwandtner abgenommen, denn der konnte sich bei den größeren Kindern viel besser durchsetzen als unser bayrischer Pfarrer, der manchmal wegen seines Dialekts von den Kindern gehänselt wurde.

Um die Sache nicht unnötig in die Länge zu ziehen, sagte Kreinhuber: »Ach was soll's, jetzt ist's eh schon wurscht, kommt's Kinder, wir drei werden den Laden schon schaukeln.«

Diesmal dachten die beiden Kleinen bei »Wurscht« an etwas Essbares, wohingegen sich Kreinhuber bei dem Wort »Laden« innerlich fragte, ob das Angebot seines kirchlichen Ladens die Nachfrage der neugierigen Hintersteiner nach Neuigkeiten über den Hias würde abdecken können. Er vermutete zu Recht, dass gerade diese Nachfrage ihm den heutigen Ansturm auf die Abendmesse bescherte.

Grundsätzlich störten die bis auf den letzten Platz bevölkerten Reihen den Pfarrer nicht. An kirchlichen Hochämtern war er großen Zulauf gewohnt. Der diesjährige Tumult allerdings war ihm neu. Und mehr noch: Es lag an diesem Ostersamstag ein banges, fürchterliches Gefühl in der Luft, und dieses Gefühl steigerte sich in der Masse der Messbesucher und -besucherinnen zu einer schier unerträglichen Ungewissheit. Jede Hintersteinerin und jeder Hintersteiner wusste inzwischen vom Verschwinden des Hias. Spätestens nach dem Debakel beim Eingang. Denn jeder kannte jeden in Hinterstein und was man nicht aus erster Hand erfuhr, das brachte man eben über einen, der was gehört hat von einem, der was gehört hat, dem was erzählt worden ist von einem, der was mitbekommen hat – brachte man in Erfahrung.

Somit war das Geschwätz unter den Messbesuchern vor Beginn der Messe unerträglich. Es ging zu wie in der Pause einer Volksschulklasse. Erst mit dem Läuten der Sakristeiglocke und dem Eintreten des Priesters wurde es still. Viele wussten auch schon von der Vision der Zigeunerin, die freilich nicht in der Kirche war. Denn irgendjemand hatte was davon gehört, was dann jemand weitererzählt hat, was irgendwie durchgedrungen ist. Doch gesehen hatte niemand etwas. Natürlich wurde bei jeder Information, die weitergegeben wurde, immer betont, dass man es nicht weitererzählen dürfe, weil es ganz geheim sei.

Nun wussten also so ziemlich alle 1980 Hintersteinerinnen und Hintersteiner, dass der Pfarrerskoch Hias verschwunden war, obwohl er noch niemals, sein Lebtag nicht aus Hinterstein draußen gewesen war. Und sie wussten auch, dass die Zigeunerin eine Vision gehabt hatte von einem mausetoten Hias in einem Stadl. Und natürlich wussten sie, dass der Inspektor Fink aus Salzburg, ein alter Freund des Pfarrers schon da gewesen war und Nachforschungen anstellte. Das alles wussten sie. Und sie wussten, dass das alles noch ganz geheim war und man es niemandem weitererzählen durfte.

Kreinhuber erwähnte die Geschichte bei der Predigt mit keinem Wort. Ihm reichte es, dass in der Lesung »vom verlorenen Schaf« die Rede war. Am liebsten hätte er überhaupt die Lesung ausgelassen, aber das hätte das Pulverfass zum Explodieren gebracht. In dieser emotionsgeladenen Kirchengemeinschaft kam sich der Pfarrer vor wie beim Minenentschärfungskommando. Sogar die Ministranten trauten sich nicht, sich bei der Wandlung gegenseitig in die Augen zu sehen. Wie auf rohen Eiern durchtänzelte Kreinhuber den Liturgiereigen, wobei jeder insgeheim wusste, dass es eigentlich ein Kriminaltango war. Nachdem sich alle bis zum Segen in nobler Zurückhaltung übten und auch danach keine öffentliche Fragerunde oder Diskussion aufkam, zumal Kreinhuber, ohne links und rechts zu schauen, wieder mit schnellem Schritt den Volksaltar verließ und am liebsten die beiden kleinen, trödelnden Ministranten zwecks Beschleunigung des Abgangs unter den Arm genommen hätte, gingen alle ohne die erwartete Stellungnahme des Pfarrers nach Hause. Erst in den eigenen vier Wänden munkelte man wieder davon. Und da gab es die verschiedensten Formen, sich mit diesem Thema auseinanderzusetzen. Die einen setzten sich vor den Fernseher, und nur ab und zu fiel ein Wort so nebenbei. Andere sprachen während des Abendessens darüber. So war fast die ganze Familie involviert, denn in Hinterstein wurde zusammen gesessen und zusammen gegessen und auch alles zusammengegessen, alles zur selben Zeit. Ganz in diese Geschichte verbissene und interessierte Familien zelebrierten diese Informationsweitergabe fast bis zur Ekstase und sangen Volkslieder, deren Texte sie auf die schrecklichen Ereignisse umschrieben. Und all das nur, weil der Pfarrerskoch verschwunden war.

Kapitel 10

Während diese Rituale die Bewohner von Hinterstein auf Trab hielten, legte sich der Pfarrer Kreinhuber schon bald schlafen. Natürlich, wie sollte es anders sein, hungrig.

Um 4.00 Uhr früh griff er zum Telefon, um Inspektor Fink anzurufen. Verschlafen suchte dieser im Dunkeln nach seinem Handy auf dem Nachtkästchen. Nachdem er ungefähr vier oder fünf angeschneuzte Taschentücher, den Wecker, das Bild seiner Frau und den Kindern hinuntergeworfen hatte, konnte er es endlich ertasten. Es konnte ja nur etwas Berufliches sein, das war ihm klar, obwohl: Es hätte schon auch was Privates sein können. Das wusste man nie. Aber Fink war sich im Halbschlaf sicher, dass es beruflicher Natur sein müsse um diese Zeit. Damit hatte er recht, obwohl: Eigentlich hatte er auch wieder nicht recht damit. Es war Kreinhuber.

»Entschuldige die Störung, Eule«, sagte der Pfarrer aufgeregt. Eule schien ihm zu so nächtlicher Stunde ganz besonders passend, obwohl das jetzt nicht wichtig war.

»Ich hab geträumt, was Grausiges. Was ganz Grausiges hab ich geträumt.«

Fink war nicht böse auf seinen Freund. Er war es gewohnt, in der Nacht geweckt zu werden, darum fragte er geduldig: »Was hast du denn geträumt?«

Kreinhuber sprudelte hastig die Worte heraus. »Der Hias in einem Stadl, tot. Mausetot. Das hab ich geträumt, stell dir vor. Das Gleiche, wie die Zigeunerin vorhergesagt hat. Das kann kein Zufall mehr sein. Kein Zufall.«

Fink sprach leise, um seine Esther nicht aufzuwecken.

»Aber beruhig dich. Das ist normal. Du hast dich reingesteigert in das Gred von dieser Frau, und jetzt träumst du halt genau das, was sie dir ins Hirn gesetzt hat. Das ist doch nichts Besonderes. Lies mal den Freud, dann weißt du, wie das ist mit den Träumen.«

Der Hinweis auf den Vater der Psychoanalyse verärgerte den Pfarrer: »Wenn es um Leid geht, dann redet man nicht von Freud! Ich habe es genau gesehen im Traum. Der Hias liegt da, und in der Hand hat er die Bibel, die goldene, die immer neben dem Tabernakel gelegen hat, und die rote Schrift auf der Bibel, die hat ganz furchtbar geleuchtet im Traum, hat die, die Schrift!«

Fink verstand nicht, was ihm der Pfarrer mit der Betonung der Bibel sagen wollte. »Welche Bibel? Kreinhuber, jetzt noch einmal langsam?«

Doch in seiner Aufregung war es dem armen Kirchenmann unmöglich, langsam zu sprechen.

»Heute Nacht, nachdem ich munter geworden bin, bin ich noch im Schlafgwand runtergrennt in die Kirche und hab nachgsehen, und die Bibel war weg, der Platz neben dem Tabernakel war leer! Die Bibel lag aber immer dort. Die hat auch nie wer gebraucht und angegriffen. Die war nur zur Zierde dort, weil sie einmal ein Geschenk war vom früheren Prälaten an die Kirchengemeinde. Und jetzt ist sie weg!«

Fink verstand gar nichts mehr. Hatte denn in diesem mysteriösen Hinterstein jeder zweite Einwohner visionäre Fähigkeiten?

»Das gibt es doch nur in schlechten Filmen. Du träumst, die Bibel ist weg, und dann ist sie wirklich nicht mehr da! Da läuft was Komisches ab!«, befand der Kommissar nachdenklich.

Doch Kreinhuber war für solche Überlegungen nicht empfänglich.

»Jetzt fängst wieder an, das ist weder komisch noch eine Freud!«

Fink versuchte, den anderen zu beruhigen. »Geh, leg dich nieder und schlaf weiter und träum jetzt nicht mehr so viel!«

Etwas gekränkt entgegnete Kreinhuber: »Pfiati, du kannst ein ziemlicher Eisvogel sein, Fink, weißt du das!«

Dieser schmunzelte ein wenig, was Kreinhuber am anderen Ende der Leitung aber nicht sehen konnte, ehe er sich verabschiedete: »Jetzt sei keine beleidigte Leberwurst. Schlaf gut, servus!«

Fink war ein wenig beunruhigt von den eigenartigen Visionen und Träumen seines Freundes, aber ohne Fakten war nichts zu machen. Er wollte die Sache auch nicht überbewerten und legte sich wieder hin.

Der Pfarrer hingegen, der ja jetzt schon einige Tage nichts Warmes mehr gegessen hatte, bekam nach Finkens Hinweis auf die Leberwurst einen enormen Hunger. Er streifte sich ein bequemeres T-Shirt über und tapste ganz leise zum Kühlschrank. Auf halbem Weg fiel ihm ein, dass er gar nicht leise sein brauchte, weil außer ihm ja niemand mehr im Pfarrhof war. Da überkam ihn eine ganz grausige Traurigkeit, und er fing an, vor lauter Frust zu essen. Er jausnete den halben Kühlschrank mitten in der Nacht leer. Nachdem er etwa drei Packungen Landjäger gegessen hatte, spannte das T-Shirt. Außerdem war das Textil quergestreift, das machte sich überhaupt nicht gut, obwohl ihn ja keiner sehen konnte. Aber er sah seinen Bauch unter dem Shirt etwas hervortreten. Und so beschloss Kreinhuber um mittlerweile 20 Minuten nach 4, die Garderobe zu wechseln, weil er noch etwas Gusto auf Schoko hatte und wenigstens diesen ruhigen Gewissens verdrücken wollte.

Nun mit einem sehr weiten Hemd bekleidet, biss er herzhaft in ein bereits abgelaufenes Toblerone. Mit zwei restlichen Ripperln der kleinen Schokoberge in der Verpackung und Splittern des türkischen Honigs am Kinn begab er sich dann ins Bett.

Wenn man aber in der Nacht so viel gegessen hat – und der Pfarrer hatte ordentlich gespeist – und mit vollem Magen ins Bett geht, dann kann man in fürchterliche Fieberträume fallen. Und genau das passierte unserem armen Kreinhuber. Er träumte, dass ihn jemand vergiften wollte. Nachdem das Toblerone schon abgelaufen und der Honig sehr bitter war, hatte er einen unguten Geschmack im Mund. Das verschärfte seine Träumerei noch, und er glaubte wirklich, dass er schon tot sei. Außerdem erschien ihm immer wieder der tote Schraglgschwandtner Hias im Nebel, der in einem Stadl auf einem Berg lag.

Als er am nächsten Morgen munter wurde, hielt er verkrampft die Toblerone-Verpackung in der Hand. Schokoverschmiert sah er die Berge auf dem Karton, und es wurde ihm ganz mulmig. Kreinhuber schwor sich nach diesem nächtlichen Horrortrip, künftig keine Süßigkeiten dieser Art mehr anzurühren.

Kapitel 11

Da das Verschwinden des Hias bald mehr oder weniger offiziell und ganz Hinterstein sowieso aufgewühlt war, vom Bauern bis zum pensionierten Postenkommandanten, vom Kleinkind bis zur Großmutter, initiierte der Pfarrer Kreinhuber in Absprache mit dem Bürgermeister nach einigen Tagen der zunehmenden Ungewissheit und einigen Nächten der Fieberträume eine kollektive, groß angelegte Suchaktion.

Damit aber die außerdörfliche Öffentlichkeit und die Nachbargemeinden Flachau und Altenmarkt offiziell nichts mitbekamen, wurden alle Hintersteiner in einer Nacht- und Nebelaktion um Mitternacht auf den Marktplatz geholt.

Die Gemeindesekretärin Hannelore Mutzner hatte im Auftrag des Bürgermeisters Flugblätter gestaltet, welche unser Postfux an alle Gemeindebürger verteilte. Er jubelte es ihnen quasi wie eine Postwurfsendung unter. Damit das Feuilleton nicht übersehen wurde oder gar mit der übrigen Werbung gleich weggeworfen wurde, knickte man es oben rechts ein, damit es gewiss irgendwo herausragte und jedem in die Hand fiel. Die Mund- bzw. Telefonpropaganda tat ihr Übriges.

So begab es sich, dass um Mitternacht der Marktplatz von Hinterstein einem gutbesuchten Open-Air-Konzert glich. Fast alle waren da außer ein paar Babys und Bettlägrigen. Sogar die Dorfälteste war ausgerückt und verfolgte das Geschehen mit knapp acht Dioptrien und ihrem voll empfangsbereiten Hörgerät.

Der Bürgermeister hielt eine fünfzehnminütige Ansprache, und eine fünfzehnminütige Ansprache war für den Hintersteiner Bürgermeister lang! Und er sagte den Versammelten, wie wichtig es sei, den Matthias, den Pfarrerskoch, zu finden, eben nicht nur wegen des Schließ- und Essverhaltens des Pfarrers! Er schien sehr besorgt, der ehrenwerte Herr Bürgermeister. Ungewöhnlich besorgt, denn immerhin ging es ja nicht um eine Person, die für ihn vordergründig besonders wichtig gewesen wäre.

Der Hias war weder Gemeinderat noch Lehrer oder Kapellmeister. Aber andererseits war er eben der Koch des Pfarrers, und nach all den Unannehmlichkeiten der Vergangenheit mit dem Weidenstätter Lieserl und dem Gumphauser, da wollte man im Ort jeden weiteren Tumult, der dann womöglich noch in die Bezirksblätter gekommen wäre, vermeiden. Aus dieser Perspektive heraus konnte man die Sorge des Bürgermeisters dann schon wieder viel besser verstehen, und sie schien gleich gar nicht mehr so ungewöhnlich. Und weil die Angelegenheit so eine wichtige war, stellte der Bürgermeister auf die Bitte Kreinhubers hin verschiedene Suchtrupps zusammen, und an die Spitze eines jeden dieser Suchtrupps stellte er eine hochrangige Persönlichkeit seines Vertrauens.

Eine Gruppe wurde von der ortsbekannten Gemeindesekretärin Mutzner geleitet, eine vom ortsbekannten Schuldirektor Meissner, eine vom ortsbekannten Doktor Metzger, eine vom ortsbekannten Totengräber Gruber und eine vom Bürgermeister höchstpersönlich.

Und alle suchten sie die ganze Nacht durch bis zum Morgengrauen. Mit Fackeln und Waldhörnern ausgerüstet durchstreiften sie den Wald und auch die Stadeln der Umgebung. Es könnte ja was Wahres an der Vision der Zigeunerin dran sein. Und so fuhren sie mit ihren Jeeps von einem Stadl zum anderen. Auch die schwierigsten und steilsten Güterwege konnten sie von ihrem Vorhaben nicht abhalten. Vom Berg oben ins Tal blickend konnte man die Fackeln als gelbrote Punkte erkennen, die sich auf den

Wegen und Feldern bewegten, und man hörte leise die Schreie der Suchenden: »Hias…., Hias….«

Doch vergeblich, der Name des Vermissten verhallte in der dunklen Nacht. Nur ein paar Käuze erwiderten mit einem Augenrollen die verzweifelten Hilferufe der Bevölkerung. Doch diese Käuze wurden von den Hintersteinern nicht registriert, denn komische Käuze hatte man hier ohnehin genug. Mit dieser Spezies hätte sich vielleicht der Vogelversteher Inspektor Fink ausgekannt. Aber da dies alles ohne das Wissen und Zutun unseres Ermittlers erfolgte, wurde der Hias natürlich nicht gefunden.

Auch in den kommenden Nächten tat sich nichts. Der Hias war jetzt schon über eine Woche weg. Und die Nachbargemeinden wurden auch schon misstrauisch, denn man hatte doch schon das eine oder andere gehört oder selber beobachtet. In den umliegenden Gemeindestuben und an den Wirtshaustischen wurde diskutiert, geschrien, gestritten und sogar geweint.

Kapitel 12

Einige Zeit lang ergab sich nichts Neues rund um das Verschwinden des Hias. Er war halt einfach weg, wie ja jeder wusste. Und langsam wurde unter vielen Hintersteinerinnen und Hintersteinern der Verdacht laut, dem Burschen wäre doch gar nichts passiert. Er wäre einfach abgehauen. Meiner Seel, dachte sich so mancher, der ist halt auf und davon. Wen wundert's. Ein junger, fescher, kräftiger Bursch in einem verlassenen Ort wie Hinterstein, ohne dass er jemals woanders gewesen war. Der wollte sich eben mal was anschaun, meinten manche. Die Spekulationen, dass es sich um ein Verbrechen hätte handeln können, wurden immer leiser, denn es wurde ja keine Leiche gefunden. Und die Zigeunerin konnte sich ja auch geirrt haben mit ihrer Vision. Immerhin kam es ja immer wieder mal vor – sehr selten zwar und in Hinterstein fast noch nie – aber immerhin kam es doch hin und wieder vor, dass einer einfach auf und davon ist. Und so wird es eben auch beim Hias gewesen sein.

Wer weiß, vielleicht war er ja schon in New York oder in Tokio oder in Rio oder auf Hawaii. Oder zumindest in Hüttschlag. Niemand konnte das wissen. Aber auch, wenn man von der Theorie eines Verbrechens langsam etwas abkam, so war der Fall trotzdem unvermindert interessant. Und Tagesgespräch Nummer eins. Im Gasthaus, auf der Straße, beim Arzt im Wartezimmer, überall sprach man vom Hias. Sogar beim Regionalsender in der Bezirkshauptstadt St. Johann wurden die alten Hits wieder ausgepackt, gespielt und gesungen. Ungewöhnlich oft erklang in diesen grausamen Wochen das Lied von dem entführten Mädchen namens Jeanny. Und den Hörern lief ein kalter Schauer über den Rücken, denn genau so könnte es auch beim Hias gewesen sein.

Oder war er wirklich einfach von selbst davongelaufen? Dazu passte wieder das Lied mit dem Titel »Runaway-Train«. Ja, es wurden die wildesten Vermutungen angestellt.

Franz, der »Postfux«, wurde zum begehrtesten Mann des Ortes, obwohl er ja bei manchen Frauen bekanntlich schon seit jeher sehr begehrt war. Auch die kleinen Kinder rannten ihm hinterher und fragten, ob er nicht einen Brief vom Matthias, dem Pfarrerskoch, mit hätte. Die Erwachsenen äugten oft verstohlen in seine Tasche, um was in Erfahrung zu bringen. Und der Postmann genoss diese unverhoffte Popularität seiner Person, mit der er auf seine alten Dienstjahre nicht mehr gerechnet hatte. Neuigkeiten vom Hias allerdings brachte er nicht. Einige Hintersteinerinnen und Hintersteiner freilich blieben nach wie vor bei der Mordtheorie, die doch so prächtig ins Bild der Vision von Carmen passte.

Pfarrer Kreinhuber übrigens bat nach einigen Tagen bitterer Diät das Weidenstätter Lieserl, welches er ausfindig gemacht hatte, darum, wieder als Pfarrersköchin zu arbeiten. Für das Lieserl war das nach der ganzen Schmach mit dem früheren Pfarrer Gumphauser, der sich ja weder um sie noch um das kleine Putzi je gekümmert hatte, eine unerwartete Freude. Sie nahm das Angebot vom Kreinhuber dankend an, obwohl dieser einschränkte, dass es sich nur um eine vorübergehende Anstellung handeln könne, bis ein männlicher Nachfolger für den Hias gefunden war. Des Lieserls Tochter Margreth war nun fünf Jahre alt und ganz dem Gumphauser aus dem Gesicht geschnitten. Das war eine traurige Sache, eine richtige Schande war das. Denn der Gumphauser hatte ja gar kein schönes Gesicht. Das Lieserl aber war wunderschön. Das war sie nach wie vor. Und wenn die kleine Margreth dem Lieserl nachgekommen wär, dann hätte sie es ja viel besser gehabt. Aber dem war nicht so. Das Lieserl selber mochte ihre Tochter trotzdem sehr gern. Sie war ja ein herzensguter Mensch, ähnlich dem Hias.

Für unseren Inspektor Fink aus Salzburg war die Tatsache, dass man keine Leiche gefunden hatte, übrigens eine beruhigende Bestätigung seiner These. Beunruhigend war für Fink nur das Geständnis Kreinhubers an sich, die Suchaktion ohne das Wissen der Ermittler organisiert zu haben, sozusagen hinter Finks Flügeln.

Aber was soll's: Den Pfarrer trieb der Hunger an, wie wohl das Reisefieber den Matthias. Der Bursch war einfach abgehauen.

Kapitel 13

Zwei Wochen nach dem Verschwinden des Schraglgschwandtners, als alle die Situation emotional so halbwegs unter Kontrolle hatten und man schon fast wieder zum Alltagsgeschäft übergegangen war, wirbelte ein Zeitungsartikel in den Bezirksnachrichten überregionalen Staub auf.

Unter der fetten Schlagzeile »Ein Hintersteiner kocht in London« und einem Foto von Matthias, auf dem er mit einer Kochhaube vor dem Buckingham Palast abgebildet war, stand folgender Text geschrieben.

»Das Rätsel um den seit Gründonnerstag vermisst gemeldeten Pfarrerskoch Matthias S. aus Hinterstein dürfte endgültig geklärt sein. Der 22-Jährige hat sich offenbar aus seinem Dorf in Salzburg aufgemacht, um als Koch die internationale Starbühne zu erobern. Während sein Arbeitgeber, Pfarrer Paul K., und die Hintersteiner in großer Sorge nach ihrem Koch suchten, etablierte sich dieser in einem Nobelrestaurant im Zentrum der britischen Hauptstadt innerhalb kurzer Zeit als kreativer Küchenstar. Die Redaktion der Bezirksnachrichten hat aus sicherer Quelle erfahren, dass Matthias S. mit seinem neu gegründeten Lokal ›Behind-Stone. Austrian Kitchen‹ ähnlich wie Wolfgang Gehrer in Hollywood die Briten kulinarisch verzaubert. Unser Foto zeigt den Vermissten vor dem Buckingham Palast, den er wohl bald schon bekochen wird. Wir haben aufgrund dieser unerwarteten Nachricht den Pfarrer Paul K. um eine Stellungnahme gebeten.

BN: Hochwürden, was sagen Sie zu dieser überraschenden Wende in diesem Fall?

Paul K.: Also, ehrlich gsagt, kann i des gar nit glaubn. Der Hias war nie aus Hinterstein weg. Dass er in London sein soll, das kann i mir nit vorstelln.

BN: Aber das Foto zeigt ihn eindeutig, und uns liegen Augenzeugenberichte vor.

Paul K.: Na ja, donn wird's – meiner Seel – dann wird's wohl stimmen. Gott sei's gedankt, wenn der Bub no lebt.

BN: Wie fühlen Sie sich angesichts dieser neuen Informationen?

Paul K.: Ja, erleichtert freilich bin ich, dass nix passiert ist.

BN: Keine Enttäuschung, dass er Ihnen nichts gesagt hat, Ihr Koch?

Paul K.: Enttäuschung ist nicht das richtige Wort. Wissen Sie, Herr Journalist, die Wege des Herrn sind unergründlich,und die vom Hias eben auch. Und manchmal führen sie halt auch zu den ›Anglikanischen‹.

BN: Werden Sie S. kontaktieren?

Paul K.: Ja, haben Sie denn eine Adresse von ihm? Schreiben tu ich ihm auf jeden Fall. Vielleicht kann er mir ja ein kleines Carepaket mit etwas Apfelstrudl zukommen lassen.

BN: Adresse liegt uns keine vor, aber wir können Sie über unsere Kontaktperson erfragen und dann an Sie weitergeben.«

An dieser Stelle nahm das Interview eine kuriose Wendung, denn die Rollen des Fragers und des Befragten drehten sich um. Besonders kurios musste für einen aufmerksamen Leser erscheinen, dass die Zeitung diesen Stumpfsinn auch noch abdruckte. Offenbar gab es keinen Chefredakteur bei diesem Blatt, der sich um Qualität gekümmert hätte. Jedenfalls fragte nun der Kreinhuber den Journalisten aus, und alle konnten es lesen.

»Paul K.: Aha, Sie haben gar keine Adresse vom Hias. Ja, von wem haben Sie denn diese Informationen?

BN: Das können wir leider nicht bekannt geben, aber wir werden die Adresse erfragen.

Paul K.: Vielleicht sollt ich überhaupt nach London reisen? Ich war noch nie dort und könnt dem Hias einen Besuch abstatten. Ich nehm ihm drei Kilo Jonathan-Äpfel mit. Da freut er sich bestimmt, glauben Sie nicht?

BN: Das ist eine gute Idee, Herr Pfarrer.

Paul K.: Sagen Sie, Herr Journalist, wie kann denn das sein, dass der Hias in so kurzer Zeit in London berühmt geworden ist?

BN: Das weiß man nicht genau. Wahrscheinlich hat er alles von langer Hand geplant.

Paul K.: Nein, nein, das kann ich mir nit vorstellen. Dass ich da nix mitgekriegt hätte. Einfach unvorstellbar.«

Mit diesen und ähnlichen Belanglosigkeiten ging das Interview weiter. Es hatte in Wirklichkeit nicht den geringsten Informationsgehalt und war nur eine sinnlose Plauderei zwischen dem armen Pfarrer und irgendeinem ziemlich schrägen Journalisten.

Die Hintersteinerinnen und Hintersteiner waren großteils dennoch begeistert von dieser Geschichte und dem Interview. Da sie keine medienrelevante Ausbildung genossen hatten, wussten sie nicht, was Qualitätsjournalismus ist. Und es war ihnen auch völlig egal. Der Bericht hatte jedenfalls das Mysterium rund um den Hias geklärt. Hinterstein hatte Medienpräsenz, und der Pfarrer war dadurch geradezu zu einem regionalen Promi geworden.

Wie im abgedruckten Gespräch aber schon deutlich wurde, blieb Kreinhuber weiterhin ein wenig skeptisch. Er konnte beim besten Willen nicht glauben, dass der Schraglgschwandtner nach London gegangen war. Zwar wusste er, dass man manchmal eben einfach glauben musste, ohne zu wissen – er war ja Pfarrer, und daher wusste er das ganz genau. Aber in diesem Falle war er dennoch voller Zweifel. Die reine Empfängnis Marias und die Auferstehung Jesu Christi schienen ihm tausendmal glaubwürdiger als der Exodus des Hias nach London. Und doch: Es gab ein Foto! Kreinhuber zählte zu jenen Menschen, die ein Bild nicht infrage stellten, da sie gar nicht wussten, dass man Bilder auch manipulieren kann. Ein Foto war an und für sich daher ein klarer Beweis für den Pfarrer. Obwohl ihm natürlich als Kleriker auch die Zusammenhänge des »Sehens« und »Glaubens« bekannt waren. Hier schien der weltliche Beweis in Form einer Ablichtung des Hias im Großen Britannien eindeutig vorzuliegen. Und trotzdem musste an der Geschichte etwas faul sein. Was sollte er in dieser Situation also anderes tun als seinen Freund Fink anzurufen, der aus Mangel einer Leiche wieder seinen alltäglichen Geschäften in der Stadt Salzburg nachging.

»Servus, Taube«, begrüßte Kreinhuber den Inspektor diesmal, denn er hatte ständig London im Kopf und ging davon aus, dass es in London wie in allen Städten viele solcher Tiere gab. Kreinhuber selber hatte es ja nur ein Mal in eine Großstadt gebracht: zum Pontifex nach Rom.

»Hast du's schon gelesen?«

Fink hatte natürlich noch nichts gelesen, denn als Städter bekam er die Bezirksnachrichten der Landeier nicht und hätte sich auch nicht dafür interessiert.

»Was soll ich schon gelesen haben?«, fragte er daher.

»Na, mein Interview in der Zeitung. Das musst du doch gesehen haben. Und das Foto vom Hias.«

Nun wurde es interessant, und Fink hörte sehr aufmerksam zu, was Kreinhuber ihm zu erzählen hatte. Dieser schloss mit den Worten: »Aber ich glaub's nicht, Täubchen. Ich kann's nicht glauben. Irgendwas ist faul an dem Bericht.«

Das Täubchen, das eigentlich ein Inspektor war, reagierte diesmal kühl.

»Also, weißt du, Kreinhuber, jetzt is es langsam genug mit deinen Phantasien. Zuerst hab ich mir gedacht, du spinnst, als du nach nur zwei Tagen Abwesenheit von einem Erwachsenen so einen Tamtam gmacht hast. Dann hab ich mich bei euch drin umgesehen und das Gefühl gehabt, dass an der Sache tatsächlich was nicht stimmt. Mit eurer Suchaktion auf eigene Faust habt ihr dann alles abgesucht und nix gefunden. Nun hat sich die Sache endlich beruhigt. Jetzt gibt's noch dazu ein Foto. Also is doch wohl klar, dass der Hias noch lebt. Warum sollt denn die Zeitung so was erfinden oder glaubst, dass die Journalisten ihn entführt haben? Der Hias is abghaut und damit basta.«

Kreinhuber wollte sich damit aber nicht zufrieden geben.

»Und wenn sie ihn nach London tatsächlich entführt haben? Oder wenn sie ihm so eine Gehirnwäsche gebn habn, wie sie das heut ja immer mochn, diese Kriminellen, diese Mafiosi? Wenn der Hias jetzt glaubt, er is a Engländer und muss für die Queen kochen. Stell dir vor, das is ja lebensgfährlich für den Buben.«

Fink konnte diese Gefahr nicht ganz nachvollziehen, zumal er die Queen nicht als potenziell gefährlich einstufte. Wenn dann schon eher das Duo Charles und Camilla. Ja, da könnte in Anbetracht des Schicksals der Königin der Herzen Lady Di und deren plötzlichem Tod ein gewisses kriminelles Risiko bestehen. Dass aber der Schraglgschwandtner ein unvergesslicher »Hiasi Die« werden sollte, das schien dem Fink völlig ausgeschlossen.

Aber Kreinhuber ließ nicht locker.

»Geh, sei so gut, lieber Zugvogel, flieg mit mir nach London, damit wir schaun können, was da wirklich dran is an der Gschicht.«

Das ging nun wirklich zu weit. Diesen Wunsch konnte der Inspektor unmöglich erfüllen.

»Bei aller Liebe, alter Freund, aber ich kann doch nicht einfach auf Basis von irgendwelchen Verschwörungstheorien nach London fliegen. Ich hab einen Beruf hier zu erledigen. Es gibt ja Menschen, die sind wirklich tot, und um diese Fälle muss ich mich kümmern, nicht um Vermisste.«

Kreinhuber gab nicht auf. »Aber deine Toten hier, die können doch warten. Die laufen dir nimmer davon. Beim Hias muss es aber schnell gehen, verstehst. Sunst is alles aus.«

Fink blieb hart, und Kreinhuber musste zur Kenntnis nehmen, dass Freundschaft auch ihre Grenzen hatte. Der Pfarrer war ein bisschen beleidigt, weil er ohnehin ein empfindlicher Typ war, aber böse war er nicht, denn er verstand schon auch die Argumente des Inspektors. Er beschloss daher, alleine und auf eigene Faust, allerdings mit Gottes Unterstützung, nach London zu reisen, um seinen Koch zu suchen. Doch noch bevor er dazu kam, die Tickets zu organisieren – dieser Prozess war für einen altmodischen Pfarrer ohne Flugerfahrung gar nicht so einfach – noch bevor es also dazu kam, überschlugen sich die Ereignisse in Hinterstein.

Kapitel 14

Genau neunzehn Tage nach dem Verschwinden des Hias geschah es. Der ortsbekannte Knecht von der Kluibenalm kam mit bleichem Gesicht zum Pfarrhof. Er hieß Lenz, der Knecht, und lebte seit Jahren auf der Kluibenalm. Eigentlich war er ja ein Senn, Knecht war er früher gewesen. Aber man kannte ihn eben in erster Linie doch noch als Knecht. Schnellen Schrittes eilte er jetzt auf den Pfarrhof zu. Das heißt: Er versuchte, schnellen Schrittes auf den Pfarrhof zuzueilen, aber aufgrund seines Alters – er war schon 78 einhalb – ging es nicht mehr ganz so schnell.

»Pforra, Pforra«, stieß er hervor.

Kreinhuber, der gerade mit dem Blumenschmuck vor dem Eingang beschäftigt war, hörte ihn und ging ihm entgegen. Der Lenz war so aufgeregt, dass er gar nicht richtig reden konnte. Deswegen nahm ihn der Pfarrer mit ins Pfarramt und gab ihm erstmal was zu trinken. Als der Lenz dann auf der Eckbank im Herrgottswinkerl saß und sich gesammelt hatte, fing er zu erzählen an.

»I hab den Hias gfundn. In am obbrenntn Stodl liegt er. Maustot is er, Pforra. Maustot.«

Pfarrer Kreinhuber stockte der Atem. »Ja, sakkra...« Er hatte es ja von Anfang an gewusst, dass da was passiert sein musste.

Kreinhuber rannte mit dem Schock in den Gliedern sofort in den Nebenraum, wo sich das Telefon befand. Doch bevor er wählen konnte, hörte er den Lenz vom Tisch aufstehen. Am Absatz machte er kehrt, um den alten Senn am Weggehen zu hindern. Auf keinen Fall dürfte dieser das Wirtshaus »Zum Hinteren Stein« erreichen und dort aus dem Nähkästchen plaudern. So redete er auf den Alten ein, er möge sich doch noch hinsetzen, das Lieserl würde ihm eine Brotzeit und ein Schnapserl herrichten.

Der Lenz sah sich jetzt plötzlich in einer guten Verhandlungsposition, wollte aber lieber einen Kaiserschmarrn haben, weil das doch seine Leibspeise war.

»So ein Schmarrn«, dachte sich der Pfarrer, gerade vorher hatte er selber das letzte Ei verdrückt, nachdem die Eier in der Osterzeit ohnehin fast zur Gänze für Eierspeis draufgegangen waren. Das Lieserl musste sofort noch Eier besorgen, um den Lenz bei Laune zu halten. Und das war ja mangels Nahversorgung in Hinterstein gar nicht so einfach. So entschloss sich der Kreinhuber, der trotz der schrecklichen Neuigkeit erstaunlich besonnen agierte, gleich zwei Fliegen mit einer Klappe zu schlagen. Nachdem der Lenz ja sowieso zum Tatort mitkommen hätte müssen und auf dem Weg dorthin genügend Bauern mit Hühnern lagen, sollte sich einfach das Lieserl mit dem Campingkocher anschließen und vor Ort einen Schmarrn zubereiten. Das war Kreinhubers Plan.

Nun informierte er den Kriminaler. Das kurze Telefonat beendete er mit dem Beisatz, Fink sollte sich beeilen, weil der Lenz schon einen ziemlichen Hunger hätte. Der Inspektor beeilte sich tatsächlich, denn es handelte sich ja um einen Leichenfund und nicht um bloße Vermutungen. Da brauchte ihm ein Pfarrer überhaupt nichts anzuschaffen. Außerdem mutmaßte Fink, dass der Hunger Kreinhubers den des Lenzes um ein Vielfaches übertraf.

Nach etwa zwei Stunden war Inspektor Werner Fink mit einigen Kollegen der Spurensicherung endlich auf dem bocksteilen, unbefestigten Weg unterwegs zum Tatort, um sich die Leiche anzusehen. Er war von der Tatsache verblüfft, dass sich der tote Pfarrerskoch wirklich in einem Heustadl befand. Dabei hatte es geheißen, es wären alle Stadln von der Hintersteiner Gemeindevertretung durchsucht worden. Na ja, die kaputten wahrscheinlich nicht. Perfektion war von den Alpenaborigines wohl nicht zu erwarten. Die letzten hundert Meter mussten die Salzburger Spezialisten ihren Dienstwagen stehen lassen, mit dem sie schon mehrmals am Weg aufgesessen waren, und sich zu Fuß zum Tatort hoch begeben. Der Aufstieg war ziemlich beschwerlich und Fink ganz außer Atem. Durch die Regenfälle der letzten Tage war der Boden extrem tief und seine schönen, neuen Halbschuhe und die Hose waren dreckig geworden.

Deshalb begrüßte der bereits oben wartende Kreinhuber ihn auch mit: »Griasdi, Schmutzfink!«

Dem Kommissar und seiner Truppe bot sich ein Bild von äußerster Skurrilität: Kreinhuber und Senn Lenz standen nebeneinander und aßen einen Kaiserschmarrn gemeinsam aus einer Pfanne, währenddessen das Weidenstätter Lieserl gerade den Gaskocher verräumte. Die Ermittler trauten ihren Augen nicht:

»Müsst's ihr unbedingt an einem noch nicht gesicherten Tatort eurer Fress-Sucht fröhnen«, fuhr Fink etwas beleidigt wegen seiner dreckigen Schuhe und der blöden Begrüßung des Pfarrers die drei Akteure an.

»Du, i wollt den Lenz mit seiner schrecklichen Entdeckung

und seinem Hunger nicht alleine im Dorf unten lassen, das wär unmenschlich gewesen«, entgegnete Kreinhuber mit unschuldsvoller Miene und diesmal etwas Staubzucker am Kinn.

Die Ermittler waren über die Abgebrühtheit dieses Trios verblüfft, das hier neben den sterblichen Überresten des Hias einen »Leichenschmaus« abhielt. Das Weidenstätter Lieserl konnte noch am wenigsten dafür, denn sie war dem Pfarrer weisungsgebunden und fürchtete sich noch immer, bei Nichtgehorsam im Fegefeuer zu landen oder zumindest aufs Neue ihren Job zu verlieren. Ihr hing ja persönlich noch immer die Gumphauser-Geschichte nach. Außerdem hatte sie ein schlechtes Gewissen, weil sie ihr Dirndl Margreth bei den Wirtsleuten im Dorf gelassen hatte. Dem alten Senn konnte man zugute halten, dass er halt ein schon ziemlich altes und ein bisschen seniles Mandl war und auf Pietät keinen großen Wert legte. Dass aber der Pfarrer hier einen Kaiserschmarrn essen musste, ging schon etwas zu weit. Wer ihn aber kannte, der wusste, dass das Essen für ihn ja eine Kompensation für alles Mögliche war und dass er mit dem Kaiserschmarrn eben auch ein wenig seinen Kummer bewältigen wollte.

Beide, sowohl der Kleriker als auch der Inspektor, waren traurig. Der Pfarrer, weil der Hias ja fast ein Haubenkoch war. So einen guten Messner und Koch in einer 2000-Seelen-Gemeinde zu finden, wo man doch nicht einmal ganz 2000 Seelen zur Auswahl hat, würde schwer werden. Er hatte den Hias gemocht, diesen klugen Burschen mit seinen gescheiten Fragen.

Schaudernd erinnerte er sich daran, dass sie einmal über das Leben nach dem Tod geplaudert hatten. Außerdem hatte sich der Traum des Pfarrers von der Bibel, die der tote Hias in der Hand halten sollte, nicht erfüllt. Weit und breit war nirgends eine Bibel, nicht einmal ein kleines Gebetsbüchlein lag hier herum. Das ärgerte den Kreinhuber, denn sein Traum hatte sich nicht bewahrheitet. Er rechnete sich das als persönliche Niederlage an. Auf der anderen Seite erfüllten sich die Vorhersagen der Zigeunerin bis ins letzte Detail. Bis auf das mit dem Brand, denn ein Feuer hatte sie nicht geweissagt. Aber vielleicht war Carmen bei ihrer Vision zu heiß geworden.

Während den Pfarrer nun die Frage beschäftigte, ob etwa die Hintersteiner nach dieser klerikalen Fehleinschätzung des vorliegenden Tatortes und Sachverhaltes nun am Sonntag in den Wohnwagen der Roma-Frau anstatt in die Kirche gehen würden, stand Kommissar Fink da und war ein wenig gerührt. Obwohl er schon viel gesehen hatte, das brachte ja sein Beruf mit sich – er war sozusagen ein abgebrühtes Tier in diesem Genre – empfand er für diesen Pechvogel Mitleid, alleine schon aus Solidarität unter Vögeln. Irgendwie war ihm dieser einfache Bursch von Anfang an sympathisch gewesen, obwohl er ihn nie lebend zu Gesicht bekommen hatte.

Der Hias war eine schöne Leich, das musste man sagen. Seine Haut war wie die eines kleinen Kindes, ganz rein, mit einem mattweißen Teint. Er trug nur Hausschuhe und keine Socken. Das fiel Fink sofort auf, denn er selber hatte immer kalte Füße. Deshalb stand er auch manchmal wie ein Flamingo auf einem Bein und rieb sich das andere an den Waden, um es aufzuwärmen. Die Jeans vom Hias waren schon etwas abgenutzt und ausgewaschen. Unter dem schwarzen Pullover trug er ein weißes Hemd, welches am Kragen noch herausschaute. So sah er fast selber aus wie ein Pfarrer. Nur ein toter eben. Aber an und für sich sehr gepflegt. Und das, obwohl er sicher schon länger in diesem Stadl lag.

Der Regen musste den ursprünglichen Brand gelöscht haben, denn es war noch alles nass, auch die verbrannten Teile. Der hintere Teil war noch zur Gänze unversehrt. Durch die Hitze waren wohl einige Dachschindeln weggeschleudert worden, und so dürfte auch sehr viel Regenwasser direkt auf die Leiche gelangt sein, was die Arbeit der Analysten nicht unbedingt erleichterte.

Die Spuren waren sicher schon sehr verwaschen, fast so wie die Jeans des Toten. Aber die Salzburger gaben sich alle Mühe, nichts zu übersehen. Sie fotografierten und notierten, katalogisierten und markierten. Der alte Lenz beobachtete alles mit Argusaugen, während er die Reste des Schmarrns aus der Pfanne löffelte. Einmal fiel ihm ein Bröckerl Kaiserschmarrn auf den Boden, genau in die offene Hand des toten Matthias. Ein Kriminalbeamter, der sich selbst gern als CSI-Cop bezeichnete, was so viel wie Criminaler aus dem Salzburger Innergebirg heißen sollte, verpackte das Teilchen gleich in eine durchsichtige Tüte und versah es mit einer Nummer, um es zu den Sachen für das Labor zu geben. Aber Fink hatte ebenfalls Argusaugen und holte das Sackerl stillschweigend wieder aus dem Korb mit den Beweismitteln heraus, nicht ohne vorher dem alten Lenz einen scharfen Blick zukommen zu lassen. Daraufhin war dieser eingeschüchtert und stellte die Schüssel sofort weg. Alleine von den Resten in seinem Bart hätte er wohl locker noch eine Woche leben können. Doch um den Lenz ging es hier nicht.

Fink konzentrierte sich auf den Stadl. Im hinteren Teil stand altes, ungenütztes Gerümpel herum: ein alter »Umkehrer«, ein offenbar nicht mehr brauchbarer und ausgeschlachteter Traktor und ein etwas neuerer Böschungsmäher. Fink ordnete an, den Besitzer des Stadls ausfindig zu machen. Der vordere Teil war fast zur Gänze abgebrannt. Hätte der Regen nicht im richtigen Moment an Intensität zugenommen, so wäre wohl auch der Leichnam ein Raub der Flammen geworden, denn unmittelbar neben dem Hias war ein halb verkohlter Strohballen, der eigentlich gar nicht hierher passte. Auf diesem Strohballen saß das Weidenstätter Lieserl und betrachtete die Leiche mit offenem Mund. Beide hatten den Mund offen, das Lieserl und die Leich. Als sich die junge Köchin den Tod des Matthias so vorstellte, überkamen sie Mitleidsgefühle, und sie begann zu weinen. Plötzlich läutete ihr Handy. Tochter Margreth war dran. Das arme Dirndl wollte gerne die Mama sprechen. Das Prekäre an der Sache war, dass das Lieserl als Klingelton das Lied »Tränen passen nicht zu dir« von den Kastelruther Spatzen eingespeichert hatte und aufgrund der Kaiserschmarrn-Fresserei und dieses unpassenden Ruftones der Tatort zu einem völlig verrückten Musikantenstadl verkam.

Kapitel 15

Genauere Untersuchungen des Toten ergaben, dass in seinen beiden Nasenlöchern jeweils drei Palmkatzerln und im Hals ein ganzes Osterei steckten. Man hatte ihn ganz offensichtlich mit dem Ei erstickt. Denn dass er sich selber eins in vollem Umfang in den Hals gestopft hatte, das konnte keiner glauben. Wer bringt sich schon mit einem Osterei selber um? Nein, Selbstmord konnte ausgeschlossen werden. Wie hätte man sich außerdem selbstmorden und dann noch den Stadl anzünden sollen. Nein, es handelte sich hier eindeutig um einen grausigen Mord von ganz hartgesottenen Gesellen, genauso hartgesotten wie das Osterei. Denn wäre es ein weiches gewesen, dann wär's ja beim Reinstopfen kaputt gegangen.

Der Pfarrerskoch lag auf dem Rücken, die Hand am Strohballen etwas angesengt. Aber ansonsten war der Torso unversehrt. Dieses Szenario wirkte fast wie ein Osternest, so aufgebahrt lag er da. Ein Ermittler der Spurensicherung versuchte verzweifelt, die Tür des Stadls nach Fingerabdrücken zu untersuchen. Da es mit dem Material der Spurensicherung nicht möglich war, lieh er sich etwas Staubzucker vom Weidenstätter Lieserl. Das war natürlich Wasser auf des Kreinhubers Mühlen, der dadurch seinen Kaiserschmarrn voll rehabilitiert sah und Fink einen verächtlichen Blick zuwarf. Dieser vernahm dafür sofort den alten Lenz, um sich anzuhören, wie der Tote gefunden wurde.

»Vor zweieinhalb Stundn hab i den Hias da herinnen gfundn. Genauso, wie er da liegt. Da bin i glei zum Pfarrer und hab ihm Bescheid gsagt. I hab ja gwisst, dass der Hias abgängig is. Das hat a jeder gwisst«, erklärte der alte Senn.

Fink nickte und fuhr fort: »Und was wollten Sie denn überhaupt machen in diesem Stadl?«

Der Lenz sah den Kommissar mit großen Augen an und war sich nicht sicher, ob dieser ihn verdächtigte oder nicht: »Ja, i bin doch da Senn von der Kluibenalm. Und die is nit weit weg von da, aber halt a weng abglegn. In dem Stadl wollt i mi a bissl ausrastn. I bin ja nimmer der Jüngste und wenn's draußen so heiß is, dann brauch i an Schattn. Da wollt i mi reinsitzn fünf Minuten. Derweil hab i schon gsehn, dass a halbert abbrennt is, und dann hab i den Gstank a schon grochn und wie i reinschau, liegt der Hias herinnen.«

Die Spurensicherung stellte vor dem Heustadl dann noch einige Zündhölzer sicher, die alle abgebrochen am Boden lagen. Das deutete auf Probleme hin, die der Täter gehabt hatte, den Stadl niederzubrennen. Nach dem erfolgreichen Entfachen des Feuers hatte ihm offensichtlich dann noch der Wettergott einen Strich durch die Rechnung gemacht. Wäre der Stadl zur Gänze abgebrannt, hätte man den Hias wahrscheinlich nie mehr gefunden.

Im Inneren entdeckte man dann noch vereinzelte Bierflaschen an den unterschiedlichsten Stellen. Versteckte Bierflaschen. Auf Drängen Finks gab der alte Lenz dann zu, diesen Stadl als Depot für seinen auftretenden Durst missbraucht zu haben, was auch seinen Aufenthalt hier erklärte. Als man die Leiche aufheben wollte, um sie zur Obduktion zu fahren, da bemerkte man unter dem Körper im Heuhaufen eine schwarze Tasche. Fink glaubte zuerst an eine Aktentasche, doch bei näherer Betrachtung stellte es sich eindeutig als Laptop-Tasche heraus.

Das war eine interessante Entdeckung, und sie passte genau zu dem, was Fink damals im Pfarrhaus gesehen hatte und ihm so komisch vorgekommen war. Auf dem Tisch in Matthias Kammerl hatte nämlich eine Verschlusskappe eines USB-Sticks gelegen. Ja, Fink hatte sich noch gewundert, wo diese denn herkam, denn weit und breit hatte nirgends ein Computer gestanden. Den Stick konnte er nicht auf Anhieb ausmachen.

Kreinhuber hatte damals nachgefragt, aber Fink wollte nicht wie ein Sittich singen. Der Pfarrer hatte das mit der USB-Kappe überhaupt nicht registriert. Er kannte sich mit Computern nicht so gut aus und somit auch nicht mit Datenträgern. Er hätte wohl bei Stick zuerst an Iglo-Fischstäbchen oder vielleicht noch fernöstliches Essbesteck gedacht, aber niemals an ein Speichermedium.

Überdies reichte ihm das Medium Carmen in der Ortschaft völlig aus. Aber Fink hatte Augen wie ein Adler, und deshalb war ihm damals auch diese kleine Verschlusskappe aufgefallen. Jetzt hatte er eine dazu passende Laptop-Tasche gefunden. Aber wo waren der Laptop und der Stick? Und was sollte die Tasche unter der Leiche des Schraglgschwandtners?

Der Inspektor entschloss sich, das Kammerl des Hias noch einmal zu durchforsten. Irgendetwas musste übersehen worden sein. Er ließ den Tatort »Stadl« absperren. Versiegeln konnte man ihn mangels Türen nicht, deshalb beorderte er Polizisten des Nachbarortes zur Patrouille rund um die Uhr, bis der Tatort komplett untersucht war.

Mit seinen Kriminalern aus Salzburg, dem Kreinhuber, dem Lieserl und dem Lenz verließ er sodann den Tatort. Lenz wurde nun doch beim Dorfwirtshaus abgesetzt, der Rest fuhr beim Pfarrhof vor. Kreinhuber und das Weidenstätter Lieserl verschwanden in der Küche, während die Ermittler das Kammerl des Hias durchsuchten.

Die vier Personen hatten in dem kleinen Raum fast keinen Platz. Zwei mussten auf den beiden Stühlen Platz nehmen, während ein anderer Fingerabdrücke nahm und Fink eine Skizze des Raumes anfertigte. Außer einem Kasten, dem Bett und einem Tisch, um den die Sessel standen, befand sich nichts im Raum. Dies alles wurde fein säuberlich durchsucht, aber weder der Stick noch der Laptop gefunden. So musste man unverrichteter Dinge wieder abziehen. Auch Fink machte Feierabend und fuhr nach Salzburg. Er verbrachte eine schlaflose Nacht und grübelte im Bett über den gesamten Grundriss des Kammerls nach. Da fiel ihm etwas Merkwürdiges ein. Es gab in dem Raum ein Kamintürl. Obwohl er sich fast sicher war, dass der Pfarrhof schon seit längerem mit Fernwärme aus dem benachbarten Altenmarkt beheizt wurde, machte das Türl von außen den Eindruck, als wäre es erst vor kurzem geöffnet oder des Öfteren auf- und zugemacht worden. Damit musste es etwas auf sich haben.

Am nächsten Morgen machte sich Fink wieder auf nach Hinterstein und wollte auch gleich in das Kammerl des Verstorbenen. Das passte dem Kreinhuber aber überhaupt nicht, denn es sollte in dem Haus nun endlich wieder Frieden einkehren. Vor allen Dingen musste er sich erst mal vom Schock des toten Hias erholen. Er wollte nicht ständig damit konfrontiert werden. Fink aber ließ sich nicht beirren, schlich sich auf leisen Stelzen in die Kammer und machte die Kamintür auf. Dahinter verbarg sich nur ein schwarzes Loch, welches in die Tiefe ragte und nach oben in einen Lichtpunkt mündete.

Der Inspektor nahm sich ein Herz und tastete das Innere des Kamins, so gut und weit er konnte, ab. Er kniete dabei auf dem Boden und klebte mit dem Gesicht förmlich an der Wand. Ungefähr auf seiner Kopfhöhe ertastete er dann etwas, das sich wie ein kleiner Plastikbeutel anfühlte. Dieser musste fixiert sein, wahrscheinlich mit einem kleinen Haken. Der Kommissar ließ Fingerspitzengefühl walten und brachte das Sackerl samt Inhalt wohlbehalten aus dem Kamin.

Als er es öffnete, staunte er nicht schlecht. In dem Sackerl war nicht nur ein USB-Stick, sondern mindestens 20 solcher Dinger. Der Ermittler war überzeugt davon, dass ihm diese Sticks bei der Lösung des Falles sehr behilflich sein würden. Um aber den Pfarrer damit nicht auch noch zu belasten und keine falschen Hoffnungen zu schüren, behielt er das Ganze für sich. Er ging aber nicht unmittelbar daran, die Sticks auf ihren Inhalt zu überprüfen. Das musste noch kurz warten. Es war im Allgemeinen nicht Finkens Art, sich wie ein Geier auf die Beweisstücke zu stürzen. Nein, mit diesem Vogel, dem Geier, verband ihn wahrlich wenig, und er bemerkte des Öfteren mit Stolz, dass noch nie jemand auf die Idee gekommen war, ihn einen Geier oder etwa gar einen Aasgeier zu nennen, obwohl er doch ansonsten alle möglichen Vogelnamen zu hören bekam.

Geier jedenfalls war er keiner. Wer ihn kannte, wusste das. Er war im Moment am meisten daran interessiert, mit der alten Carmen zu sprechen. Denn die hatte immerhin exakt vorausgesehen, was passieren würde. Ihre Vision, wenn es denn eine gewesen war, hatte sich jedenfalls bewahrheitet. Da Fink aber keinen Vogel hatte und nicht an Visionen glaubte, wollte er sie als erste Verdächtige einvernehmen.

Um zu ihr zu gelangen, musste er einen alten Schotterweg ortsauswärts entlangfahren, der links und rechts von einem alten Holzzaun gesäumt war. Dahinter lag eine große Wiese. Nach kurzer Zeit kam er an einen alten Graben. Darin bemerkte er eine Unmenge Geröll, das wohl vom Wildbachwasser beim letzten Unwetter hierher transportiert worden war. Außerdem befand sich zusätzlich noch einiges an Sperrmüll im Graben, den wohl kaum das Unwetter verursacht hatte. Nein, höhere Gewalt war diesem Sauhaufen nicht zuzuschreiben. Er konnte nur von rücksichtslosen Leuten mit einer ausgeprägten Portion Geiz stammen, überlegte Fink. Von Leuten, denen wohl die Hinterstein'schen Müllgebühren zu hoch waren. Er überlegte, ob diese wilde Deponie eine Metapher für die Menschen Hintersteins sein sollte, ob dieser Ort vielleicht gar ein seelischer Müllhaufen war. Das wäre nämlich ein guter Nährboden für Kriminalität, aber auch für seherischen Beratungsbedarf und spiritistische Ausschweifungen, die sich die alte Carmen zu Nutze machen konnte.

So in Gedanken versunken, fuhr der Kommissar an einer alten Waschmaschine, verrosteten Fahrrädern, Autoreifen, Autotüren und sogar einem kompletten Chassis eines 2er-Golfs vorüber. Noch war kein Wohnwagen in Sicht, aber er musste jeden Moment auftauchen. Fink rollte auf eine Fahrbahnkuppe zu und schlich sich mit seinem Kfz ganz vorsichtig an diese heran.

Als er endlich sah, was sich hinter der Kuppe versteckte, staunte er: Da stand ein alter, amerikanischer Wohnwagen, vielleicht noch ein Relikt aus der Nachkriegszeit. Ein Doppelachser, das Blech zum Teil neu verschweißt. Die Schweißnähte waren als grobe Wulste außen am Wagen zu erkennen. Der Polizist fuhr bis zur Abzweigung, dann bog er in den Feldweg ein. Langsam rollte er mit dem letzten Schwung des Fahrzeugs auf den Wohnwagen zu, den Motor hatte er schon abgestellt.

Er saß noch eine Weile im Wagen und überlegte, welche Fragen er Carmen stellen wollte. Als er seinen Notizblock aus dem Seitenfach der Wagentür nehmen wollte, fiel ihm der Schreiber auf den Boden. Er bückte sich und tastete mit den Fingern die Zwischenräume ab. Als er mit dem Kopf aus dem Fußraum des Wagens wieder hochkam, erschrak er gewaltig.

Kapitel 16

Die alte Roma-Frau mit ihrem vernarbten Gesicht stand ganz dicht an der Fahrertür des Wagens und beobachtete Fink bereits mit stechendem Blick. Carmen erinnerte vom Aussehen her an eine Mischung aus einer Indianer-Squaw und einer Roma-Dame. Irgendwie hatte sie etwas Grauenhaftes in ihrem Blick, aber zugleich konnte sie auch gütige Gesichtszüge auf ihr Antlitz zaubern. Fink nahm all seinen Mut zusammen und öffnete die Fahrertür.

»Grüß Gott, Frau Carmen. Ich muss Ihnen noch ein paar Fragen zum Tod des Schraglgschwandtners stellen.«

Carmen sah sich den komischen Vogel nach seinem Auftritt genauer an. Die Situation war peinlich angespannt, bis sich Carmen doch dazu durchringen konnte, Fink auf eine Tasse irgendeines Tees in den Wohnwagen einzuladen. Der Polizist ging den unbefestigten Weg vom Auto zu den Stufen des Wohnwagens hinter Carmen her. Endlich im Wohnwagen angekommen, zückte er seinen Notizblock.

»Sie haben doch schon vor längerem gesagt, der Matthias Schraglgschwandtner würde in einem Stadl mausetot herumliegen. Woher haben Sie das gewusst?«

Carmen erklärte das, was sie vor einigen Tagen schon erzählt hatte, noch einmal. »Ichä habä Visionä, Commissario. Alle wissen das in Hintersteinä.«

Das reichte Fink als Antwort freilich nicht.

»Diese mysteriösen Visionen sind vielleicht in Hinterstein bekannt. Aber als Polizist kann ich damit nichts anfangen. Ich halte mich an Fakten. Also erklären Sie mir, warum Sie gewusst haben, wo der Hias ist.«

Carmen verstand nicht, dass Fink sie nicht verstand. Sie hatte ihm eindeutig gesagt, dass sie eine Vision gehabt hatte. Er aber wollte das nicht zur Kenntnis nehmen. So entschied sie sich, die eine sehr kluge Frau war und genau wusste, wie man Skeptiker überzeugen konnte, zu einem Schritt, der Fink tief beeindruckte. Sie begann, rhythmisch zu klatschen, stampfte dazu im Takt mit den Füßen auf den Boden wie eine Flamencotänzerin und gab halb singend, halb sprechend folgende Aussage zu Protokoll, welche der Inspektor in seinem Notizbüchlein zu protokollieren versuchte:

»Ich binä eine Frau, eine Mujer
mit Visionen.
Das liegt bei mir Blut,
das brauch ich wohl nicht zu betonen.
Ich hab ein Corazon,
das ist so weit wie der Atlantik.
Ich liebe die Musik und die Romantik.
Ich schau in meine Kugel.
Und seh darin sehr viele Sachen.
Doch das, was ich dort seh,
das ist nicht immer nur zum Lachen.
Zum Beispiel unser Hias.
In einem Stadl, mausemuerto.
Ich sing für ihn ein Lied,
ein Heulconcierto.
Die Hias, die war für mich,
so wie ein Bua, ein braver hijo.
Ich kannte ihn sehr gut.
Und auch der Hias, der kannte micho.

Er war sehr oft bei mir,
um mir von sich was zu erzählen.
Wie konnte man ihn nur
so schrecklich quälen?
Du bist ein Kommissar,
und darum musst du den Mörder finden.
Drum Commissario,
lass diese Gringo nicht entschwinden.
Und wenn du ihn dann hast,
dann gibt es einen Ramba-Zamba,
darauf geb ich mein Wort,
Jesus, Caramba.«

Fink war nach dieser Gesangseinlage von Carmen völlig durcheinander. Er hatte schon des Öfteren gehört, dass die Roma die unerklärliche Gabe hatten, Menschen durch ihren Gesang zu verzaubern. Dass es aber selbst ihm so gehen würde, der er doch ein ausgefuchster und abgebrühter Kommissar war, das hätte er auf keinen Fall geglaubt. Jetzt musste er zugeben, dass er zutiefst beeindruckt war. Von wegen Eisvogel. Aber dem Kreinhuber würde er von all dem nichts erzählen. Und er war überzeugt, dass Carmen mit dem Mord am Pfarrerskoch nichts zu schaffen hatte. Sie hatte eben eine Vision gehabt, und zumindest dieses eine Mal hatte sie auch gestimmt, dachte Fink.

Das herzzerreißende Lied dieser Frau ließ keinen Zweifel daran, dass sie wirklich betroffen war vom Ableben des Schraglgschwandtner. Sie erzählte Fink nach ihrer musikalischen Performance zutiefst erschüttert von ihrer engen Beziehung zu diesem Burschen, von seiner schwierigen familiären Geschichte, von ihren vielen Gesprächen und auch von der Vision, die sie schon beim ersten Aufeinandertreffen mit dem damals 15-Jährigen gehabt hatte:

»Habä ichä gesähen vor viele Jahrä schon, dass Bäses passiert mit Hiasi. Aberä war undeitliche Visionä. Konnte ich nicht genau sähen und nichtä verhindern schrecklichä Geschichtä.«

Fink wollte wissen, ob sie in ihrer Glaskugel nicht einfach nachschauen konnte, wer den Koch auf dem Gewissen hatte oder wo denn der Laptop abgeblieben sein könnte. Doch so einfach war das mit den Visionen dann auch wieder nicht.

»Sindä meine Visionenä nicht immer deitlich genug, Commissario. Kann ichä nichtä alles sähen, was ich willä.«

Der Kriminalpolizist fand das schade. Wie einfach wäre sein Job gewesen, wenn er Carmen über jeden Fall hätte befragen können und sie ihm immer den Mörder ausfindig gemacht hätte. Schade, dass diese Hellseher immer dann an ihre Grenzen stoßen, wenn es wirklich interessant wurde, dachte Fink.

»Hat der Schraglgschwandtner Ihnen in letzter Zeit irgendwas Verdächtiges erzählt?«, fragte Fink.

Carmen schüttelte den Kopf. Sie konnte sich an nichts Konkretes erinnern.

»Wenn Ihnen was einfällt, dann melden Sie sich bitte bei mir.« Bevor Fink die alte Roma-Frau verließ, kaufte er ihr noch eine CD mit ihren schönsten Liedern ab, die sie ihm zu einem Sonderpreis überließ. Die CD hieß »The very Best of Carmen« und enthielt neben ihren größten Hits auch einige Duette mit berühmten österreichischen Volksmusikanten. In Hinterstein hatte außer dem Pfarrer fast ein jeder diese CD zu Hause.

Nach dieser interessanten Begegnung mit Carmen war sich Fink sicher, dass wenigstens die Sticks, die er im Pfarrhaus gefunden hatte, ihm Aufschluss über viele, ungeklärte Fragen geben würden. Ja, und er glaubte sogar ganz fest daran, dass sie ihn auf die Spur des Mörders locken könnten.

Mit den Beweisstücken machte er sich schließlich auf den Weg in sein Büro nach Salzburg, um dort alles in Ruhe zu überprüfen. Und als er langsam und bedächtig den Weg von Carmen zurückfuhr, da sah er noch mehrere Einwohner dieses unglücklichen Dörfchens ihm nachsehen. Ja, mit fragenden und verängstigten Augen sah man dem Inspektor hinterher. Alle wussten, was passiert war. Und man hatte Angst, womöglich das nächste Opfer eines verrückten Attentäters werden zu können, der sich noch dazu irgendwo in der Nähe aufhalten musste.

Kapitel 17

Obwohl der Hias schon seit Jahren keinen Kontakt mehr zu seinen Adoptiveltern gehabt hatte, waren sie doch immer noch seine Adoptiveltern. Das heißt, sein Adoptivvater war noch immer sein Adoptivvater. Seine Adoptivmutter hingegen, die Mena Schraglgschwandtner, war vor kurzem erst gestorben und unter den beschriebenen, verheerenden Umständen beerdigt worden. Der Sepp Schraglgschwandtner, seinerseits Gatte von Mena, Sohn von der Wagnerbäuerin und Adoptivvater des Hias, hatte das Ableben seiner Mena noch gar nicht richtig realisiert, als nun die Polizei vor seiner Türe stand, um ihm vom Tod seines Adoptivsohnes zu berichten. Fink schickte aus Zeitmangel einen seiner Mitarbeiter zum Wagnerhof, der die Botschaft überbrachte. Er wollte bei Gelegenheit dann selbst erkunden, ob der Sepp vielleicht etwas mit der Sache zu tun hatte oder nicht.

Der Beamte, der die Hiobsbotschaft überbringen musste, erledigte seinen Job sehr rasch. Er stellte dabei fest, dass die Hiobsbotschaft für den Bauern eigentlich gar keine solche war. Das heißt, dass der hartherzige Mann eigentlich ziemlich gleichgültig auf das Ableben des Hias reagierte. Dem Beamten war das eine große Erleichterung, denn er hielt die Heulerei und das Geschrei in solchen Situationen eigentlich überhaupt nicht aus. Gleichgültigkeit war viel leichter zu ertragen. So war das Ganze ein kurzer, schmerzloser Akt, ein simpler Satz ohne weitere Konsequenzen. Er konnte beruhigt wieder fahren und dem Kommissar Fink kurz von der Szene und der Reaktion berichten.

Was der Beamte allerdings nicht wissen konnte, war, dass der Sepp seit Menas Tod an Wahnvorstellungen litt. Er sprach nach wie vor mit seiner Frau, obwohl sie gar nicht da war und sie eigentlich zu Lebzeiten relativ wenig miteinander gesprochen hatten. Obwohl die Mena also in Wirklichkeit im Grabe auf der alten Wagnerbäuerin ruhte, sah der Sepp sie ständig neben sich und hörte sie auf ihn einreden. So war es auch jetzt, nachdem der Polizist die Todesnachricht überbracht hatte.

Sepp hörte Mena sagen. »Jetzt ist er krepiert, der Trottel. Recht is.« Sepp sagte nichts darauf. Seine tote, für ihn lebendige Frau schimpfte weiter: »Der elende Bastard. Zuerst zieht man ihn groß, damit er den Hof übernimmt. Dann verschwindet er einfach und lässt uns im Stich. Undankbares Gfrast, undankbares.«

Sepp äußerte sich nicht. Aber in seinem Hirn rumorte es. Viele Gedanken und Gefühle kamen in ihm hoch: Eifersucht auf die Liebe der Mutter zu diesem Bastard, Hass auf die Alte und auf den Hias, Enttäuschung, dass der Plan mit der Hofübergabe nicht funktioniert hatte, Ekel vor seiner Ehefrau, die auch in seinen Wahnvorstellungen noch so ungnädig und gefühllos war wie er selber, Abscheu und Scham vor der ganzen Welt. Er machte es so, wie er es immer gemacht hatte.

»Was glaubst, wer diesen Fetznschädl umbracht hat?«, stichelte sie giftig weiter.

Sepp antwortete lange nichts. Dann plötzlich ging ein Ruck durch seinen Körper, so als hätte er mit einem Male verstanden, dass er sich mit einem Gespenst unterhielt – und er brach in schallendes Gelächter aus. Er lachte wie ein Wahnsinniger, der er ja auch war. Laut und kreischend lachte er. Seine Stimme klang wie die einer alten Hexe. Niemals zuvor hatte man ihn so gesehen. Dieses verrückte Lachen dauerte lange an und schien nie wieder aufzuhören. Irgendwann aber schlief er ein.

Sepp war nicht nur wahnsinnig, er war auch der rechtmäßige Erbe des Hias'schen Vermögens, so wie er schon der rechtmäßige Erbe des Vermögens seiner Mutter, der Wagnerbäuerin, und seiner Frau, der Mena, gewesen war. Allein, es gab keins. Der Hias konnte nichts vererben, weil er nichts gehabt hatte. Zumindest nichts, was offiziell bekannt war. Und das andere war ja nicht bekannt und konnte somit auch nicht vererbt werden. Sepp war zwar ein bauernschlauer und brutal kalkulierender Mensch, aber an eine Erbschaft dachte er keine Minute, denn dass dieser Taugenichts irgendwas zu hinterlassen gehabt hätte, schien ihm selber völlig unmöglich.

Kapitel 18

Die Leiche des Matthias Schraglgschwandtner war in die Gerichtsmedizin transportiert worden. Die Obduktion des toten Hias ging rasch über die Bühne. Der Gerichtsmediziner stellte fest, dass das Opfer den Erstickungstod gestorben war. Außerdem entdeckte er eine Wunde am Hinterkopf, die von einem stumpfen Gegenstand stammte. Wahrscheinlich hatte also der Mörder dem armen Schraglgschwandtner zuerst eins übergezogen und ihm danach die Atemwege versperrt. Der Todeszeitpunkt war nicht mehr ganz genau auszumachen, denn Hias war ja schon ziemlich lange in diesem Stadl herumgelegen. Es musste daher ein sogenannter Entomologe, ein spezialisierter Insektenforscher, herangezogen werden, der untersuchte, welche Tiere sich des toten Körpers bereits bemächtigt hatten. Das war ein ungustiöser Job, aber der Insektenforscher machte ihn gern.

»Leichen werden in einer festen zeitlichen Reihenfolge von bestimmten Insektenmaden besiedelt«, erklärte er Fink, der sich genau über jeden Schritt erkundigte. Aus den Maden im Körper dieses Mannes konnte er tatsächlich den Todeszeitpunkt ableiten.

»Diese Leiche ist seit mindestens 18 und seit höchstens 21 Tagen tot«, stellte der Experte fest. Fink wollte schon erwidern, dass Leichen notwendigerweise tot sind, sonst wären sie keine Leichen, und dass diese Leiche daher nie lebendig war, nur der Körper der Leiche, aber so pedantisch musste man nicht sein. Immerhin war die Information eine wichtige. Seit mindestens 18 Tagen also, seit höchstens 21. Damit konnte man den Zeitpunkt sogar noch enger eingrenzen, denn vor 19 Tagen war der Hias verschwunden. Das letzte Mal hatte ihn Kreinhuber am Abend des 11. April gesehen. Heute war der 30. Der Hias musste somit zwischen dem 11. und 12. April ermordet worden sein. Wahrscheinlich in der Nacht, denn Morde dieser grausigen Art passierten fast nie am Tag. Und am 12. April in der Früh war er schon nicht mehr da gewesen, und Kreinhuber hatte sich sein Frühstück selber machen müssen. Ja, kein Zweifel: Der Mord musste in der Nacht vom 11. auf den 12. April passiert sein. Fink informierte Pfarrer Kreinhuber telefonisch von dieser wissenschaftlichen Erkenntnis. Dieser war entsetzt, und es schien ihm, als würde dieses genaue Datum die Fakten noch schlimmer machen:

»Um Gottes Willen. Also am 11. April ist es passiert. Ach, meiner Seel. In der Nacht vorm Ostermittwoch. Ja, genau. Da war er in der Früh nicht mehr da.« Der arme Kreinhuber schlug die Hände vors Gesicht. Er dachte daran, dass er schon in wenigen Tagen die Totenmesse für seinen Koch lesen musste. Ein fürchterlicher Gedanke.

Fink bat den Pfarrer vorerst, in seiner Gemeinde aufmerksam zu beobachten, wer sich nach dem Leichenfund verdächtig verhielt, ob irgendetwas anders war als sonst. Er selbst wollte als Nächstes alle USB-Sticks auswerten. Kreinhuber begab sich unterdessen auf Spionagetour im Ort. Er selbst hätte es wohl eher eine Erkundung genannt. Er wollte, wie Fink es ihm aufgetragen, sehen, ob sich was verändert hatte, nachdem der Fund des toten Hias bekannt geworden war. Beim Wirt »Zum Hinteren Stein« saßen jene, die immer dort saßen, darunter der Postler Fux, der dort nach seinem Häusl und dem Postamt seine dritte Heimat hatte. Man unterhielt sich über die Neuigkeiten. Das war normal. Aber niemand benahm sich verdächtig. Auch auf der Straße und am Hauptplatz war alles unauffällig. Sogar die Hunde pinkelten dort, wo sie es immer taten. Das war Hinterstein, wie es leibte und lebte.

Kapitel 19

Die Entdeckung des toten Hias hatte nicht nur den Pfarrer und den Kommissar schockiert, sondern auch andernorts große Tumulte ausgelöst, nämlich in der Redaktionsstube der Bezirksnachrichten. Der Journalist Max Stifter, der den Artikel über den Hias in London verfasst hatte, erfuhr über verschiedene Umwege davon, dass man den Schraglgschwandtner nicht in London, sondern in einem Stadl gefunden hatte – und nicht lebendig, sondern ziemlich mausetot. Das führte dazu, dass die Telefone in seinem Büro heiß liefen. Eigentlich muss man sagen: Das Telefon lief heiß, denn er hatte nur ein Einziges. Aufgebrachte Leserinnen und Leser der Bezirksnachrichten, viele davon aus Hinterstein, beschwerten sich darüber, dass das Blatt falsche Informationen weitergegeben hatte, dass man sich schon so gefreut hatte über die gute Nachricht, ja, dass man die Suche völlig eingestellt und sich in Sicherheit gewogen hatte, nachdem der Artikel über den Londontrip erschienen war. Manche Hintersteiner, die besonders ängstlich waren – und besonders ängstlich waren ziemlich viele – warfen dem Schreiberling vor, er hätte den ganzen Ort in Gefahr gebracht.

»Durch Ihren Artikel sind wir alle in Gefahr geraten, weil wir unachtsam geworden sind«, schimpfte eine ältere Dame. Sie habe letztens sogar nach längerer Pause wieder einen abendlichen Spaziergang in der Dunkelheit gewagt, weil sie dachte, dass das Verschwinden des Hias nicht in Zusammenhang mit einem Verbrechen stand, berichtete sie.

»Wenn ich gewusst hätt, dass irgendwo ein verrückter Mörder im Ort sein Unwesen treibt, hätt ich mich doch niemals zu so einer waghalsigen Spazierrunde verleiten lassen.« Ein Herr aus dem benachbarten Altenmarkt meinte gar:

»Sie haben sich strafbar gemacht und fahrlässig gehandelt. Unsere Kinder, unsere Frauen, unsere Alten waren in höchster Lebensgefahr wegen Ihrer Schreiberei.«

Manche gingen sogar noch weiter und beschuldigten Stifter der Mittäterschaft beim Mord am Hias. Ja, warum hätte er denn sonst diesen Artikel erfinden sollen, wenn nicht aus dem einfachen Motiv heraus, dass er die Polizei auf eine falsche Fährte locken wollte? Der arme Journalist konnte gar nicht antworten, so wild schrien die Anrufer in den Hörer. Sein Trommelfell war nach zehn Telefonaten so angeschlagen, dass er sich einen Kamillenumschlag machte, weil er dachte, dass ihm das helfen würde – ein Hausmittel, das er von seiner Tante kannte, das aber für das Trommelfell völlig ungeeignet war. Nachdem sich sein Ohrwaschel trotz des nutzlosen Umschlags wieder erholt hatte, griff der Journalist selber zum Hörer und wählte die Nummer der Person, die eigentlich für dieses ganze Chaos verantwortlich war.

»Was ist Ihnen denn da eingefallen? Ich hab mich auf Sie verlassen, dabei stimmt die Story vom Hias in London gar nicht. Warum haben Sie mich denn in eine solche Situation bringen müssen?«

Die Stimme am anderen Ende der Leitung antwortete nervös: »Bewahren Sie Ruhe, Herr Stifter. Ich habe mich leider geirrt. Ich war selbst genauso überrascht wie Sie, als ich hörte, dass man diesen Koch tot aufgefunden hat. Ich war mir wirklich sicher, dass er in London war.«

Das klang für den Journalisten nicht überzeugend.

»Das glaub ich Ihnen nicht. Sie wollten mich in Verlegenheit bringen. Ja, vielleicht wollten Sie wirklich alle auf eine falsche Fährte locken, weil Sie selbst den Hias umgebracht haben?«

Bei diesen Worten stockte Stifter der Atem. Das hätte er sich lieber verkneifen sollen. Denn wenn es tatsächlich stimmte, dann wäre er ja jetzt womöglich das nächste Opfer. Um Gottes Willen. Warum hatte er seinen Mund nicht gehalten? Schnell setzte er hinzu: »Obwohl, nein, nein. Sie waren's sicher nicht. Das ist mir nur herausgerutscht.«

Die Stimme der anderen Person wurde jetzt plötzlich bedächtig und langsam, obwohl ihr die Nervosität immer noch stark anzumerken war.

»Natürlich war ich es nicht. Aber, Herr Stifter, ich warne Sie. Geben Sie niemandem meinen Namen bekannt. Sagen Sie niemandem, dass ich Ihnen diese Geschichte erzählt hab!«

Der Journalist verstand die Drohung, aber da er ein wenig dümmlich war, wie man ja auch an dem kuriosen Interview mit Kreinhuber schon bemerkt hatte, fragte er nach: »Darf ich der Polizei Ihren Namen auch nicht sagen? Die werden mich ja sicher danach fragen.«

Die Stimme erwiderte nun ungeduldig: »Natürlich nicht, Sie Volltrottel! Gerade der Polizei gegenüber sollen Sie Ihre blöde Klappe halten. Vor allem dann, wenn Ihnen an Ihrem Leben etwas liegt. Sie verstehen? Ansonsten tanz ich mit Ihnen einen ordentlichen Eiertanz.«

Max Stifter lief es kalt über den Rücken. Das war eine eindeutige Morddrohung. Der Hinweis auf die Eier war eine klare Anspielung auf die Mordwaffe. Das verstand sogar der begriffsstutzige Journalist, der eigentlich nur den Vogerltanz oder den Orangentanz aus dem Fasching kannte.

»Selbstverständlich, Herr Meissner. Ich werde niemandem etwas sagen«, antwortete er völlig eingeschüchtert.

Kapitel 20

Noch spätabends saß der Inspektor in seinem Salzburger Büro. Regentropfen prasselten ans Fenster. Die USB-Sticks wurden zuerst mal nach Viren untersucht. Währenddessen machte sich Fink Gedanken über diese eigenartige Konstellation: Ein vom Hunger geplagter Geistlicher, USB-Sticks im Pfarrhof und ein mit Eiern und Palmkatzerln ermordeter Pfarrerskoch. Dann noch die Laptop-Tasche unter dem Leichnam, aber ohne Inhalt und Fingerabdrücke. Selten in seiner Karriere als Polizist hatte er einen derart mysteriösen Fall erlebt.

Als er nun den ersten Stick auf seinen Inhalt hin überprüfte, traute er seinen Augen nicht. Auf dem Stick waren lauter Rezepte. Fein säuberlich sortiert und offenbar entweder aus Zeitschriften oder Kochbüchern zusammengetragen und eingegeben. Eine wirklich umfangreiche Sammlung. Darunter erlesene Gerichte und ganze Menüs wie klare Fasansuppe mit Eierschöberl und dazu Blattsalat, dann Entenbrust mit Rotkraut und Polentastreifen und als Dessert eine Crème brûlée. Dem Ermittler lief das Wasser im Schnabel zusammen und insgeheim beneidete er den Pfarrer um diese wundervollen Kompositionen. Freilich war er eigentlich zu betrauern, denn den Hias gab es ja nun nicht mehr. Aber zumindest war der Kreinhuber fünf Jahre lang in diesen Genuss gekommen. Finkens Esther war zwar eine wundervolle Ehefrau und Mutter, aber wie die Damen aus der Stadt oft eben so sind, leider keine gute Köchin. Zumindest hätte sie wahrscheinlich auf Anhieb keine dieser Speisen zubereiten können.

Auf den Sticks, die der Ermittler überprüfte, befanden sich nur Rezepte. Auf einem allerdings war noch etwas anderes drauf, nämlich die Gottesdienstordnung und die Beichtzeiten der vergangenen Wochen. Fink war sich noch nicht bewusst, was dieser Fund bedeuten sollte. Er dachte vorerst an eine totale Nullnummer mit diesen Beweisstücken, die nun gar keine solchen zu sein schienen.

Der Akt Matthias Schraglgschwandtner lag ihm wirklich schon im Magen. Zuerst wurde der Bursche wochenlang vermisst, dann glaubte jeder, er wäre in London. Dann fand man ihn plötzlich doch. Es tauchten mysteriöse USB-Sticks auf, von denen man sich zu Recht die Lösung des Falls erwartete, und nun waren da nur Rezepte und Beichtzeiten drauf.

Die Nacht war kurz, der Schlaf schlecht. Noch lange hörte der Inspektor den Regen auf das Dach prasseln. Er beschloss, am nächsten Tag ganz früh nach Hinterstein zu fahren, um mit ein paar Leuten zu sprechen. Es musste doch Anhaltspunkte geben. Irgendwo musste der Laptop zur dazugehörenden Tasche sein.

Doch Vorsicht war geboten. Es durfte niemand merken, dass die Recherche mit den Sticks nichts ergeben hatte. Außerdem musste man sich mal diesen komischen Bezirksjournalisten vornehmen, der die falsche Nachricht von einem kochenden Hias in London verbreitet hatte. Wie konnte man nur auf so eine hirnverbrannte Idee kommen? Das war sogar für die Provinz zu weit hergeholt. Andererseits werden in Zeiten der Globalisierung die Dinge von überall hergeholt und hingebracht, also warum nicht auch ein Pfarrerskoch? Aber gerade London?

Als sich Fink mit dem Auto nach Hinterstein begab, tat sich der Himmel auf. Es sollte offenbar ein schöner, sonniger Tag werden. Er klingelte an der Glocke des Pfarrhofs.

»Griasdi, Lercherl! Wart i mach dir auf!«, rief Kreinhuber erfreut aus einem der oberen Fenster blickend.

Man bemerkte am Verhalten und an der Stimmung des Pfarrers sofort die gute Küche des Weidenstätter Lieserl. Hatte der Kreinhuber am Anfang, als der Fink das erste Mal hier war und der Pfarrer schon länger nichts mehr gegessen hatte, die Stiege von oben bis unten in ungefähr drei Minuten geschafft, brauchte er nun mit vollem Magen schon fast das Doppelte der Zeit.

»Servus, Kreinhuber, wie geht's dir heute?«, begrüßte der Inspektor seinen alten Freund.

Der Pfarrer war gut gelaunt, obwohl man erst gestern seinen Koch tot aufgefunden hatte. Seine Grundstimmung war zwar schon betrübt, aber als religiöser Mensch glaubte er fest daran, dass es dem Hias dort, wo er jetzt war, besser ging als je zuvor. Das tröstete ihn. Mindestens ebenso tröstete ihn aber die Kochkunst des Lieserl.

»Du, i hab gestern Abend noch so einen gutn Schweinsbraten gegessn. 'S Weidenstätter Lieserl is a Pracht, ein wahrer Segen der Natur und natürlich auch unseres Schöpfers. Was würd i ohne sie nur machen? Und das kleine Margaretherl is so ein Sonnenschein, auch wenn's manchmal dreinschaut, wia der alte Gumphauser.«

Fink war etwas irritiert von dieser übermütigen Stimmung

Kreinhubers. Immerhin hatte man erst gestern seinen toten Koch gefunden.

»Sag einmal, vermisst du den Hias gar nimmer? Denkst du eigentlich nur ans Essen?«

Da fuhr es dem Gottesmann durch Mark und Bein.

»Jessasna, der Hias. Genau. Vor lauter Freud über's Lieserl ihr Essen. Ja, weißt du schon, wer's war? I möcht's gar nit wissen. War's ein Hintersteiner?«

Fink schüttelte den Kopf.

»Ich muss noch Ermittlungen anstellen. Es gibt noch keinerlei Beweise. Mit diesem Journalisten muss ich reden, der über diese Geschichte in London geschrieben hat. Aber vorher muss ich dir was zeigen.«

Er packte aus einer braunen Aktentasche den Ausdruck der Beicht- und Gottesdienstordnung aus und zeigte sie dem Kreinhuber. Auch einige nach Meinung des Kommissars bemerkenswerte Rezepte hatte er dem Pfarrer mitgebracht, um ihn dazu zu befragen. Bei den kulinarischen Ergüssen auf Papier kam der Kreinhuber gleich ins Schwärmen und gleichzeitig tat es ihm leid, dass er schon so voll des Lobes für das Lieserl war, wo doch der Schraglgschwandtner Hias ein wirklich begnadeter Mess- und Leibesdiener für ihn gewesen war. Beim Anblick der Rezepte sagte er gleich einmal gar nichts mehr. Fink wusste damit nicht umzugehen und hatte nun selber ein schlechtes Gewissen, da er den Geistlichen offenbar mit seiner eingängigen Bemerkung vor den Kopf gestoßen hatte.

»Wieso sprichst du denn jetzt gar nichts mehr?«, fragte der Kommissar mit zurückhaltendem und nicht zu forschem Ton.

»Geh, stör mich nicht, wenn ich für den Hias eine Gedenkminute einlege.«

Der Pfarrer senkte den Kopf und fuhr mit der Minute fort. Jetzt war Fink vor den Kopf gestoßen. Für persönliche Befindlichkeiten war aber der falsche Zeitpunkt. Der Kommissar wollte einfach die Minute abwarten und dann noch einmal wegen der Gottesdienstordnung nachhaken. Als aber plötzlich der Duft von frischem Kaffee und warmen Buchteln in der Luft lag – es war ja noch frühmorgens – brach der Kreinhuber die Gedenkminute ab und huschte in die Küche. Fink sah nur noch das schwarze Gewand um die Ecke flitzen. Es war unschwer zu erkennen, dass das Lieserl den Pfarrer schon ziemlich um den Finger gewickelt hatte.

Als Fink die Küche betrat, waren schon zwei Buchteln im Schlund des Schwarzgewandeten verschwunden. Dann spülte er noch mit reichlich Kaffee aus einer Tasse mit der Aufschrift »Papa, du bist der Beste« nach. Das kleine Margaretherl saß hinter dem Küchentisch und einem Berg von Buchteln und beobachtete die Szenerie, während die Weidenstätterin geschäftig aus dem Kühlschrank räumte. Hätte es Fink nicht besser gewusst, er hätte schwören können, dass es sich hier um eine typische Kleinfamilie handelte.

»Sag, kannst du mir etwas zu dieser Terminaufstellung erzählen?«, unterbrach der Inspektor nun den Mehlspeisgenuss des Geistlichen.

»Ja, der Hias hat immer die Pläne für den Gottesdienst gmacht. Dass er das auf so einem Laptop getan hat, hab i nit gwusst, i hab gemeint, er hat a normale Schreibmaschin.«

Fink forderte den Pfarrer auf, sich die Pläne für Gottesdienst und Beichten genau anzuschauen, auch wenn er sich keine besonderen Erkenntnisse davon versprach. Was sollte an solchen Dingen schon verdächtig sein? Kreinhuber setzte sich seine Brille auf. Damit sah er fast ein wenig intelligent und intellektuell aus wie ein verhinderter Schriftsteller. Aber seine Stirn zog Falten.

»Das kann nicht stimmen, das ist nicht unser Beichtplan. Da war ich ja gar nicht da!«

Der Pfarrer verzog sein Gesicht nach allen Regeln der Kunst. Er hätte auf diese Weise wohl Weltmeister im Grimassenschneiden werden können. Die kleine Margreth lachte lauthals und grunzte danach vergnügt.

»Da, am Montag und Dienstag vor vier Wochen, also genau vor einem Monat, da war ich auf Exerzizien in Rom. Über das Wochenende genau bis Dienstag. Da kann keine Beichtgelegenheit gewesen sein«, erklärte Kreinhuber verwundert.

Der Hias hatte also am Beichtplan ein Datum eingetragen, wo es gar keine Beichte gegeben haben konnte, denn der einzige Beichtvater in Hinterstein war der Kreinhuber, da er ja auch der einzige Pfarrer war. Aber der war zu dieser Zeit eben in Rom. Konnte es sich hier vielleicht nur um einen banalen Irrtum handeln, der dem Hias unterlaufen war? Vielleicht hatte er einfach irgendetwas falsch notiert. Das musste noch nichts heißen. Fink wusste aus seiner langen Erfahrung, dass sich oft die banalsten Details als heiße Spur entpuppten, und deswegen musste er dieser Angelegenheit auf den Grund gehen.

»Wer wusste, dass du in Rom warst?«, fragte er Kreinhuber.

»Ja, der Hias«, antwortete dieser.

»Und wer noch?« Der Inspektor wurde ungeduldig.

Kreinhuber brauchte nicht lange zu überlegen.

»Ja, niemand nicht, wenn es der Hias nicht erzählt hat. Ich muss mich doch nicht offiziell abmelden, wo kommen wir denn da hin? Meine Exerzizien gehen niemand was an. Und für die Sonntagmesse war eine Vertretung da, aber so war eine Vertretung da. Ich war schon öfter mal sonntags weg, aber zum ersten Mal in Rom.«

Der Pfarrer steigerte sich ziemlich in diese Sache hinein, so dass ihm gleich ein paar Buchtelbrösel wieder zum Mund herausgeschossen kamen. Wenn er etwas nicht leiden konnte, dann war es, sich vor irgendjemandem außer seinem Herrgott und dem Papst rechtfertigen zu müssen. Er brauchte sich vor keinem weltlichen Gericht zu verantworten, dachte er. Das hätte ein ehrenwerter Prediger wirklich nicht nötig.

»Du bist also am Dienstag wiedergekommen?«, fragte ihn Fink nun.

Kreinhuber gefiel es gar nicht, von seinem alten Freund verhört zu werden, aber weil es ihm für die Aufklärung des Falles wichtig schien, antwortete er doch: »Ja, am Abend war eine Bibelstunde mit Jungscharkindern, die hab ich grad noch geschafft.«

Das Wort Bibelstunde erinnerte Fink an den Traum des Pfarrers und an die Bibel, die gemeinsam mit dem Hias verschwunden, aber im Gegensatz zum Pfarrerskoch noch nicht wieder aufgetaucht war.

»Apropos Bibel«, sagte der Kommissar. »Ist die eigentlich wieder gefunden worden?«

Kreinhubers gute Laune war zur Gänze verflogen. Er ärgerte sich maßlos über diesen falschen Beichtplan. Er ärgerte sich, dass er sich verhören lassen musste wie ein ungläubiger Heide. Und nun erinnerte ihn Fink auch noch an das Verschwinden des heiligen Buches.

»Nein! Beim Hias war sie ja leider nicht. Dann wird's wohl jemand gestohlen haben. So eine Sauerei. Ich hab's mir schon gedacht. So eine schöne Bibel. Aber das wird demjenigen keine Freud bereiten. So was Heiliges aus der Kirche stiehlt man nicht.«

Kreinhuber sah Fink an und merkte, dass ihm dieser bei seiner Schimpftirade gar nicht mehr gefolgt war. Fink wirkte sehr ernst, und es schien dem Kreinhuber, dass er sehr angestrengt und scharf nachdachte. Im selben Moment ertappte sich Kreinhuber, dass er bei »scharf« gleich wieder an was Essbares gedacht hatte, denn er war einer der vielen Unentschlossenen, die sich jeden Morgen fragten: süss oder sauer frühstücken?

»Ich kann dem Ganzen noch nicht zur Gänze folgen«, erklärte Fink, »doch es scheint mir, dass an der Sache mit dem Beichten was faul ist.«

Bei dem Wort »faul« verging dem Kreinhuber der vorher angesammelte Appetit wieder. Um dem Ganzen auf den Grund zu gehen und weil er »Gänse« statt »Gänze« verstanden hatte, stieg Kreinhuber gleich auf Finkens Vorschlag ein, sich doch einfach mal die Kirche anzusehen. Im Gänsemarsch gingen sie die Treppe hinunter.

Kapitel 21

So durchquerten die beiden hintereinander den Friedhof, von unzähligen neugierigen Augenpaaren begleitet, die natürlich dem Inspektor sein Auto mit Salzburger Kennzeichen auf dem Pfarrhofsvorplatz schon ausgemacht hatten. Es sah so aus, als hätte Fink einen schwarzen Schatten an sich kleben, der eigentlich für seine Statur etwas zu breit geraten schien. Bevor sie zur Kirchentür kamen, überholte aber Kreinhuber sportlich und sperrte das schwere Hauptportal auf.

In der Kirche herrschte vollkommene Stille. Obwohl Fink nicht den Katholisch-Gläubigen oder Anhängern einer anderen Glaubensrichtung zuzuordnen war, überkam ihm bei dem Eindruck dieser leeren Kirche ein Funke von Ehrfurcht. Sonnenstrahlen fielen durch die bunten Mosaikfenster und zeichneten auf dem Kirchenboden seltsame Muster.

Langsam schritten die beiden Männer die Stühle entlang Richtung Altar. Wortlos. Plötzlich schlug die Glocke im Turm. Es musste dreiviertel zehn sein. Fink erschrak, ließ es sich aber nicht anmerken. Als sie bereits sämtliche Haupt- und Nebenschiffe gekreuzt hatten und entlanggegangen waren, kamen sie wie automatisch vor einem kleinen Holzkasten in der Wand zum Stehen. Dem Beichtstuhl. Kreinhuber öffnete aus Gewohnheit sehr bedächtig, ja fast einladend, die Türe, und sie sahen auf den leeren Platz, auf dem normalerweise ein Sünder sitzt und um Vergebung bittet. Der Pfarrer, der keine Ahnung hatte, auf was Fink eigentlich hinaus wollte, verlangte nach einer Aufklärung:

»Was suchen wir denn eigentlich hier? Sag mir wenigstens, Fink, was jetzt in deinem Spatzenhirn los ist?«

»Ich bin mir nicht sicher.« Er setzte sich in den Beichtstuhl.

Kreinhuber, der mit dieser Situation vertraut und überdies ein wenig neugierig war, was Vogel Schlaumeier wohl so ausbrütete, bot sich sogleich an. »Wennst willst, setz ich mich auch rein, und wir sprechen ein wenig über dich.«

Fink war das nicht geheuer, und außerdem fragte er sich, wie denn der Kreinhuber in dem kleinen Ding Platz haben sollte. Daher kam er aus der Kabine sofort wieder heraus. Als Salzburger Agnostiker hatte der Inspektor nicht so viel Ahnung vom Beichten, aber er wollte natürlich den Platz, den ein Geistlicher in so einer Anhörung einnimmt, auch untersuchen. Kreinhuber behagte der Anblick von einem Kriminaler in seinem Beichtstuhl, sozusagen einem Zivilisten, überhaupt nicht:

»Du, das passt mir jetzt überhaupt nicht, dass du da auf meinem Platzerl drinnen hockst. Das macht ein komisches Bild. Da könnte ja ein jeder daherkommen und sich da hineinsetzen. Und pass auf, dass'd mir da keinen Durcheinand hineinbringst.«

Kreinhuber meinte die Heiligen-Bildchen, die schön aufgeschichtet am Rand eines Stützbrettes lagen. Aber es war schon zu spät. Fink hatte mit dem Ellenbogen ein paar zu Boden geworfen. Sofort dachte er an die Schneuztücher, den Wecker und das Bild seiner Frau, welches er heute morgen ebenfalls schon zu Boden befördert hatte. Er ärgerte sich noch, dass ihm das heute schon zwei Mal passiert war und da…, da entdeckte er beim Hinunterbücken ein kleines, andersfarbiges Brett in der Vertäfelung des Beichtstuhls.

»Weißt du, was das ist?«, fragte er den Pfarrer, aber dem war das noch nie zuvor aufgefallen.

»Nein, ich habe keine Ahnung, was das sein könnt. Ich kann ja nicht alles wissen. Da herinnen geht es um die Schandtaten meiner armen Sünder. Da kann ich mich nicht um jedes Brettl kümmern.«

Fink, der eigentlich die Ausdauer eines Falken an den Tag legte, der in der Luft schwebte und nur darauf wartete, endlich hinunterzustoßen, um die Beute zu ergreifen, klopfte mit den Fingern gegen dieses Brett in der Erwartung, irgendeinen Beweis in die Krallen zu bekommen. Der von diesem Verhalten verwirrte Kreinhuber wusste noch immer nicht, was sein Freund damit bezweckte.

»Ja, sag einmal, zerlegst′ mir jetzt den Stuhl da? Das einzige Platzerl in der Kirch, wo nur ich allein hin kann, und du hämmerst wie ein Specht gegen das Holz! Was tust da überhaupt?«, maulte er.

Der Inspektor gab das mittlerweile lose Brettchen dem Kreinhuber, der sich nun gar nicht mehr auskannte, aber voller Spannung auf den Arm seines Freundes starrte, den er mittlerweile durch die entstandene Öffnung in einen kleinen Hohlraum hinter der Vertäfelung gesteckt hatte:

»Da ist was.« Fink erinnerte sich an das Versteck der USB-Sticks in der Kammer des Pfarrerskochs. Offenbar hatte der Hias ein Faible für solche Verstecke, von denen es in der Kirche und im Pfarrhof, zumal es sich um alte, historische Gemäuer handelte, natürlich genügend gab.

Er zog seinen Arm wieder raus und hielt die Bibel in der Hand. Die beiden sahen sich an. Wortlos öffnete der Inspektor die schwere, goldene Bibel, und die rote Schrift außen auf der Bibel leuchtete ganz eigenartig im Licht, welches durch die Fenster von oben auf dieses Szenario fiel. In der Bibel, genauer gesagt, im Neuen Testament befanden sich Zettel, auf denen mit Handschrift Notizen gemacht worden waren. Sie waren genau beim Matthäus-Evangelium eingeordnet, denn Matthäus klingt fast wie Matthias. Das fiel dem Fink natürlich sofort auf. Kreinhuber identifizierte die Schrift auf den Zetteln als jene des Mordopfers.

Fink blätterte ganz vorsichtig in dem dicken Wälzer. Kreinhuber hingegen war verstört.

»Jetz bin i aber verblüfft und ganz durcheinander. Wie kommt denn diese Bibel in den Beichtstuhl und warum sind denn darin lauter Zettel mit dem Hias seiner Schrift drauf?« Für den einfach gestrickten bayrischen Kleriker stellten sich plötzlich Hunderte unbeantwortbare Fragen. Und er erinnerte sich an dieser Stelle an ein Lied, das er immer gerne gesungen hatte und welches er immer gerne als Antwort gab, wenn die Kinder im Religionsunterricht eine Frage stellten, die er nicht beantworten konnte.

»Die Antwort, mein Freund, weiß ganz allein der Wind. Die Antwort weiß ganz allein der Wind.« Dabei war er sich aber bewusst, dass die Antwort eigentlich nur Gott wusste. Aber sein musikalisches Verständnis reichte so weit, dass er es bei diesem Liedchen ausnahmsweise akzeptierte, dass der Wind alles wusste. Im übrigen war der Wind als Naturphänomen ja auch was Göttliches.

Bei genauerem Blick auf die beschriebenen Seiten wurde klar, dass es sich bei den Notizen um sehr pikante Geschichten prominenter Hintersteiner handelte. Offenbar Inhalte von Beichten, denn solche Unglaublichkeiten würde man nie an einem anderen Ort unzensiert zum Besten geben. Langsam wurde den beiden bewusst, dass der sonst so brave Koch als falscher Pfarrer die Beichten abgenommen hatte, und zwar genau an jenen Tagen, an denen der echte Pfarrer, der Kreinhuber nämlich, auf Exerzizien gewesen war. Während Fink das amüsant fand, war der Kreinhuber darüber ziemlich empört.

»Also, wie der Bua dazu gekommen ist, einfach den Beichtvater zu spielen, ist mir ein Rätsel. Ich hab ihm ja beim Kochen auch nicht hineingepfuscht. Ich kann mir nicht vorstellen, dass sich der Hias das ausgedacht hat.«

Für Fink war das jetzt nebensächlich. Viel wichtiger war, die Geschichten auf den Zetteln im Matthäus-Evangelium genau zu studieren. So saßen die beiden in Kreinhubers Pfarrbüro und lasen die Geschichten des Matthias Schraglgschwandtner. Und in ihrer Phantasie spielten sich ganze Spielfilme ab.

Bei Vers 7,15-23 im Matthäus-Evangelium hatte der Hias die Geschichte vom ortsbekannten HKP-Gemeinderat eingeordnet. Die HKP stand für Hinterdeutsche Kulturpartei, einer Wortmischung aus Hinterstein und deutsch, und ihre Mitglieder waren überzeugt davon, dass man die deutsche Kultur auch in Hinterstein pflegen müsste, weil sie besser als alle anderen Kulturen der Erde wäre. Sinngemäß hieß der HKP-Gemeinderat auch Hubert Deutscher und war für Kultur zuständig. Er hatte einige Anhänger in dem kleinen Ort, aber nicht allzu viele. Die meisten Hintersteinerinnen und Hintersteiner interessierten sich nicht so besonders für Deutscher und seine Partei.

Den Aufzeichnungen zufolge musste er zur Beichte gekommen sein. Zwar war er insgesamt kein praktizierender Katholik, und er ging wie die meisten Hintersteinerinnen und Hintersteiner nur sehr selten zur Messe. Aber das Beichten war eine andere Sache. Zumindest in Hinterstein hatte die Beichte eine ganz besondere Bedeutung.

Auch wenn Fink und Kreinhuber nicht genau wussten, wie es sich im Detail zugetragen hatte, so konnten sie sich doch in den Ablauf der Beichten hineinversetzen und machten eine gedankliche Rückschau.

Deutscher wusste nicht, dass der Hias im Beichtstuhl saß. So beichtete er munter drauf los:

»Ich muss was beichten, Pfarrer«, sagte er. Man hielt sich in Hinterstein nicht an die üblichen Beichtrituale, zumal man diese meist vergessen hatte. Hias versuchte, die Stimme des Pfarrers einigermaßen zu imitieren. Es gelang ihm, wie er selber fand, nicht besonders gut. Aber im Beichtstuhl klang die Stimme sowieso immer anders, und keiner wäre auf die Idee gekommen, dass es nicht der Kreinhuber war, der einem da gegenübersaß.

Deutscher gestand: »Ich habe gelogen und betrogen.«

Dem Hias reichte das nicht. Er wollte es schon genauer wissen. Und Deutscher begann zu erzählen: »Ich hab in dutzenden Reden, die ich geschrieben hab, trotz besseren Wissens die Leute angelogen und betrogen. Ich habe den Hintersteinern versprochen, dass sie zum kulturellen Zentrum vom Land Salzburg werden, wenn sie mich zum Bürgermeister machen.«

Der Hias war ob dieser Worte ein wenig enttäuscht. Sollte das etwa alles gewesen sein, was der Sünder angestellt hatte? Das gehörte ja geradezu zum Alltagsprogramm von Politikern und war eigentlich völlig unspektakulär.

»Und sonst hast du nichts zu beichten?«, fragte er nach.

Im anderen Abteil wurde es still. Offenbar war sich Deutscher nicht sicher, ob er weitererzählen sollte. Der Pfarrer könnte ja vielleicht doch einmal was ausplaudern und dann gute Nacht. Schraglgschwandtner spürte di-

ese Unsicherheit und legte daher in Kreinhuber'schem Tonfall noch ein Schäuflein nach.

»Du weißt, mein Schäfchen, dass ich dem Beichtgeheimnis unterliege und nur Gott verantwortlich bin. Erleichtere dein Herz, dann kannst du auf Vergebung hoffen.« Hias hatte fast schon psychologische Fähigkeiten, wie er fand. Jedenfalls wirkte das Gesagte prompt.

»Wie soll ich sagen, Pfarrer. Ich bin... ich bin süchtig nach Macht. Ich kann nicht länger im Schatten dieses vertrottelten Bürgermeisters stehen. Alles ,was der macht, schadet unserem Hinterstein. Er bringt uns nicht nach vorne. Er bremst unsere Entwicklung. Und ich habe mich daher entschlossen, ihn zu stürzen. Die ersten Schritte sind schon gemacht. Ich habe einem befreundeten Journalisten von den Bezirksnachrichten gesagt, dass der Bürgermeister korrupte Machenschaften laufen hat, dass er Steuern hinterzieht und seine Freunde begünstigt. Der Artikel wird vor den nächsten Wahlen erscheinen, und dann werde ich als Gegenkandidat leichtes Spiel haben.«

Hias notierte alles mit. Wäre er Seelsorger gewesen, dann hätte er von Deutscher gefordert, den hinterhältigen Plan sofort zu stoppen. Da er aber nur ein Pfarrerskoch war, kam ihm das gar nicht in den Sinn. Ein Skandalfeuerchen dieser Art musste man eher noch anfeuern, als löschen. Daher sagte er nur: »So erwarte ich von dir, dass du – wenn du dann Bürgermeister bist – auch jeden Sonntag in die Kirche kommst, um Gott zu danken.«

Deutscher war von dieser gnädigen Haltung überwältigt. Sie gab ihm Anlass, auch den Rest der Geschichte zu erzählen. Wenn der Pfarrer schon mal in so gutmütiger Stimmung war, musste man das ausnutzen:

»Also, Herr Pfarrer, da gibt es dann noch etwas«, fuhr er fort. »Sie erinnern sich vielleicht an den Fahrradunfall vom Bürgermeister im letzten Jahr, bei dem er sich sehr schwer verletzt hatte. Wie soll ich sagen, Herr Pfarrer. Ich habe da... hab da ein wenig nachgeholfen.«

Der Hias konnte sich bei diesem Geständnis nicht zurückhalten und schlug mit der Faust auf das Beichtbrettchen, so dass es im gesamten Beichtstuhl nur so krachte. Deutscher zuckte zusammen.

»Sind Sie noch da, Herr Pfarrer?«

Rasch riss sich der Koch am Riemen.

»Fahr er fort. Du weißt, ich bin zur Verschwiegenheit verpflichtet. Erlöse dein Gewissen von dieser schweren Schuld und schildere alles ganz genau!«

Der elende Sünder tat, wie ihm geheißen.

»Der Bürgermeister hat damals in einer Gemeinderatssitzung gesagt, dass er ein Multi-Kulti-Fest machen will, weil das jetzt modern ist und das viele Touristen bringen würde. Ich war dagegen. Ich hab ihm gesagt, wir brauchen kein Multi-Kulti-Getue in Hinterstein, sondern mehr traditionelle Hintersteiner Feste. Es hat sich ein Streit ergeben, und er hat dann gesagt, ich wäre ein Hinterweltler. Darauf hab ich ihm gesagt, dass ich kein Hinterweltler, sondern ein Hintersteiner bin und er mich am Hintern lecken kann. Da hat er geantwortet, er würde mich Hinterweltler nicht am Hintern lecken, sondern mir denselbigen Hintern vielmehr versohlen. Hat mich hinten am ›Schlawittchen‹ gepackt und mir eine runtergehaun vor dem gesamten Gemeinderat, dass ich ganz verdattert war. Sie können sich gar nicht vorstellen, was das für eine Demütigung war, Herr Pfarrer. Daraufhin bin ich rausgelaufen vor lauter Wut und als ich an seinem Fahrrad vorbeigekommen bin, da hab ich mir gedacht: Na, dir werd ich's schon zeigen. Hab mein Messer genommen und ein bisschen an den Bremskabeln gearbeitet.«

Das war ein ordentliches Geständnis. Doch Deutscher war noch nicht am Ende.

»Der Bürgermeister hat den Unfall, wie Sie wissen, überlebt. Ich war aber so zornig auf ihn, dass ich noch eins draufgesetzt hab. Ich hab im ganzen Ort herumerzählt, dass er besoffen war und deshalb mit seinem Radl gestürzt ist. Ich hab den Leuten auch gesagt, dass sie sich entscheiden können zwischen diesem besoffenen Provinztaugenichts und mir, einem politischen Aufsteiger, einem Hoffnungsträger, einem charismatischen Propheten. Ich habe ihnen gesagt, dass mit mir alles besser wird, alles viel besser.«

Der HKP-Gemeinderat kam in einen Erzählrausch und hielt eine so leidenschaftliche Wahlrede, dass der Hias schon dachte, er wäre in einer Wahlkabine und müsste nun ein Kreuzerl in einen Kreis machen. Stattdessen machte er aber dann doch lieber ein Kreuzzeichen und entließ den bösen Gesellen mit der Aufgabe, zehn Vater Unser zu beten und die Kirche nicht zu vergessen, wenn er tatsächlich Bürgermeister werden sollte. Deutscher fühlte sich erleichtert und verließ den Beichtstuhl mit neuen Plänen. Nach der Beichte ordnete der Hias seine Notizen bei Vers 7,15-23 im Matthäus-Evangelium ein, denn das war der Vers »Von den falschen Propheten«, in dem geschrieben steht: Hütet euch vor den falschen Propheten; sie kommen zu euch wie harmlose Schafe, in Wirklichkeit aber sind sie reißende Wölfe.

Und als einen solchen hatte der Hias den Hubert Deutscher wohl eingeschätzt.

Fink fand es besonders interessant, dass der HKP-Gemeinderat gute Kontakte zu einem Journalisten der Bezirksnachrichten hatte. Das musste demnächst näher untersucht werden. Gerade im Hinblick darauf, dass Fink noch keine Gelegenheit gehabt hatte, der London-Story nachzugehen.

Der Inspektor nahm einen anderen Zettel zur Hand, der bei Vers 22,15-22 eingeordnet war. Darin ging es um die nächste prominente Persönlichkeit, die dem Hias offensichtlich ihre Sünden gebeichtet hatte. Und das war der ortsbekannte Englischlehrer.

Der ortsbekannte Englischlehrer war aber nicht nur der ortsbekannte Englischlehrer, sondern zugleich der ortsbekannte Hauptschuldirektor. Und weil er das war, kam zu seiner Autorität auch noch ein gerütteltes Maß an Arroganz dazu. Jetzt gibt es freilich kaum eine schlimmere Mischung als Autorität und Arroganz. Diese Eigenschaften unterstrich sein äußeres Erscheinungsbild. Immer adrett gekleidet mit Sakko, darunter fast dogmatisch einen Jersey-Rollkragen-Pullover. Meistens in Beige, Weinrot oder Flaschengrün. Diese Zugeknöpftheit bis zum Kinn wurde durch seine Körperhaltung noch verstärkt. Sein gesamtes Auftreten war so, als hätte man ihm einen Besenstiel durch den Allerwertesten ins Kreuz geschoben. Selbst seine Lehrerkollegen konnten ihn nicht ausstehen. Er hieß übrigens Johann Meissner, nannte sich aber selber John und verlangte sowohl von seinen Schülern als auch von seinen Kollegen, dass sie ihn Sir John nannten.

Meissner war aber nicht nur autoritär und arrogant, er war auch sehr bewandert. Vor allem im Englischen konnte ihm niemand etwas erzählen. Die Schulklasse betrat er stets mit einem Liedchen auf den Lippen: »Good morning, good morning, good morning, and how are you this morning, this morning, this morning, and how are you today.«

Die Gesangseinlage war freilich nur Fassade. Die Kinder mussten unabhängig von ihrer tatsächlichen Stimmung, denn die interessierte Meissner ohnehin nicht, immer folgendermaßen antworten: »I'm fine, thanks, I'm fine, thanks this morning.«

Auch der Hias selber hatte als Schüler dieses Ritual viele Male miterlebt. Fink und Kreinhuber sahen auch diese Beichtgeschichte nun vor ihrem geistigen Auge:

Sir John betrat den Beichtstuhl, und weil er es so gewohnt war aus der Schule, grüßte er mit einem »Good evening, in the name of lord«.

Nach den Einführungsworten begann auch der Englischlehrer, zu beichten. Er hatte einem frechen Schüler eine Ohrfeige verpasst und ihm gedroht, falls er dies weitererzählen würde. Sir John war bekannt für seine Ohrfeigen und Kopfnüsse und deshalb konnte das nicht der echte Grund der Beichte sein. Es musste noch was kommen. Tatsächlich dauerte es nicht lange, und Meissner rückte mit der Sprache heraus. Er hatte über Jahre hinweg immer Geld von den Kindern eingesammelt für Kopierkosten, die scheinbar angefallen waren. Zugleich verrechnete er denselben Aufwand aber auch der Schule, er war ja der Direktor. Niemand hinterfragte eine Kopierkostenaufstellung des Direktors. Und so streifte Sir John regelmäßig das Geld in seine eigene Tasche. Über die vielen, langen Jahre, in denen er nun schon Direktor war, kam eine beachtliche Summe zustande. Und nach mehrmaliger Aufforderung durch Hias rückte der Lehrer auch mit dem exakten Betrag heraus. Er hatte in 23 Jahren als Direktor nicht weniger als 71.435 Euro und 30 Cent ergaunert. Penibel wie der Englischprofessor war, hatte er die genaue Summe ständig aufaddiert und voller krankhafter Befriedigung mit sich herumgetragen. Damit finanzierte er sich jährlich aufwändige Urlaube in alle Herren Länder, vorrangig aber freilich nach England. Und niemand wusste in Hinterstein von dem geraubten Geld unschuldiger Kinder.

Der Hias freilich wusste es nun.

Und Vers 22,15-22 war jener mit dem Titel: »Die Frage nach der kaiserlichen Steuer«, in dem es heißt: Gebt dem Kaiser, was des Kaisers ist.

Und weil Sir John eben nicht der Kaiser war, hatte er auch kein Recht auf dieses Geld.

Als Fink das gelesen hatte, sagte er zu Kreinhuber: »Das sind ja saubere Gesellen, deine Hintersteiner. Sag, hast du von all dem nie etwas bemerkt? Da hätt's doch irgendwann mal bei dir klingeln müssen!«

Beim Pfarrer hatte es keineswegs geklingelt und auch jetzt klingelte es nicht, denn er war von all den Geschichten so erschüttert, dass er zum Kombinieren nicht fähig war. Kreinhuber dachte nur an seinen Klingelbeutel, der während der Messe die Runde machte, und überlegte, wie lange man die Kirche und den Pfarrhof mit Sir Johns ergaunertem Geld hätte heizen können. Außerdem beschäftigte ihn immer noch die Frage, wie ihn sein so geschätzter Koch mit solch beispielloser Abgebrühtheit hatte hintergehen können.

In den Köpfen der beiden Freunde spielten sich bei diesen Beichtgeschichten ganze Romane ab. Bei Fink, weil er jedes Detail gleich kriminalistisch zerlegte und analysierte, beim Kreinhuber, weil er ja mittlerweile die Hintersteiner und ihre Eigenheiten kannte, und das nicht nur, weil in Hinterstein ein jeder ortsbekannt war, sondern weil er schon einmal persönlichen Kontakt mit all den Leuten gehabt hatte.

Ja, sogar über den Bürgermeister gab es eine ganz skandalöse Geschichte. Denn dieser hatte laut Hiasens Aufzeichnungen die Wahlen mehrere Male zu seinen Gunsten manipuliert. Die Gemeindesekretärin Mutzner war ihm dabei behilflich gewesen. Und der Dorfarzt hatte eine ganz besonders schreckliche Sünde begangen, wie der Kreinhuber aus den Aufzeichnungen seines Kochs entnehmen konnte. Er war ein angesehener Mediziner und hatte den Hippokratischen Eid abgelegt. Aber im Unterschied zu seinen Kollegen legte er Begriffe wie »medizinische Hilfe« oder »Schmerzlinderung« etwas weiter aus. Ihm taten seine Patienten leid, wenn sie an einer unheilbaren Krankheit litten. Irgendwann, bei einem alten Vaterl, da hat er dann das erste Mal mit einer Spritze nachgeholfen. Und das alte Vaterl hatte so einen glücklichen Ausdruck in seiner versteinerten Visage, als es eingeschlafen war. Und so dachte sich der Doktor auch nicht viel dabei, wie aus den Notizen zu entnehmen war.

Fink stieß nach weiterer Lektüre den Kreinhuber am Arm und sagte: »Stell dir vor, dein Totengräber, der hier tagein, tagaus, auf dem Friedhof werkt, ist ein ganz abgebrühter und grausiger Wicht. Offenbar genauso wie der saubere Herr Doktor.«

Kreinhuber verstand die Welt nicht mehr. Was hatten der ungustiöse, dreckige Totengräber und der Arzt mit der weißen Weste gemeinsam?

Kapitel 22

Der alte Totengräber war im Gegensatz zu Fink ein echter Aasgeier und suchte stets nach neuen Kunden. Er war immer standesgemäß schwarz gekleidet, mit hohen Stiefeln, die meistens eine Dreckspur nach sich zogen. Wenn Beichttermine waren, hatte er es sich angewöhnt, immer als Erster da zu sein, aber erst als Letzter zu beichten. Denn so konnte er alle Sünder und Sünderinnen beobachten. Er spekulierte nämlich stets darauf, dass er so seine nächsten Kunden kennen lernen würde. So hatte er auch an diesem Tag alle in ein kleines Heft notiert, die den Beichtstuhl betraten. Hubert Deutscher, Sir John, den Bürgermeister und natürlich den Doktor Metzger.

Auf jeden Fall war der Totengräber am Schluss selber an der Reihe gewesen, denn auch er wollte wie die anderen seine Sünden beichten, hatte er doch genügend davon. Grundsätzlich war es in Hinterstein Usus, sein Fehlverhalten dem Pfarrer zu beichten. Warum sollte man aus seinem Herzen eine Mördergrube machen? Obwohl sich Stefan mit Gruben gut auskannte. Aber mit einer Beichte konnte man eine verdorrte Seelenflechte wieder in ein leuchtendes, frisches Pflänzlein verwandeln. Der Pfarrer war sozusagen der Gärtner, der Seelengärtner und Seelsorger. So war wie allen anderen im Ort auch dem glatzköpfigen Knochenmann der Garten Edens beschaulicher als die tiefen Abgründe der Hölle, und er hatte keine Skrupel, dem vermeintlichen Pfarrer zu erzählen, dass er zum Komplizen des Doktors geworden war. Schraglgschwandtners Aufzeichnungen legten es dar.

Der Inspektor und der Kleriker rekonstruierten akribisch.

Der falsche Pfarrer fragte den Totengräber Stefan Gruber genau aus. »Hab ich recht verstanden, mein Sohn, dass du gemeinsam mit dem Dorfarzt alte Menschen getötet hast?«

Gruber, der von Berufs wegen Gräber grub, wollte das so nicht formuliert wissen. »Nein, nein, Herr Pfarrer. So kann man das nicht sagen. Das klingt ja wie ein Verbrechen. Nein, nein. Was wir getan haben, ist ja aus gutem Willen passiert. Es ist uns nur ein Versehen unterlaufen. Schaun Sie, der Arzt hat einem alten Vater so ein Spritzerl gegeben, weil der Alte nicht mehr wollte. Ich hab das zufällig erfahren.«

Hias bohrte nach.

»Zufällig erfahren? Ja, von wem denn? Der Doktor selber wird's dir ja nicht gesagt haben.«

»Nein, freilich nicht, Herr Pfarrer. Das hab ich von der Hannelore Mutzner erfahren. Sie wissen schon, von der Gemeindesekretärin. Der Alte war nämlich ihr Onkel, und sie konnte als einzige Angehörige für sein Begräbnis finanziell nicht aufkommen. Ich hab ihr dann die Kosten erlassen und alles umsonst gemacht.«

Es klang unglaubwürdig, dass der alte Grufti jemandem die Kosten nach- oder gar kostenlos in die Grube runterließ. War der alte Krächzhals doch sogar beim Wirten darauf bedacht, seine Biere des Vorabends am nächsten Tag beim Leichenschmaus mit verrechnet zu wissen.

»Ganz umsonst hast du den Onkel von der Mutzner Hannelore beerdigt? Sei ehrlich, Gruber. Du stehst hier vor dem Richtstuhl des Herrn und musst die Wahrheit sagen.«

Gruber war ein durch und durch verschlagener Typ Mensch, aber als Totengräber hatte er große Angst vor der Strafe Gottes. War er doch wegen seinem hatschenden Fuß immer des nächtens allein auf dem Friedhof und mehrmals hatte er in einem offenen Grab schon den Eindruck gehabt, nicht nur die Toten unter ihm leisteten ihm in dem Moment Gesellschaft. Deswegen wirkten die Worte des vermeintlichen Pfarrers sehr auf ihn.

»Ganz umsonst war's nicht, Herr Pfarrer. Ich hab die Hannelore halt gebeten, die Kosten auf andere Weise ›abzudienen‹. Sie wissen schon, was ich mein.«

Dem Kreinhuber stockte der Atem, als er las, dass dieser grausige Gräbergraber Gruber mit der attraktiven Gemeindesekretärin intim geworden war.

Der Sünder fuhr fort. »Aber das wollt ich nicht beichten. Nein, weil die Hannelore hat das ja ganz gern gemacht und war froh, dass ich ihr entgegengekommen bin. Nein, ich wollte beichten, dass ich den Doktor Metzger dann gezwungen hab, mir ältere Kunden zu verschaffen. Ich hab ihm gesagt: ›Die alten Hintersteiner wollen doch eh nicht mehr. Die sind dir ja dankbar für ein Spritzerl. Also entweder lieferst du mir Leichen oder ich verrate, dass du Sterbehilfe geleistet hast.‹«

Kreinhuber bekreuzigte sich. Dass dieser grausige Totengräber einer Frau gefallen konnte, das ekelte den Pfarrer an, und er konnte nicht glauben, dass die Mutznerin es gern mit ihm getrieben hatte, zumal dieser Grufti ja nicht nur optisch, sondern in erster Linie charakterlich ein echtes Schwein war.

Die Geschichte des sterbehelfenden Arztes war unter Vers 5,21-26 »Vom Töten und von der Versöhnung« eingeordnet. Jene vom Totengräber unter 5,27-30 »Vom Ehebruch«, wo es heißt: Wer eine Frau auch nur lüstern ansieht, hat in seinem Herzen schon Ehebruch mit ihr begangen.

Kreinhuber war bei diesen Zeilen froh, dass er nicht verheiratet war. Abgesehen von der Ehrfurcht vor den biblischen Dogmen war er wiederum total verblüfft über seinen Pfarrerskoch und all diese Geschichten, die er selber noch nicht in diesem Ausmaß gekannt hatte.

»Schrecklich. Und das hat der Hias alles gewusst. Das hätt ich ihm nie zugetraut. Wenn ich das bei meinen Predigten alles schon gwusst hätte, da hätt ich aber Dampf gmacht in der Kirchengemeinde. Wie ich herkommen bin, haben's mich alle so nett begrüßt. Der Bürgermeister hat mir einen Korb voller Fressalien in die Hand gedrückt, die Mutznerin hat mir Blumen überreicht und sogar ein Bussi links und ein Bussi rechts auf's Wangerl gedrückt. Beim Doktor Metzger war ich selber schon zur Untersuchung, Gott sei Dank nur wegen einer Erkältung. Von dem würd' ich jetzt nicht mal mehr einen Hustensaft annehmen. Aber irgendwie kam mir der immer schon zu abgeschleckt und aalglatt vor.«

»So kann man sich täuschen«, nickte Fink zustimmend. »Aufgschrieben hat er das alles zumindest, der Hias. Ich glaub nicht, dass er sich das ausgedacht hat!«

Trotzdem musste auch diese Möglichkeit in Betracht gezogen werden. Der Hias hätte ja auch eine blühende Phantasie haben können, aber Kreinhuber versicherte Fink, dass er überhaupt keine Phantasie gehabt hatte und fügte hinzu: »Mich verwundert, dass keine Einzige dieser Gestalten jemals bei mir eine dieser schaurigen Geschichten auch nur erwähnt hat.«

»Die waren vorher auch bei dir im Beichtstuhl?«, fragte Fink verwundert. »Worüber haben sie denn bei dir ihr Herz ausgeschüttet?«

Kreinhuber räusperte sich und setzte einen sehr seriösen Gesichtsausdruck auf, was seine Figur als Ganzes nun noch komischer erscheinen ließ. »Du weißt, lieber Fink«, begann Kreinhuber mit unnatürlich tiefer Stimme, »dass das Beichtgeheimnis meiner Schäflein bei mir bestens aufgehoben ist. Da mache ich auch wegen eines Mordes keine Ausnahme nicht, nein, auch wenn es meinen eigenen Pfarrerskoch betrifft.«

Das war dem Kriminaler natürlich klar, er wollte den Paul nur etwas aus der Reserve locken.

»Da habe ich ja noch mal Glück gehabt, dass der Matthias das alles fein säuberlich aufgezeichnet hat, nun wissen wir es wenigstens beide. Von dir wäre ja im Ernstfall nichts herauszubekommen!«, konstatierte der Inspektor.

»Von Glück kann keine Rede sein«, erwiderte der Pfarrer neunmalklug, »die Geschichten belasten eine reine Seele nur. Und überhaupt: Was machen wir denn jetzt mit diesem Wissen? Wir kennen einen Haufen unzüchtiger und umtriebiger Gschichten von Hinterstein. Das ist ja schon fast eine Seifenoper.«

Fink versuchte, so regungslos wie möglich alle Informationen zusammenzufassen.

»Fakt ist, dass der Hias ermordet wurde. Ziemlich sicher ist, dass er zuvor mehreren Personen die Beichte abgenommen hat. Was der Hias mit seinen Notizen bezweckte, ob er jemanden erpressen wollte oder ob er vielleicht ein Skandalbuch schreiben wollte, das wissen wir nicht. Aber dass der Mörder etwas mit diesen Beichten oder Geschichten zu tun haben könnte, ist meiner Meinung nach wahrscheinlich. Aber warum all diese Schweinereien genau bei den Beichten erzählt wurden, die der Matthias als falscher Pfarrer abgenommen hat, müssen wir noch herausbekommen.«

»Und warum die Gschichten nur in Verbindung mit Versen aus dem Matthäus-Evangelium zitiert werden, das sollten wir uns auch anschauen«, fügte Kreinhuber bibelversiert hinzu.

Für Fink war das eigentlich ziemlich banal und lag auf der Hand: eben wegen dem Bezug zum eigenen Namen des Matthias Schraglgschwandtner.

Den Kreinhuber überzeugte das aber nicht, schon deshalb, weil das Matthäus-Evangelium absolut nicht zu seinen Lieblingsstellen im Neuen Testament gehörte. Und weil das Neue Testament ja auch nur einen Teil der Bibel darstellte. Kreinhuber fühlte sich, wohl auch aufgrund des Heimvorteiles in der Kirche, dazu bemüßigt, dem Inspektor Nachhilfe in Sachen Bibelkunde zu geben und eine Lektion zu erteilen. Deshalb holte der studierte Theologe, was Fink wegen des einfachen und patschert wirkenden Geistes Kreinhubers meistens vergaß, etwas weiter aus.

»Schau her, mein kleines Greifvogerl«, begann er etwas herablassend, was dem Inspektor ein genervtes Augenrollen entlockte. »Die Bibel besteht aus 77 Bänden, 39 im Alten, 27 im Neuen Testament und elf Bände Spätschriften. Das Neue Testament untergliedert sich wieder in die vier Evangelien und die anschließende Apostelgeschichte. Überdies gibt es dann noch 21 Briefe von unterschiedlichsten Verfassern. Und du stürzt dich wie ein Adler, der übrigens am häufigsten aller Vogelarten in der Bibel vorkommt, darunter auch in den Levitikus-Listen, nur auf das Matthäus-Evangelium.«

Den Hinweis auf die Leviten hätte es nach Ansicht Finks von Seiten Kreinhubers gar nicht mehr gebraucht, er hatte ohnehin den Eindruck, dass ihm diese gerade gelesen wurden. Der Pfarrer hatte seine Bibelkenntnisse eindrucksvoll veranschaulicht, was aber wie immer seinem in der Summe komischen Erscheinungsbild keinen Abbruch tat. Er hätte wahrscheinlich den Inspektor nicht mal mit einem komplett auf Latein gehaltenen Zitat von seiner hundertprozentigen Versiertheit überzeugen können. Da Kreinhuber das spürte, und um seinem theoretischen Vortrag etwas praktischen Nachdruck zu verleihen, nahm er die schwere Bibel selbst zur Hand, um Fink den Inhalt, einerseits der Bibel, andererseits seiner Ausführungen, zu verdeutlichen. Er blätterte in dem schweren Wälzer hin und her. Die Einlageblätter beim Matthäus-Evangelium absichtlich missachtend, konzentrierte er sich auf die anderen, seiner Meinung nach vom Hias verkannten Propheten. Kreinhuber blätterte eine ganze Weile in dem großen Buch und schwieg betreten. Fink durchbrach die Stille mit einem Gähnen, gefolgt von einem Seufzer. Der Pfarrer legte beim Stöbern einen Zahn zu, schleckte jetzt immer öfter seinen Zeigefinger ab, um eine bessere Haftung beim Umblättern zu erreichen.

Fink erinnerte dies an den Roman »Der Name der Rose« und warnte: »Hoffentlich hat der Hias die Ecken der Buchseiten nicht vergiftet.«

Kreinhuber blickte nur einmal kurz auf, roch an seinem Zeigefinger, um ihn dann emotionslos wieder abzuschlecken und weiterzublättern. Mittlerweile waren wohl 20 Minuten vergangen, die dem Fink wie 40 erschienen. »Ja, die Bibel ist wahrlich ein Buch, in dem man sich verlieren kann«, bemerkte der Kriminalinspektor.

»Moment noch, ich hab's gleich«, versuchte der Pfarrer zu beschwichtigen. Um nicht noch mehr Zeit mit der Observierung eines offenbar verwirrten Geistlichen zu verbringen, machte Fink einen konstruktiven Vorschlag.

»Ich würde sagen, wir statten auf jeden Fall diesen zitierten Herrschaften noch einen Besuch ab. Es ist zwar schon spät, aber der Teufel schläft nicht.«

Bei diesem Satz schlug der Kreinhuber die Bibel zu und bekreuzigte sich sofort. Es fiel dem Pfarrer schwer, zuzugeben, dass er sich getäuscht hatte und doch kein weiterer Hinweis auf die Ursachen der Beichtabnahmen durch seinen Hias, dessen weiße Kochweste nun post mortem schwarze Flecken bekam, zu finden war. Deshalb tat er es auch nicht. Er legte die Bibel wortlos in seinen alten Sekretär, verschloss diesen aber nicht. Dann machten sich die beiden auf den Weg. Kreinhuber sperrte den Pfarrhof zu, Fink sein Auto auf. Sie brausten los in die finstere Nacht.

Kapitel 23

Der Erste, der einvernommen werden sollte, war Hubert Deutscher. Von allen Beichtgeschichten barg seine das größte kriminelle Potenzial in sich. Zwar hatten, wenn all dies stimmte, der Dorfarzt und der Totengräber unerlaubte Sterbehilfe geleistet, aber das war doch noch was anderes, als dem Bürgermeister die Bremsen seines Fahrrads anzusägen. Das war ja ein glatter Mordversuch, auch wenn er nicht gelungen war.

Obwohl: Zwischen Kreinhuber und Fink herrschte keine Einigkeit darüber, welches Verbrechen das Größte war. Sie fingen sogar einen kleinen Disput an über die Frage, wen sie zuerst besuchen sollten.

»Also, wenn du mich fragst, dann fahren wir jetzt zuerst zum Doktor Metzger. Der Kerl hat in das Werk Gottes mehrfach eingegriffen«, sagte Kreinhuber.

Doch Fink hatte andere Pläne. »Nein, nein. Zuerst nehmen wir uns den Deutscher vor. Das ist ein Fanatiker, er möchte unbedingt Bürgermeister werden. Politische Fanatiker schrecken vor nichts zurück«, erklärte er. »Außerdem will ich ihn wegen dem Journalisten befragen.«

Aber Kreinhuber ließ nicht locker. »Aber der Metzger glaubt offenbar, er ist Gott. Ein Gott in Weiß, wie man so sagt. Das macht seine Verbrechen doppelt so schlimm. Kein irdisches Wesen darf über Leben und Tod entscheiden, nein, das darf keiner nicht. Und mit dem Agenten des Teufels, diesem Totengräber, hat er sich eingelassen. Ein falscher Gott und ein Agent des Teufels, Fink. Stell dir das vor! Also, wenn du mich fragst…«

Er konnte nicht weiterreden, denn der Kommissar unterbrach ihn in strengem Ton: »Ich frag dich aber nicht. Die Ermittlungen leite ich hier. Du, konzentriere dich auf deinen Job, und ich konzentriere mich auf meinen!«

Der Pfarrer schaute seinen alten Freund verblüfft an. So hatte ja noch nie jemand mit ihm gesprochen – so respektlos und streng. Er war ja doch kein »Rotzbub«, der Kreinhuber. So überlegte er eine Weile, ob er sich das jetzt gefallen lassen sollte oder nicht.

»Na gut, du stolzer Pfau. Dann fahren wir halt zuerst zum Deutscher. Aber das sag ich dir: So brauchst du nicht mehr mit mir reden, so frech. Ich bin ja nicht dein Ministrant.«

Der stolze Pfau lächelte ein wenig und sagte nur: »Geh, sei nicht immer gleich beleidigt.«

Dann brachen sie auf zum ersten Verdächtigen.

Hubert Deutscher bewohnte ein kleines Häuschen im südlichen Teil von Hinterstein. Er lebte dort allein, denn er hatte weder Frau noch Kind. Dafür bekam er häufig Besuch von diversen

Freundinnen, die auch weder Frau noch Kind hatten und auch keinen Mann. Das Häuschen sah gepflegt und traditionell aus. Es war recht klein, im Vorgarten tummelten sich Gartenzwerge vom Hintersteiner Lagerhaus. Ja ganz recht, in Hinterstein hat es sogar einmal ein Lagerhaus gegeben. Und obwohl sich Hubert Deutscher so für die Genossenschaft eingesetzt hatte, so wie er sich für alle hintersteinerischen Genossen und Genossinnen einsetzte, obwohl er nicht aus dem kommunistischen, sondern viel eher aus dem hintersteinpatriotischen Lager kam, wurde das Lagerhaus trotzdem geschlossen. Und so musste Hubert Deutscher wie alle Hintersteiner und Hintersteinerinnen seitdem neue Latten für seinen kerzengeraden Gartenzaun im Baumarkt der nächstgelegenen Bezirksstadt im Salzachtal erwerben.

Im Scheinwerferlicht des Wagens von Fink erschien das Haus des Gemeinderats wie in einem Märchenwald. Ein typisches Hintersteiner Häusl eben, wie es zu seinem Besitzer passte. Sehr bodenständig, sehr heimatverbunden. Als Fink an der Hausglocke läutete, ertönte nicht etwa eine schrille Klingel, sondern ein kurzer Jodler, der von einem gellenden Juchzer beendet wurde. »Originelles Glöckerl«, befand Kreinhuber.

Nach kurzer Wartezeit öffnete sich die Tür und eine hübsche, junge Frau steckte den Kopf heraus.

»Servus, ihr zwei«, sagte sie. Kreinhuber erwiderte den sympathischen Gruß, obwohl ihm ein »Grüß Gott« besser gefallen hätte. Aber was will man heute schon von jungen Leuten erwarten? Fink hielt sich nicht lange mit Begrüßungsformeln auf:

»Fink, Kriminalpolizei. Ist Hubert Deutscher hier?«

Die junge Frau und Kreinhuber erschraken gleichermaßen. Sie, weil sie nicht mit der Polizei gerechnet hatte und weil wohl jeder Mensch erschreckt, wenn plötzlich ein Inspektor vor der Tür steht. Er, unser Pfarrer, weil ihm in diesem Moment wieder so richtig bewusst wurde, dass er Teil einer kriminalistischen Schreckensgeschichte war und sein alter Schulfreund hier die »Obrigkeit« heraushängen ließ.

Die Frau öffnete nun die Türe ganz und die beiden ungebetenen Gäste konnten somit sehen, dass sie in einem feschen Dirndlkleid steckte, das aber nicht ganz zugeschnürt war. Daraus konnte man schließen, was dieses Dirndl und Deutscher gerade getan hatten, bevor die Glocke ertönt war. Doch Kreinhuber und Fink ließen sich von diesem Anblick nur kurz ablenken. Es gab nun Wichtigeres zu tun. Martina Grünwald, so hieß die junge Frau, bat die Gäste in die Küche, wo sie am Esstisch Platz nehmen durften. Der Pfarrer stellte sich darauf ein, dass ihm jetzt gleich was Ordentliches aufgetischt würde und rieb sich die Hände. Doch leider täuschte er sich. Martina holte Hubert, der offensichtlich und logischerweise gerade im Schlafzimmer war. Während er sich noch das Hemd in die Hose steckte – wohlgemerkt eine Lederhose – kam er nun in die Küche, die unverkennbar vom örtlichen Tischler in Vollholz ausgeführt und mit lokalen Ornamenten schnitztechnisch verziert worden war.

»Ja, Herr Pfarrer. Grüß Gott. Was verschafft mir denn diese Ehre?«

Kreinhuber erwiderte den Gruß, den er gerne aussprach. Fink wiederholte seinen Spruch ebenfalls: »Fink, Kriminalpolizei.« Die drei anderen erschraken wieder, obwohl zwei von ihnen schon wussten, wer Fink war.

»Kriminalpolizei? Aha.« Deutscher setzte sich.

»Was gibt es denn, dass Sie so spät noch bei mir vorbeischauen?« Der Inspektor mochte es nicht, wenn man ihm Fragen stellte. Das Fragenstellen war sein Metier, da sollte ihm keiner dreinpfuschen. Deshalb erwiderte er das, was Inspektoren in solchen Fällen immer sagen:

»Die Fragen stelle ich hier. Wo waren Sie am 11. April zwischen 23.00 Uhr und 4.00 Uhr früh?«

Deutscher überlegte ein wenig.

»Auswendig weiß ich das nicht, Herr Inspektor. Aber um diese Zeit bin ich normalerweise im Bett und schlaf wie jeder ordentliche Hintersteiner.« Diese Antwort war nicht präzise genug.

»Haben Sie ein Alibi für diese Zeit?«

Nun stand der Befragte auf, ging zu einer Schublade und holte einen Kalender heraus.

»Schaun wir mal. Ich schreib mir alles genau auf. Also, welches Datum sagten Sie?« Fink wiederholte Tag und Uhrzeit. Deutscher schlug nach, blickte forschend in seinen Kalender und lächelte:

»Ach, da haben wir's. Ja, ja, da hatte ich Besuch und war die ganze Nacht zu Hause.«

Martina Grünwald sah ihn fragend an. Sie konnte an besagtem Datum unmöglich bei ihm gewesen sein, denn zu dieser Zeit hatte sie Urlaub in Caorle gemacht. Wenn sie aber nicht bei ihm gewesen war, wer dann? Sollte Deutscher etwa von ihr ein falsches Alibi erwarten?

»Da war die Karin zu Besuch. Karin Maierhofer. Sie können das gerne bei ihr überprüfen.«

Fink und Kreinhuber sahen sich erstaunt an. Ebenso erstaunt, nur mit einem Hauch von Empörung, blickte Martina auf ihren Liebhaber. Dieser zuckte einfach mit den Achseln, woraufhin die junge Frau eilig wie der Wind und offensichtlich sehr zornig das Haus verließ. Sie schlug die Türen so laut zu, dass wiederum der Jodelton der Glocke erklang.

»Ein Wackelkontakt«, versicherte Hubert, und Fink wusste nicht, ob er damit die Türklingel oder seine Beziehung zu Martina meinte.

»Wissen Sie«, fuhr der Verdächtige fort, »ich bin ledig und ungebunden. Es kommen manchmal Frauen zu Besuch, das ist ja nicht verboten. Ein Mann wie ich ist eben selten allein. Ich geb Ihnen die Adresse und Telefonnummer von Karin Maierhofer. Sie wird alles bestätigen. Aber warum wollen Sie denn das überhaupt wissen?« Die letzte Frage ignorierte Fink.

»Es ist schon komisch, dass Sie sich in Ihrem Kalender genau eingeschrieben haben, was Sie am 11. April gemacht haben.«

Doch der andere fand das gar nicht komisch und hatte eine logische Erklärung parat.

»Ich bin ein vielbeschäftigter Mann. Ich habe tausende Termine. Jeden Abend ist irgendwas anderes. Sie wissen vielleicht nicht, dass ich in der Politik bin. Da muss man sich alles gut organisieren, sonst reißt man nichts. Ich schreibe mir jeden Termin, beruflich und privat, ganz genau ein.« Das war in der Tat eine plausible Erklärung. Das Verhör war damit aber nicht zu Ende.

»Kannten Sie den Matthias Schraglgschwandtner?« Deutscher tat betrübt und senkte den Kopf:

»Freilich. Ich hab von seinem Tod gehört. Das hat ja jeder gewusst. Ich war sogar bei der Suche nach ihm dabei, die damals ergebnislos verlaufen ist. Herr Pfarrer, es tut mir wirklich leid um ihren Koch. Der arme Bursche. Furchtbar, wer so was machen kann. Aber dafür sind Sie ja nun wieder vom Weidenstätter Lieserl umgarnt.« Deutscher hatte ein süffisantes Lächeln auf den Lippen.

Fink wollte gar nicht darüber nachdenken, was sich Deutscher wohl jetzt in seiner schmutzigen Phantasie zusammenreimte. Kreinhuber dachte sich deswegen wiederum gar nichts. Er war wieder mal zu naiv und fühlte sich aufgrund des Alibis von Deutscher in seinem Verdacht bestätigt, dass es der Arzt gewesen sein musste und nicht der HKP-Gemeinderat. Dennoch musste man herausfinden, was an den Beichtgeschichten dran war.

»Wie man hört, wollen Sie Bürgermeister werden?«, fuhr Fink fort.

Der andere nickte. »Ja, freilich. Warum wäre ich sonst in der Politik?«

»Da muss man manchmal Mittel anwenden, die nicht ganz so fein sind, oder? Zimperlich darf man da nicht sein«, fragte der Inspektor listig.

»Man muss was aushalten«, antwortete Deutscher, der sich fast geschmeichelt fühlte.

»Es ist kein Job für Weicheier. Es ist eine echte Knochenarbeit, aber die Mittel müssen natürlich immer im Rahmen der Gesetze bleiben.«

Kreinhuber horchte interessiert auf. Was würde in diesem spannenden Verhör als Nächstes kommen? Fink legte nach.

»Ist es noch im Rahmen der Gesetze, wenn man Bremskabel ansägt, Verleumdungen verbreitet, falsche Informationen an Journalisten weitergibt?«

Hubert Deutscher konnte seine Überraschung über diese Details nicht verbergen. Er rang mit seiner Fassung, kontrollierte sich dann aber doch und stellte sich dumm.

»Das zu machen, würde weit über die Gesetze hinausgehen, Herr Inspektor. Das wissen Sie selber wohl am besten?«

»Dann entspricht es also nicht der Wahrheit, dass Sie genau das getan haben?«

Eine betretene Stille trat ein. Der Verdächtigte war bis dato sehr höflich und zuvorkommend mit seinen Gästen umgegangen. Jetzt aber wurde er sehr ernst und kühl:

»Meine Herren, es ist schon spät. Sie kommen hierher mit absurden Verdächtigungen, fragen nach einem Alibi, verjagen meine Bekannte und unterstellen mir jetzt noch solche Schweinereien. Und das alles ohne den kleinsten Beweis und ohne eine rechtliche Handhabe. Ich bitte Sie, mein Alibi zu überprüfen und mich danach in Ruhe zu lassen. Es wäre sicher auch nicht in ihrem Sinne, wenn ich mich bei meinen vielen Freunden aus Politik und Journalismus über das Verhalten eines Beamten beschweren müsste. Ich darf Sie also bitten. Guten Abend.«

Fink und Kreinhuber verließen das Haus des Verdächtigen. Der eine war unzufrieden, der andere sehr zufrieden.

»Siehst du, ich hab's dir ja gesagt, dass es nicht der Deutscher war, sondern der Arzt«, stichelte der Pfarrer.

Fink fand das gar nicht komisch. Er hatte keine Prioritäten in Hinblick auf den Mörder. Wer immer es war, der war es eben. Aber sein alter Freund nervte, weil er überhaupt keine Ahnung von kriminalistischen Ermittlungen hatte und völlig subjektive Urteile traf. Am meisten ärgerte sich Fink darüber, dass er selber im Verhör nicht geschickter vorgegangen war. Er hätte Deutscher auf die London-Story in den Bezirksnachrichten ansprechen und seine Reaktion genau beobachten sollen. Denn dass Deutscher gute Beziehungen zu Journalisten hatte, stand außer Frage. Er gab es sogar selber zu. Aber gut, man konnte andererseits auch diesen Schreiberling selber ausfindig machen. Der Kreinhuber kannte ihn ja. Doch das alles hatte noch Zeit, denn es war mittlerweile schon sehr spät und unser Inspektor ziemlich müde.

Kapitel 24

Der kürzeste Rückweg zum Pfarrhof führte das dynamische Duo automatisch durch die beste Gegend des Ortes, von dessen Bewohnern liebevoll auch »Beverly Hinterstein« genannt. Obwohl es stockdunkel war, konnte man im Scheinwerferlicht immer wieder feudale Eingangstore und, dahinter liegend, prächtige, ja fast schon royale Zufahrten erkennen.

Kreinhuber tippte mit dem Zeigefinger plötzlich auf Finks Arm und gab ihm das Signal zum Halten, ähnlich eines Schaffners bei der Bahn. Dann zeigte sein Finger an den Straßenrand. Fink fuhr brav rechts ran und hielt vor einem Tor. An einer der prunkvollen Säulen des automatischen Gittertores konnte man nun eine Aufschrift erkennen: »Ordination Dr. Manfred Metzger. Allgemeinmediziner« stand auf dem goldenen Schild.

Durch das zum Teil vergoldete Schmiedeeisen blickte man eine etwa fünfzig Meter lange Zufahrt entlang, welche beim größten Haus von Hinterstein endete.

Der Begriff »Haus« war für diese Villa eigentlich eine Untertreibung sondergleichen. Der Dorfarzt Metzger besaß ein wirklich großes Anwesen mit Swimmingpool, Wintergarten, Dachterrasse und allem, was man sich von einem Architektenhaus sonst noch so erwarten konnte. Er verfügte über 384 m2 Wohnfläche, exklusive der Ordination, die sich im Erdgeschoss befand und noch einmal

80 m2 ausmachte. Dazu ein Riesengrundstück, das an unverbaubares Grünland angrenzte.

Manfred Metzger war ein stattlicher Mann, groß gewachsen mit dichtem Haar, das an den Schläfen schon ergraute. Er war 53 Jahre alt und genoss in Hinterstein großes Ansehen. Nie war ihm ein Kunstfehler passiert, noch nicht mal eine Fehldiagnose. Es hatte den Anschein, als sei Dr. Metzger unfehlbar. Zumindest aus medizinischer Sicht. Alle seine Patienten vertrauten ihm uneingeschränkt. Er hatte viel Geld, aber das vergönnte man ihm, denn er verdiente es mit hervorragender Arbeit. Seine Frau half ihm in administrativen Angelegenheiten und seine beiden Kinder, ein fescher Bursch und ein hübsches Mädl, studierten in Salzburg. Metzger war angesehen, beliebt und erfolgreich im beruflichen wie im privaten Leben. Besonders hoch rechnete man ihm überall seine Freundlichkeit und sein echtes Mitgefühl an. Er war nicht nur Mediziner, sondern gleichzeitig auch Psychologe und Seelsorger für die Hintersteiner. Außerdem war er ein gläubiger Mann und ein einwandfreier Christ. Sein Interesse an den Patienten war nicht gespielt. Es war für ihn eine Selbstverständlichkeit, über alle Sorgen der Hintersteiner Bescheid zu wissen und sie zu trösten. Nicht selten besuchte er die Menschen in ihren Häusern, nur um nach ihrem Befinden zu fragen. Und zweimal wöchentlich nahm er sich eine Stunde Zeit, um telefonisch bei jenen anzurufen, die gerade kränkelten.

Auch Pfarrer Kreinhuber kannte ihn gut. Im Gegensatz zu den meisten anderen Hintersteinerinnen und Hintersteinern war er aber nie so ganz überzeugt gewesen von Metzger trotz dessen unzweifelhafter Qualitäten. Irgendwas schien ihm an ihm faul zu sein. Irgendetwas missfiel ihm. Aber der Pfarrer wusste selber nicht genau, ob dieses Missfallen berechtigt war oder ob es sich ähnlich wie im Falle Carmens nur um eine gewisse Eifersucht handelte. Kreinhuber war an und für sich kein neidischer Mensch, denn Neid zählte zu den sieben Todsünden. Aber wenn in Hinterstein jemand beliebter war als er selber – und Kreinhuber war sehr beliebt – dann passte es ihm nicht so ganz. Das hatte sicher eigennützige Gründe, denn jeder Mensch, auch ein Pfarrer, ist ein bisschen eigennützig.

Aber es hatte auch kirchliche und seelsorgerische Gründe, denn es war für die Institution Kirche niemals gut, wenn Vertreter anderer Berufsstände beliebter waren. Und für die Seelen der Schäfchen war es auch nicht gut, wenn sie sich einem falschen Propheten verschrieben. Und jeder Prophet, außer ein kirchlich legitimierter, war ein falscher. Zumindest in den Augen Kreinhubers.

Nun, wie auch immer: Dieser Metzger war ihm einfach ein bisschen zu perfekt. Deswegen war es umso interessanter für den Pfarrer – ja, es war geradezu eine Genugtuung – dass dieser perfekte Schönling letztlich doch ein Sünder war. Und was für einer.

»So, jetzt steigen wir aber aus und beehren den Herrn Dr. Metzger«, sagte Kreinhuber und riss gleichermaßen die Beifahrertür auf. Doch nun bekam er von Fink eine Abfuhr.

»Jetzt ist es schon zu spät«, antwortete dieser müde, denn es war wirklich schon kurz vor Mitternacht.

»Legen wir uns hin und schauen wir morgen bei ihm vorbei. Fluchtgefahr besteht ohnehin keine. Der läuft uns nicht davon. Aber sag, Kreinhuber: Hast du vielleicht einen Platz zum Schlafen für mich?«

Der andere überlegte kurz.

»Ja, freilich. Da finden wir schon ein Nesterl für's Finkerl«, lachte er, obwohl ihm in Anbetracht der ganzen Grausamkeiten gar nicht zum Lachen zumute war.

Kreinhuber schloss die Autotür, und Fink fuhr langsam und bedächtig durch Hinterstein, das schon fast seine zweite Heimat geworden war.

Kapitel 25

So bezog der Inspektor für eine Nacht das Kammerl des Ermordeten. Er schlief sogar in dessen Bett. Gut, dass unser Kriminalexperte kein ängstlicher, abergläubischer oder emotional labiler Mensch war. Im Bett eines eben erst verstorbenen Menschen zu schlafen, würde so manchem doch etwas Unbehagen bereiten. Noch dazu mit der eben erst gefundenen Bibel als Bettlektüre. Die hatte sich Fink noch heimlich aus dem alten Sekretär vom Büro des Pfarrers im Neoschlafgemach organisiert, um ungestört die unglaublichen Geschichten und deren Details nochmals zu verinnerlichen. Obwohl die zu dieser nächtlichen Stunde eine sehr schwere literarische Kost darstellten. Das blieb aber von Hochwürden nicht unbemerkt, und er stattete Fink kurz vor dem Einschlafen noch einen Besuch ab. Kreinhuber öffnete im Nachthemd und bloßfüßig die Tür und stapfte mit polternden Fersen zum Bett. Dort setzte er sich auf die Bettkante, die unter seinem Gewicht ein ächzendes Krachen von sich gab. Vorher hatte er ziemlich entspannt im Bett gelegen, zumindest jetzt überkam Fink ein komisches Gefühl. Er wollte sich mit dem Oberkörper aufrichten, aber das Gesäß Kreinhubers hatte das schwere Federbett eingeklemmt und Fink war mit einer am Körper angelegten Hand quasi gefangen. Mit der anderen umklammerte er die Bibel. Also konnte er nur den Kopf etwas heben und flüstern: »Was ist noch, Paul? Was willst du hier?«

»Was flüsterst denn, wir haben doch nichts zu verbergen, wir zwei!«, entgegnete Kreinhuber mit gewohnt lauter Stimme.

Fink, der auf das Lieserl und vor allen Dingen auf das Margaretherl Rücksicht nehmen wollte, mahnte den Pfarrer zur Rücksichtnahme. »Muss denn das ganze Haus munter werden, nur weil ich heute hier übernachte?« Dem Inspektor war es egal, im Schlafgemach der Leiche seines aktuellen Falles zu nächtigen. Was ihm aber nicht behagte, war die Situation, in der er sich gerade mit dem Pfarrer befand.

»Ich hab mir dacht, ich geb dir noch ein Kreuzzeichen, dass'd besser schlafst. Und ein kleines Betthupferl hab ich dir auch mitgebracht.« Kreinhuber wollte offenbar den gestandenen Ermittler aus der Stadt bemuttern, zumindest sollte es vordergründig so aussehen. Er griff unter sein Nachthemd und holte eine Tafel Schafmilchschokolade hervor.

Fink wollte gar nicht wissen, wie er die Schokolade unter seiner Kutte transportiert hatte. Und schon gar nicht, wo. Er wollte seinen Bettgenossen einfach los werden. »Das ist ja wirklich rührend und sehr nett von dir, aber morgen müssen wir früh raus. Und ich hab keine Zahnbürste dabei. Ich kann jetzt keine Schokolade mehr essen. Nimm die Tafel mit und lass sie dir selber schmecken. Gute Nacht.«

Doch der Geistliche wollte sich nicht so schnell abwimmeln lassen und der Kommissar bekam seine Hand nicht vom Körper. »Geh, kleiner Pinguin, a bissl ein Gutenachtripperl hat noch niemandem geschadet.« Bei diesen Worten fielen dem Kreinhuber wieder seine Heißhungerattacken nach dem Verschwinden des Hias und seine Albträume von den Toblerone-Bergen ein. Nun war er auf Schafmilchschokolade umgestiegen, denn die sollte beruhigend auf Körper und Seele wirken. Schon hatte er ein Ripperl abgebrochen und fütterte den verdatterten Inspektor. Dieser wollte gerade protestieren, da ergriff der Seelsorger auch noch die Gelegenheit und machte ihm ein Kreuzzeichen auf die Stirn. Das sollte wohl eine kleine Revanche für die untertags stattgefundenen, verbalen Attacken von Fink sein. Just in dem Moment öffnete sich die Tür und das Margaretherl schaute mit schläfrigen Augen herein. Fink erschrak so, dass er sich an dem Schoko gleich verkutzte. Sein Kopf lief rot an, wobei man nicht genau sagen konnte, ob es an der Scham oder dem Nussbröserl in seiner Luftröhre lag. Kreinhuber sprang so engagiert vom Bett auf, dass er dieses gleich um ein paar Zentimeter samt Inhalt verschob. Die Schokolade versteckte er, ohne dass es jemand bemerkte, schnell in der Jacke von Fink, die auf der Stuhllehne hing.

»Was machst du da mit dem Onkel im Bett?«, fragte das kleine Mädchen neugierig ihren Paul.

Dieser nahm dem Fink ganz rasch und geschickt die Bibel aus der Hand und huschte dann auf den Fußballen und, ohne einen Ton zu produzieren, auf das Kind zu. Dann bückte er sich, um Margreth etwas ins Ohr zu flüstern. Fink konnte nichts hören, hatte sich aber mittlerweile wenigstens von dem Federbettgefängnis befreit. Kreinhuber schubste die Kleine liebevoll zur Tür hinaus, drehte sich um und zwinkerte beim Hinausgehen dem Pinguin noch mal zu. Die Situation war Fink wirklich unangenehm. Aber solche Momente gibt es nun mal im Leben. Momente, in denen man nicht weiß, was einem widerfährt. Und vor allen Dingen nicht, wozu es gut sein sollte. Etwas verunsichert rief der Inspektor noch rasch seine Esther an und erklärte ihr, dass er die Nacht in Hinterstein bleiben würde, auch wenn ihm das gar nicht so passte. Mangels entwendeter Bettlektüre kuschelte er sich in das dicke Kissen und schlief überraschenderweise sofort ein. Der gute Schlaf sollte aber nicht von Dauer sein.

Gegen zwei Uhr morgens stürmte Pfarrer Paul aufgeregt in die Stube des schlafenden Ermittlers. »Werner, ich hab recht gehabt!«

Der schlaftrunkene Salzburger sah den Pfarrer mit wehendem Nachthemd durch halb geöffnete Augen auf sich zukommen. Gestikulierend und irgendetwas vom Lukas-Evangelium redend, platzierte sich Kreinhuber wieder auf seinem mittlerweile im wahrsten Sinne des Wortes »ersessenen« Platz der Bettkante. Fink befand sich abermals in der misslichen Lage, sich nicht mehr rühren zu können. Nur hatte er diesmal beide Hände unter der Bettdecke, also musste er die Ausführungen von »Watson« ohne Gegenwehr über sich ergehen lassen.

»Du weißt ja, ich konnt überhaupt nicht glauben, dass dieser ganze Beichtbetrug auf dem Mist vom Matthias gewachsen ist. Deshalb hab ich mir nochmal die Bibel organisiert und alle Seiten einzeln durchgeblättert. Zuerst das Alte Testament, dann noch die Spätschriften und alle Briefe.«

»Ja, und?«, fragte Fink mit mittlerweile wieder halb geschlossenen Augen.

»Ja, nix, überhaupt nix hab ich gfunden!«, entgegnete Kreinhuber.

»Und deshalb kommst jetzt mitten in der Nacht wieder zu mir ins Kammerl? Du, wenn jetzt die kleine Margreth wieder daherkommt und vielleicht auch noch das Lieserl und uns wieder mitten in der Nacht zusammen im Bett erwischt, dann verlass ich auf der Stelle dieses ehrenwerte Haus!«, drohte Fink.

Doch Kreinhuber fuhr aufgeregt fort. »Weil ich nirgends in der Bibel einen Anhaltspunkt für den Auslöser dieser ganzen Geschichten gefunden hab und dem Bub das alles nicht zutrau, hab ich mir nochmal das Neue Testament vorgenommen. Und siehe da, ich hab was gfunden. Im Lukas-Evangelium 8,2 treibt Jesus der Maria von Magdala angeblich sieben Dämonen aus, von denen sie besessen war.«

»Und die sind jetzt alle in deinen Körper übergegangen, oder wie?«, entgegnete Fink ob dieses Seitenhiebes sichtlich amüsiert und immer noch mit geschlossenen Augen.

»Aber geh, du Agnostiker, du notorischer. Nein, an dieser Stelle hat der Hias ebenfalls einen kleinen zusammengefalteten Zettel hineingegeben, deshalb haben wir ihn nicht gleich gefunden.«

Nun öffnete der Inspektor wieder beide Augen und war von einem auf den anderen Moment hellwach. »Und, was steht drauf?«

»Da, lies selber!« Der Pfarrer hielt Fink den Zettel vor die Nase, dieser hatte aber beide Hände unter der Decke und fühlte sich ziemlich provoziert. Kreinhuber lächelte ob der Retourkutsche süffisant und erzählte dem Interessierten nun doch den ganzen Inhalt dieser Nachricht, so wie er sich aus den Notizen für ihn ergab.

Das war nämlich damals mit dem Beichten nur ein dummer Zufall gewesen. Der Hias war beim Kirchendekorieren und gerade dabei gewesen, den Heiligen Josef abzustauben und mit Blumen zu versehen, da kam das alte

Trautner Mariedl in die Kirche und suchte verzweifelt den Pfarrer, um zu beichten. Sie hatte nämlich einer befreundeten Altersheimbewohnerin im Heißhunger und im Süßigkeitenrausch eine Schachtel Bahlsen-Kekse aus ihrer Kredenz gestohlen – na ja, gestohlen, das Mariedl hätte es lieber mit »genommen« oder »geliehen« umschrieben. Aber als sie am nächsten Tag beim benachbarten Dorfkrämer war, um dieselbe Sorte Kekse wiederzubeschaffen, sagte ihr dieser, dass diese Sorte nicht mehr produziert werde. Die letzte Packung hätte er vor mindestens fünf Jahren verkauft. Da wurde dem Mariedl gleich schlecht. So lange hatten diese Kekse schon in der Gaulhofer Mariann ihrer Kredenz gelegen. Aber das war jetzt wohl die Strafe Gottes. Und wenn sie nun an diesen alten Keksen sterben würde – weil gut könnten die für den Organismus sicher nicht mehr sein – dann wollte sie wenigstens die Sünde vorher gebeichtet haben. Sie suchte vorher die Aussprache mit der Gaulhofer Mariann. Als ihr diese dann noch sagte, das sei ein Abschiedsgeschenk ihres Gatten Josef Gaulhofer, Gott hab ihn selig, der vor sechs Jahren gestorben war, gewesen, und deshalb hätte sie die Schachtel aufbewahrt und gehütet wie den eigenen Augapfel, der mittlerweile auch schon am grauen Star litt, da war alles aus.

Das schlechte Gewissen plagte das Trautner Mariedl durch die Altersheimflure entlang. Zur Beichte entschlossen, wieselte sie flink durch das Stiegenhaus und fegte durch den Friedhof. Eine fast olympiareife Einlage dieser alten Dame. Verzweifelt suchte sie also den Pfarrer Kreinhuber. Eigentlich den Gumphauser, denn dass der nicht mehr da war, hatte sie nie mitbekommen, obwohl sie jeden zweiten Tag in die Kirche kam, aber sie sah und hörte so schlecht. Es könnte auch sein, dass sie das Ganze einfach verdrängte. Ältere Menschen sind Neuerungen und Veränderungen nicht so aufgeschlossen. Deshalb kommen sie auch relativ lange mit einer falschen Brillenstärke oder einem Hörgerät ohne Batterien aus. Um eben auch nicht immer mit allem konfrontiert zu werden. Also steuerte das Mariedl auf den Josefsaltar zu, denn dort hatte sie eine Bewegung bemerkt. Zuerst dachte sie, der Heilige Josef winkt ihr zu, sie solle zum Herrgott auffahren. Aber in Wirklichkeit war es nur der Hias, der vor dem Josef auf der Leiter stand, um ihn abzustauben. Das Mariedl zog den Hias mit unbändiger Kraft, welche sie wegen Dringlichkeit und Ernsthaftigkeit der Lage entwickelte, förmlich *von der Leiter. Sogar der Hias war überrascht von so viel Energie in diesem alten, knochigen Körper. Trotz des grauen Stars trat das Weiße ihrer Augen hervor, und sie hätte mit dieser filmreifen Performance ohne weiteres in jedem Horrorblockbuster mitspielen können.*

Alle Hinweise von Seiten des Hias, dass er nicht der Kreinhuber und schon gar nicht der Gumphauser wäre, wurden vom Mariedl in den Wind geschossen. Sie war von ihrer Manie, beichten zu müssen, besessen, worauf sich wahrscheinlich die Ablagestelle des Hias beim Lukas-Evangelium mit den Dämonen beziehen sollte. Das Mariedl riss die Beichtstuhltür auf und schubste den vermeintlichen Geistlichen, der in Wirklichkeit nur der Pfarrerskoch war, in die Koje. Dann setzte sie sich selber in den Beichtstuhl. Dies war die erste Beichte, die den Matthias Schraglgschwandtner damals auf den Geschmack brachte. Von da an nahm die Geschichte ihren für den Hias verhängnisvollen und unseren Ermittlern nun bekannten Verlauf.

»Verstehst, mein Freund?«, sagte Kreinhuber zu dem mittlerweile im Bett aufgerichteten Fink.

»Der Hias wurde von dem narrischen Mariedl quasi zur Beichtabnahme genötigt, wenn nicht vergewaltigt. Der arme Bua.« Nun flüsterte der Seelsorger: »De Trautnerin hätte eigentlich einen Exorzismus gebraucht, aber keine Beichte! Deshalb hat der Hias de Gschicht bei der Dämonenaustreibung abglegt. Marie – Mariedl – verstehst?«

Der Ermittler musste trotz der späten Stunde eingestehen, dass diesmal auch der Kreinhuber einen brauchbaren Beitrag zur gesamten Untersuchung beigetragen hatte. Auch wenn es nur ein kleiner Baustein in dem ganzen Gebilde war, aber immerhin rehabilitierte diese Erklärung den Pfarrerskoch zumindest teilweise.

»Deshalb hat der Hias alle Geschichten und auch diese Erklärung komplett im Neuen Testament abgelegt. Vielleicht hat er gespürt, dass ihm etwas passieren würde.« Nun wurden dem Pfarrer seine Augen ganz glasig, und er hauchte zum Abschluss theatralisch. »Das Vermächtnis des Matthias Schraglgschwandtner im Neuen Testament – für seinen Mentor und Vorkoster – für mich.« Nach diesen Worten stand der Kreinhuber auf und ging wie benebelt zur

Tür, in sein Schlafzimmer und legte sich mit der Bibel ins Bett.

Der zurückgelassene Kriminalinspektor war jetzt aufgewühlt. Er versuchte, wieder einzuschlafen, grübelte aber noch lange bis in den Morgen hinein, was der Hias zu Lebzeiten mit diesen Aufzeichnungen wohl im Sinn gehabt hätte.

Als der Ermittler am nächsten Morgen erwachte, dauerte es ein wenig, bis er realisierte, dass er nicht in seinem Bett neben seiner Esther lag. Es roch nach Kaffee, was ihn wunderte. Zu Hause machte stets er den Kaffee, weil er als Erster aufstand und seine Frau fast immer erst nach ihm ins Büro musste. An diesem Tag aber hatte schon jemand... ach ja, da fiel es ihm wieder ein. Er war ja nicht zu Hause, sondern in Hinterstein. Im Kammerl des toten Hias. Die nächtlichen Besuche des Kreinhuber hatten den Inspektor doch ein wenig aus der emotionalen Reserve gelockt. Apropos Kreinhuber: Sollte dieser wirklich Kaffee gemacht haben? Der ging doch sonst nur zum Essen in die Küche und war unfähig, irgendetwas zuzubereiten. Na ja, dachte Fink, dann hat die Abwesenheit als Vermächtnis des Hias ihn also doch gelehrt, ein bisschen selbständiger zu sein. Umso besser. Allein, dem war nicht so. Als Fink nun in Unterhosen die Tür des Kammerls aufmachte, um in die Küche des Pfarrhauses zu spazieren und seinen Freund zu begrüßen, da lachte ihm das Weidenstätter Lieserl fröhlich ins Gesicht.

»Oh, guten Morgen, Herr Kommissar. Der Kaffee ist schon fertig und die Eierspeis auch gleich. Der Rest steht schon auf dem Tisch.«

Sie war ein bisschen errötet, als sie Fink in Unterhosen sah. Er war ja ein attraktiver Mann, und sie wusste mittlerweile ganz genau, was sich unter den Unterhosen eines Mannes verbarg. Das hatte sie ja vor einigen Jahren genau in diesem Pfarrhaus gelernt und seither auch fleißig weiter erforscht. Aber gerade dieser Ort der Schande machte es ihr unmöglich, den unkeuschen Gedanken weiter nachzuhängen, so dass sie alles schnell verdrängte, um ihrer Rolle als Ersatz-Pfarrersköchin nachzukommen.

Fink war ein wenig erschrocken, aber nur ein wenig, denn Inspektoren erschrecken in der Regel nicht so leicht. Er hatte bemerkt, denn berufsbedingt bemerkte er viele menschliche Regungen, dass das Lieserl ein wenig errötet war, was ihm schmeichelte. So ließ er sich sogar noch ein wenig Zeit, lobte den reich gedeckten Frühstückstisch und ging dann erst langsam tänzelnd zurück in sein Kammerl, um sich anzukleiden. Das Lieserl warf ihm noch einen letzten verstohlenen Blick nach, ehe er die Tür hinter sich schloss.

Als er wieder im Kammerl zum Stuhl ging, um seine über die Lehne geschlagene Hose samt Sakko zu nehmen und anzuziehen, fiel ihm auf dem Boden ein kleiner, gelber Zettel auf. Zuerst dachte Fink, das sei ein Stück von der Notiz, die Kreinhuber des nächtens in der Bibel gefunden hatte. Aber dafür war dieses Zettelchen zu klein. Es lugte nur mit zwei Ecken unter einem Fuß des Bettes hervor und dürfte wohl durch das »Betterlrücken« Kreinhubers zu Tage befördert worden sein. Offenbar war dieses Papier irgendwann als Einlage missbraucht worden, um Niveauunterschiede des wackelnden Schlafgemachs zum Boden hin auszugleichen. Fink zog es mit Daumen und Zeigefinger vorsichtig heraus.

Es war wohl mehrmals geknickt und dann so abgerissen worden, dass es genau den Dimensionen der Auflagefläche des Bettfußes entsprach. Auf der Rückseite konnte man noch die Buchstaben »BLASS« erkennen und ein Datum, beides in Handschrift. Auf die Schnelle wusste Fink nicht genau, was es damit auf sich haben könnte. Wahrscheinlich war er auch noch nicht ganz munter. Ein ordentliches Frühstück sollte sein Gehirn, wohlgemerkt kein Spatzenhirn, wieder auf Vordermann bringen.

Vollständig angekleidet kam der Commissario erneut in die Küche. Mittlerweile hatten sich auch der Pfarrer und das kleine Margaretherl dazugesellt. Der Frühstückstisch war im Übrigen wirklich lobenswert, ja geradezu üppig. Kaffee und Eierspeise waren nur ein Bruchteil von dem Angebot, das auf dem Tisch stand. Es gab vier verschiedene Wurstsorten, reichlich Schinken, drei

Käsesorten, Butter, Honig, Marillen- und Zwetschkenmarmelade, Fruchtsalat, Joghurt und vieles mehr. Ein Vier-Sterne-Hotel hätte auch nicht mehr bieten können. Für Kreinhuber war dies der beste Start in den Tag, und er war unendlich froh, das Lieserl zu haben. Denn Essen hält ja Leib und Seele zusammen. Deshalb hatte er sie in der Früh angewiesen, für den Gast ganz besonders viel aufzutischen.

Das Margaretherl lächelte den Besucher während des ganzen Frühstücks über fortwährend an. Fink führte dies auf die besonders sonnige Art des Kindes, wohl genetisch durch die Mutter bedingt, zurück. Kreinhuber indessen wusste, warum das Kind so gut gelaunt über den Küchentisch zu dessen Gegenüber, insbesondere auf dessen Sakko, blickte. Das Weidenstätter Lieserl war sich darüber ebenso bewusst, hatte doch das »gschatzige Dirndl« der Mutter frühmorgens gleich die Geschichte erzählt. Nun hatten alle drei ein schelmisches Lächeln auf den Lippen, befand Fink. Was hatte der manchmal durchaus durchtriebene Geistliche da wohl wieder erzählt? Früher oder später würde es der Inspektor herausfinden. Vorerst aber gab es ein wichtigeres Rätsel zu lösen.

Gerade als Kreinhuber herzhaft in sein Schinkenweckerl beißen wollte, hielt ihm Fink den gelben Papierabschnitt unter die Nase. Um ein Haar hätte der Hungrige auch in den Zettel gebissen. Da Fink diesen aber als Beweismittel einstufte, zog er ihn rasch wieder zurück.

»Was hast denn da für ein Papierl?«, fragte Kreinhuber ob der Hürde bei seinem Weckerlbiss sichtlich genervt.

»Das hast du letzte Nacht nebst deiner anderen Geschichte unfreiwillig an den Tag befördert«, konterte der Kommissar. »Kannst du mit der Handschrift beziehungsweise dem Vermerk darauf etwas anfangen?«

Der Pfarrer nahm das Stück Papier und gaukelte mit dem Margaretherl herum, ja, er faltete sogar eine kleine Origami-Figur. Eine flinke Fingerfertigkeit, die man seinen speckigen Würstelfingern gar nicht zugetraut hätte. Fink musste die kleine Showeinlage zunichte machen und die Figur wieder entfalten. Das Margaretherl schaute ihn böse an, um dann aber wieder gewitzt zu lächeln.

»Kannst du dir nun die Aufschrift noch mal ansehen?«, mahnte Fink den Geistlichen zur Ordnung. Kreinhuber las »BLASS« und das Datum.

»Mit dem Wort ›BLASS‹ kann ich nichts anfangen, aber an dem Tag war ich in Rom.«

»Und die Handschrift?«, setzte der Kommissar nach.

»Die ist eindeutig dem Hias seine«, antwortete der Pfarrer und warf zwei kleine Cocktailtomaterl in die Luft, um sie dann beim Herunterfallen mit seinem Mund aufzufangen. Die kleine Margreth war wieder entzückt von ihrem Magier »Paulchen«.

»Das ist ja hochinteressant, das Datum auf dem Zettel unter dem Bett deckt sich also mit dem Zeitpunkt, an dem du nicht in Hinterstein warst. Dann müsste das Datum auch auf einem der Sticks zu finden sein«, resümierte Fink.

»Auf jeden Fall, das war auch ein falscher Beichttermin, genau in den beiden Wochen waren die Exerzizien in Rom.« Plötzlich verkutzte sich der Pfarrer an einer Cocktailtomate und wurde ganz blass. Das Lieserl und Margaretherl dachten, er hätte etwas in den falschen Hals bekommen, und klopften ihm auf den Rücken.

»Es geht scho wieder«, beruhigte er und hustete noch etwas nach.

»Ich weiß jetzt, was das heißen soll: ABLASS! Der Hias hat wahrscheinlich zu einem Ablass in Hinterstein aufgerufen!« Der Pfarrer war jetzt ein wenig in Rage. Gerade erst war man dem Grund der Beichtanhörungen auf die Schliche gekommen und hatte das Trautner Mariedl als Schuldige ausfindig gemacht. Und schon erfuhr das aufgebesserte Ansehen des Schraglgschwandtner wieder einen herben Rückschlag. So eine Aktion hätte der Kreinhuber dem Hias nun wirklich nicht zugetraut. Diese ständige Berg- und Talfahrt der Reputation seines toten Kochs in den letzten 24 Stunden war ja nicht auszuhalten.

Fink hingegen versuchte, sich die Eigenschaften eines Ablasses der katholischen Kirche aus den hinteren Ganglien seines Gehirnes und aus dem Religionsunterricht der Hauptschule in Erinnerung zu rufen. Jedoch ohne Erfolg. Kreinhuber, der sich nun in einer überlegenen Position zu befinden glaubte, klärte wieder mal schulmeisterlich den Ermittler auf.

»Eigentlich gibt's ja das in der modernen katholischen Kirche gar nicht mehr.« Fink witterte bei den Worten »modern« und »katholisch« einen Widerspruch, ließ aber den Ausführungen des Pfarrers weiter freien Lauf, zumal man auch das Wort »katholisch« durch »Hinterstein« hätte ersetzen können, und es zum selben Diskussionszündstoff geführt hätte.

»Bei einem Ablass kommen natürlich die ganz argen Geschichten auf den Tisch«, sagte Kreinhuber, wobei er seinen Frühstücksteller nun etwas von sich wegschob.

»Die Gläubigen, und da ist dann plötzlich jeder gläubig, nutzen die Chance, sich der zeitlichen irdischen Bestrafung für ihre Sünden zu entziehen und um einen Generalablass zu bitten. Dabei muss ich nochmals anmerken«, und jetzt stand Kreinhuber auf, um die Wichtigkeit seiner Worte zu untermauern, »dass es sich hier um keine Sündenvergebung an sich handelt, sondern um eine Milderung oder einen Nachlass der zum Teil selbstauferlegten Sühne und Bestrafung. Über die Sünde selber richtet das höchste Gericht, aber um sein schlechtes Gewissen auf Erden zu beruhigen, gerade bei schweren Sünden, dazu reicht der Ablass für den reuigen Sünder allemal. Das muss der Hias gewusst haben. Er war grundsätzlich ja ein gscheiter Bua. Die Hintersteiner sind dagegen sicher dem Irrglauben erlegen, dass ihnen ihre Sünden erlassen werden, so wie das die meisten Leute denken.«

»Tja, offenbar waren ihm die Stories bei den normalen Beichten zu wenig spektakulär«, ergänzte Fink. »Deshalb hatte er wohl noch ein Schäuferl nachgelegt, um auch wirklich die schweren Fälle in den Beichtstuhl zu bekommen. Aber wie hat er diesen Termin bei den Hintersteinern kundgemacht?«, fragte der Kommissar alle Anwesenden in der Küche, ohne vom Margaretherl wirklich eine

Antwort zu erwarten. Da ging Kreinhuber zu einem alten, abgegriffenen Festnetztelefon und wählte aus dem Gedächtnis eine Nummer.

»Is da das Altersheim? Entschuldigung, das heißt ja jetzt Seniorenheim. Wer da is? Der Pfarrer. Ich möcht gern den Heimleiter sprechen. Ja, jetzt gleich, es pressiert!«

Man merkte dem Priester eine gewisse Unruhe an. Fink beobachtete das Engagement seines alten Schulfreundes mit Begeisterung. Die bereits in der Nacht spürbare kriminalistische Wissbegier war endlich wieder dem Geist und den Gliedmaßen Kreinhubers eingefahren. Dem Himmel oder dem Frühstück sei Dank.

»Ja, griasdi, Toni. Sag, hab ich vor Ostern mal einen Ablass erteilt? Warum ich des nit selber weiß? Ja, vielleicht hab ich's vergessen. Ob ich was getrunken hab? Ja, dass du dich nicht genierst. Kannst dich jetzt erinnern oder nicht? Gut, ich wart.« Kreinhuber machte gegenüber Fink eine Andeutung, dass der Heimleiter versuchen würde, die Sache zu hinterfragen. Margreth dachte, das wäre eine Pantomime des Onkels, und zog auch gleich eine Grimasse.

»Das Trautner Mariedl darfst nit fragen, die ist vom Beichten sowieso besessen. Woher ich das weiß? Lieber Toni, ich weiß über all meine Schäfchen Bescheid.« Diese Aussage brachte dem Ansehen des Pfarrers beim Heimleiter Anton ein ähnliches übernatürliches Charisma ein, wie es Carmen bei den Einwohnern Hintersteins genoss.

»Schau mal nach, ob du nit irgendwo einen gelben Zettel in der Heimkapelle herumliegen siehst. Ja, gut, ich wart wieder.« Mittlerweile hatte sich das Lieserl auch an den Tisch zu Kommissar Fink gesellt, und alle drei hörten dem Pfarrer zu, wie er sich immer wieder im Gespräch echauffierte, um dann wieder mit einem »gut, ich wart« abzukühlen.

»Na endlich, hast was gfundn? An gelben Zettel? Und was steht drauf? Aha! Ach so, im Pfarrbrief drin! Du, dank dir, Toni. Na, ich mach jetzt nimmer so schnell an Ablass. Nein, und damit basta.

Das is egal, wennst den Letzten versäumt hast, sei froh, hast nix verpasst. Pfiat di!«

Kreinhuber legte abrupt auf und bestätigte, dass der Leiter des Seniorenheimes Anton Hauser, auch »Hausl« genannt, in der heimeigenen Kapelle noch einen solchen handgeschriebenen Zettel aufgefunden hatte. Und zwar im Pfarrbrief, der ein paar Wochen vor Ostern an alle Haushalte in Hinterstein verschickt oder ausgetragen worden war. Unser Kreinhuber beteuerte, von der Existenz dieser gelben Zettel im Pfarrbrief weder etwas gewusst zu haben, noch jemals darauf angesprochen worden zu sein. Warum auch? Wer würde schon die Gunst des anonymen Ablasses in der Abgeschiedenheit des Beichtstuhls nützen, um dann in der Öffentlichkeit den Pfarrer darauf anzusprechen? Nach einer kurzen Grundsatzdiskussion über die Sinnhaftigkeit eines Ablasses zwischen Fink und Kreinhuber startete Fink den Anlasser seines Wagens, und sie machten sich, wie am Vorabend vereinbart, auf zu Dr. Metzger.

Kapitel 26

Metzger hatte seine Ordination schon geöffnet und im Wartezimmer saßen mehrere Patienten. Darunter befanden sich auch zwei über 90-jährige Frauen, bei deren Anblick den Kreinhuber ein schrecklicher Verdacht überkam. Sollten das etwa die nächsten potenziellen Opfer des sterbehelfenden Arztes sein? Bevor der Pfarrer und der Kriminalpolizist sich bei der Anmeldung anstellten, sagte Fink:

»Du, sei so gut. Warte hier heraußen auf mich. Es macht kein gutes Bild, wenn ich als Polizist immer mit einem Pfarrer aufkreuze. Immerhin gibt's bei uns ja die Trennung von Kirche und Staat.« Kreinhuber konnte nicht glauben, was er da hörte.

»Ja, so weit kommt's noch. Du schläfst in unserem Kammerl,

steckst die Füße unter meinen Tisch, isst mir das halbe Frühstück weg und dann willst du mich schon wieder herumkommandieren. Nein, nein. Ich bin hier unmittelbar betroffen, und ich lass mich jetzt von dir nicht abwimmeln. Außerdem gibt's ein Konkordat. Und im Übrigen: Denk an unser letztes nächtliches Treffen und was die Margreth gesehen hat! Ich sag nur: Kindermund tut Wahrheit kund.« Solche Drohgebärden war man von dem ansonsten so friedvollen Kleriker gar nicht gewohnt. Fink verzichtete darauf, diese Geschichte weiter auszubreiten und sich vor den Wartenden zu streiten, obwohl die wahrscheinlich ohnehin nichts gehört hätten. Er beugte sich dem starren, geistlichen Willen beziehungsweise der unterschwelligen Erpressung, und so meldeten sich die beiden an. Die Sekretärin bat sie, solange zu warten, bis die Patientin, die gerade im Ordinationszimmer war, wieder rauskäme. Und das taten sie. Nach etwa vierzehn Minuten öffnete sich die Türe, und sie konnten hineinmarschieren. Dr. Metzger war überrascht:

»Ja, Pfarrer Kreinhuber, grüß Sie Gott.«

Kreinhuber erwiderte den freundlichen Gruß. Fink sagte: »Fink, Kriminalpolizei. Wir müssen mit Ihnen reden.«

Metzger blieb ganz ruhig, denn er hatte aus beruflichen Gründen öfter mit der Polizei zu tun. Er bot den beiden Gästen einen Platz an. »Was kann ich für Sie tun?«

Fink versuchte es diesmal nicht ganz so direkt wie bei Deutscher. »Herr Doktor«, begann er sehr freundlich, »Sie kennen ja die Geschichte von Matthias Schraglgschwandtner. War der eigentlich auch Patient bei Ihnen?« Kreinhuber sah seinen Freund fragend an. Was sollte denn das werden? Aber Fink ließ sich nicht beirren. Der Arzt antwortete: »Ja, er war schon hin und wieder hier. Aber, ehrlich gesagt, nur sehr selten. Ich glaube, ich habe ihn seit seiner Kindheit eigentlich nur zwei Mal untersucht. Da kann ich aber genau nachschauen in der Krankenakte, wenn Sie das wünschen.«

Fink schüttelte den Kopf. »Nicht nötig. Sie erinnern sich vielleicht auch so an seine Konstitution. War er ein starker Bursche?

Hätte er sich nicht wehren können gegen einen Angreifer?«

Metzger überlegte eine Weile. »Er war kein Schwächling, würde ich sagen. Aber wenn einer aus dem Hinterhalt, Sie wissen schon. Da hätte er nicht viel machen können.« Der Mediziner fühlte sich angesichts dieser Fragen beruhigt. Offenbar wurde er nicht verdächtigt. Wer möchte schon gern verdächtigt werden?

»Ich muss Sie der Form halber fragen, Herr Doktor, wo Sie in der Nacht vom 11. auf den 12. April waren. Sie verstehen, reine Routine.«

Metzger antwortete nicht sofort: »Was war denn das für ein Wochentag?« Nachdem er die Antwort gehört hatte, sagte er: »Ach ja, das war ja eine wilde Nacht, mein Gott.«

Kreinhuber wollte schon aufspringen und gegen das achtlose Aussprechen des Namen Gottes protestieren, aber er hielt sich zurück.

»Wissen Sie, am Mittwoch haben wir immer unsere Kartenrunde beim Wirt ›Zum Hinteren Stein‹. An diesem besagten Tag sind wir alle ziemlich abgestürzt, weil wir den Geburtstag unseres Postfuxes gefeiert haben. Wir haben mehrere Gläser über den Durst getrunken, und es hat relativ lange gedauert. Ich hab mir mit meiner Frau ganz schöne Probleme eingehandelt, weil sie das von mir nicht gewöhnt ist. Drum kann ich mich so gut erinnern.« Das klang nach einem wasserdichten Alibi.

Kreinhuber war enttäuscht.

»Wer war denn bei dieser Runde außer Ihnen noch dabei?«, fragte Fink weiter.

Metzger zählte auf: »Wir sind immer so zwischen vier und sieben Leut. An diesem Abend waren der Briefträger, der Totengräber, der Bürgermeister und ich dabei. Und der Wirt hat auch mitgeschnapst und mitgeschnapserlt.«

»Und wie lange hat das gedauert?«, bohrte Fink nach.

»Bis drei, halb vier in der Früh oder auch länger. Das weiß ich leider nicht mehr so genau. Wir waren alle sternhagelvoll, Herr Kommissar.«

Mit dieser Aussage im Gepäck verabschiedeten sich unsere beiden Helden und verließen die Ordination, in der Metzger weiter ordinierte.

»Ein ziemlich ordinäres Verhalten«, bekrittelte Kreinhuber das Saufgelage, das der Arzt beschrieben hatte.

»Das passt gar nicht zu unserem Saubermann, zu diesem Metzger«, fügte er hinzu. Für Fink zählte diese moralische Bewertung nicht. Er interessierte sich nur für die Fakten: »Ich überprüfe jetzt die Alibis von Metzger und Deutscher. Wenn die halten, dann können wir die Herren vorerst mal von unserer Liste streichen.«

Kreinhuber konnte dem nicht viel entgegenhalten, aber eines lag ihm schon im Magen. »Warum hast du denn diesen Doktor nicht wegen seiner Sterbehilfe befragt?«

Die Antwort des Kommissars war eine Gegenfrage. »Wer wäre so blöd, das zuzugeben?« Nein, nein. Die Verifizierung der Beichtgeschichten würde nicht über Geständnisse möglich sein, wie sich ja schon bei Deutscher gezeigt hatte. Das musste man anders angehen. Der Inspektor hatte dahingehend auch schon seine Ideen. Außerdem hatte er im Wartezimmer auch eine Ausgabe des letzten Pfarrbriefes liegen gesehen. Die handschriftliche Einladung des Hias zum Ablass fehlte allerdings.

Kapitel 27

Wie erwartet, wurden die Alibis des Politikers und des Mediziners bestätigt. Karin Maierhofer hatte tatsächlich die besagte Nacht bei Deutscher verbracht. Zumindest gab sie das zu Protokoll, und es bestand vorerst kein Grund, den Wahrheitsgehalt ihrer Aussage zu bezweifeln. Auch die Kartenrunde von Dr. Metzger wurde von allen Beteiligten bestätigt, womit nicht nur der, sondern auch die anderen Kartenspieler, der Totengräber und der Bürgermeister, die beide bei Hias gebeichtet hatten, aus dem Kreis der Verdächtigen ausschieden. Fink hatte zur Verifizierung der Alibis darauf verzichtet, zu jedem einzeln hinzufahren. Karin Maierhofer hatte er an ihrem Arbeitsplatz im Hintersteiner Kaffeehaus angetroffen und befragt. Den Totengräber und den Bürgermeister hatte er vorerst nur angerufen. Telefonisch bestätigten sie alle das, was Metzger ausgesagt hatte. Wenn nötig, würde er diese Herren aber zu einem späteren Zeitpunkt noch aufsuchen. Immerhin hatten sie ja teilweise strafrechtlich relevante Dinge gebeichtet, denen man nachgehen musste, auch wenn sie nichts mit dem Mord am Hias zu tun hatten.

Den Wirt und den Briefträger allerdings hatte Fink persönlich befragt. Beide gaben an, in der Mordnacht tatsächlich mit der Kartenrunde Geburtstag gefeiert zu haben. Der Briefträger sagte, er wäre schon um 22.00 Uhr stockbetrunken gewesen. Der Wirt behauptete, länger nüchtern gewesen zu sein, denn ein Wirt vertrage einiges und kippe nicht so schnell aus den Patschen. Zur Mordzeit jedenfalls, also zwischen 24.00 Uhr und 4.00 Uhr früh, so sagten beide, waren sie alle in lustiger Runde versammelt.

Fink wollte nach einem anstrengenden Vormittag bei einem guten Mittagessen alles gedanklich rekapitulieren, um die nächsten Schritte planen zu können.

»Gehen wir was essen?«, schlug er vor. Diese Frage stieß bei Pfarrer Kreinhuber auf offene Ohren.

»Ja, freilich machen wir das, du Giervogel. Fahren wir zu mir, und ich lass das Lieserl was auftischen.«

Der Inspektor hatte einen anderen Vorschlag. »Ich würd lieber beim Wirt einkehren und ein bissl schauen, wer sich dort so herumtreibt. Außerdem muss ich dich in Hinblick auf deine Pfarrersköchin auch noch was fragen, was sie besser nicht hören sollte.«

Dem Pfarrer war alles recht, wenn er nur zu einem ordentlichen Essen kam, obwohl er sich wunderte, was es über das Lieserl Geheimnisvolles zu reden gab. Hatte sich der Fink vielleicht gar in das Dirndl verschaut? Der Kreinhuber hielt das schon für möglich, denn fesch war sie ja und sein Freund befand sich vielleicht grad in der Midlife-Crisis. Womöglich funktionierte es zwischen Esther und Fink nicht ganz so gut, sinnierte der Gottesmann und war gespannt. Immerhin hatte er ja, ohne mit der Wimper zu zucken, im Kreinhuber'schen Pfarrhof genächtigt und dann ein feudales, Weidenstätter'sches Frühstück genossen. Das Wort »Frühstück« war sogar eine glatte Untertreibung, es war das ein echter Brunch gewesen. Auf solche feinen Unterschiede legte unser Pfarrer schon Wert, denn bei den Mahlzeiten und deren genauer Bezeichnung war er besonders akribisch.

Als sie beim »Wamperten« einkehrten – an diesem Tag schon zum zweiten Mal, denn sie hatten ja am Vormittag dort schon das Alibi der Kartenrunde geprüft – saß der Postler, mit dem sie heute auch schon diesbezüglich gesprochen hatten, am Stammtisch. Der Wirt hockte bei ihm, und sie schienen in ein Gespräch vertieft, als die beiden Ermittler eintraten.

»Ja, grüß euch Gott. Seid's schon wieder da?«, sagte der Wirt Karl Grundner etwas überrascht.

»Ich hoff, ihr konsumiert's jetzt auch mal was bei mir? Meine Küche ist die Beste in ganz Hinterstein. Herr Pfarrer, Sie können das von den Leichenschmausen her sicher bestätigen.«

Kreinhuber nickte lächelnd und dachte bei sich, dass das Essen vom Grundner zwar nicht schlecht war, aber weder mit der Qualität der Hias'schen noch jener der Lieserl'schen Küche mithalten konnte. Inspektor und Pfarrer bestellten reichlich: Vorspeise, Supperl, Salat und einen Schweinsbraten mit Semmelknödel. Das freute den Wirten, denn sein Geschäft ging nicht besonders gut, wenn man von den Leichenschmausen einmal absah, die es in letzter Zeit wahrscheinlich aufgrund der Umtriebe des Arztes und des Totengräbers ja öfters gegeben hatte. Der Postler schaute immer wieder ein bisschen schüchtern und schuldbewusst in die Richtung der beiden Gäste, grinste ein wenig und nippte hin und wieder an einem Weißen Gspritztn.

»Also«, begann Fink seine Überlegungen, »jetzt schreibe ich mir einmal zusammen, wer alles ein Motiv hatte, den armen Hias umzubringen.« Der Kreinhuber hörte und sah aufmerksam zu, während der andere auf einem Blatt Papier zwei Spalten machte. In die Erste schrieb er hinein »Motiv«, in die Zweite »Alibi«. Daneben ließ er noch ein wenig Platz frei.

»Wir haben fünf Personen, die bei Schraglgschwandtner gebeichtet haben. Sie alle hatten also ein Motiv, vorausgesetzt, sie haben rausgefunden, dass nicht du es warst, sondern der Hias, dem sie ihre Geschichten erzählt hatten: 1. den Hubert Deutscher, 2. den Dr. Metzger, 3. den Totengräber Stefan Gruber, 4. den Bürgermeister, 5. den Schuldirektor Meissner. Ob sonst auch noch jemand gebeichtet hat, wissen wir nicht. Vielleicht die Gemeindesekretärin Hannelore Mutzner? Jedenfalls gibt es über sie interessante Informationen, die auch ihr ein Motiv verschaffen.«

An dieser Stelle hielt der Inspektor inne. Er dachte ein wenig nach und schaute dann dem Pfarrer in die Augen.

»Allerdings ist das mit den Beichtgeschichten immer noch äußerst mysteriös. Es könnte sein, dass sie alle frei erfunden sind von deinem Koch. Vielleicht war nie jemand von diesen Menschen je bei ihm im Beichtstuhl gesessen. Vielleicht hatte er die Informationen aber auch nur von einer Einzelperson, die andere anschwärzen wollte, um uns auf eine falsche Fährte zu locken?«

An diese Variante hatte der Pfarrer noch nicht gedacht.

»Ja, ja, das wär schon eine Möglichkeit. Aber dass er alles frei erfunden hat, schließ ich aus. Glaub mir, Drossel, der Hias hätt das nicht erfinden können. Aber dass ihm irgendein schwarzes Schaf so böse Gschichten über die anderen vorgelogen hat, das wär schon denkbar. Nur, wer sollte denn das gewesen sein?«

Fink fügte ganz unten in der Liste derer, die ein Motiv hatten, nun einen Namen ein, bei dem der Kreinhuber zusammenzuckte: »Elisabeth Weidenstätter«.

»Ja, spinnst du denn jetzt komplett? Wie kommst du auf die Idee, dass das Lieserl ein Motiv ghabt hätt. So ein Wahnsinn«, schimpfte er. Der Kriminalexperte blieb kühl und unaufgeregt:

»Dein Lieserl wurde vor fünf Jahren unehrenhaft aus ihrem Amt entlassen, verlor Ansehen und Ehre und musste seither bei ihren Eltern leben. Du hast mir das selbst erzählt. Der Hias war ihr Nachfolger. Er war nun das, was sie zuvor gewesen war und immer sein wollte: eine anerkannte Pfarrersköchin mit einem guten Auskommen für sich und ihr Kind. Sie hat in den fünf Jahren einen mörderischen Plan geschmiedet, um die ersehnte Stelle wiederzubekommen, um rehabilitiert zu werden. So erfand sie unglaubliche Geschichten über die Hintersteiner und erzählte sie dem Hias, der alles in der Bibel notierte. Die Geschichten sollten die Polizei später auf eine falsche Fährte locken. Das Lieserl aber würde ihre Stelle wieder bekommen und hätte ihr Ziel erreicht. Niemand würde denken, dass sie als junge, hübsche Frau zu so was fähig wäre. Verstehst du, Kreinhuber, das Lieserl hatte ein sicheres Motiv.«

Dem Pfarrer war während dieses furchtbaren Monologs schlecht geworden. Er rührte den Schweinsbraten nicht mehr an. Er dachte daran, wie er und der Lenz neben der Leich genüsslich den Kaiserschmarrn verdrückt hatten, den das Lieserl so liebevoll zubereitet hatte. Wie könnte so eine Person den armen Hias auf dem Gewissen haben und dann noch an den Tatort zurückkehren, um neben dem kalten Körper einen warmen, flauschigen Schmarrn aufzupfandln? Nein, das konnte und wollte der Pfarrer nicht akzeptieren. Verzweifelt suchte er nach einer Ausrede.

»Aber wie hätt sie denn als Frau dem Matthias den Garaus machen können? Die ist doch viel zu schwach dazu«, stammelte er, von seinen eigenen Worten aber selbst nicht ganz überzeugt.

»Wie der Arzt schon sagte: von hinten ein überraschender Schlag und danach ein Ei in den Hals gesteckt, drei Palmkatzerl in die Nase. Das bringt auch eine Frau hin. Oder im Zweifelsfall auch ein männlicher Komplize.«

Der arme Gottesmann bekreuzigte sich. Er war aschfahl im Gesicht, und es schien ihm, als würde der Semmelknödel, den er sich zuvor so genussvoll hineingestopft hatte, nun im Halse stecken.

»Sag, glaubst du das wirklich?«

»Hier geht's nicht ums Glauben, sondern um Fakten. Und Fakt ist, dass das Lieserl ein Motiv hatte. Ob sie es wirklich war, werden wir dann schon sehen. Jedenfalls muss sie auf die Liste.«

So geschah es. Auch der Adoptivvater von Matthias wurde hinzugefügt, denn Hias hatte den Hof verlassen und somit den Weiterbestand des Schraglgschwandtner-Gutes gefährdet. Außer den genannten Personen fiel den beiden niemand mehr ein. Kreinhuber meinte, dass man auch Carmen nicht vergessen sollte, aber er konnte nicht begründen, warum. Daher wurde sie auch nicht dazugeschrieben. Was das Alibi betraf, waren die meisten der Verdächtigen schon geprüft und hatten auch eines vorzuweisen. Das Lieserl musste erst vorsichtig danach gefragt werden. Sepp Schraglgschwandtner ebenso. Die Liste sah somit vorerst wie folgt aus:

Motiv:

Hubert Deutscher (Alibi überprüft: Karin Maierhofer)

Dr. Metzger (Alibi überprüft: Kartenrunde)

Totengräber Gruber (Alibi überprüft: Kartenrunde)

Bürgermeister (Alibi überprüft: Kartenrunde)

Schuldirektor Johann Meissner (noch zu prüfen))

Gemeindesekretärin Mutzner (noch zu prüfen)

Weidenstätter Lieserl (noch zu prüfen)

Schraglgschwandtner Sepp (noch zu prüfen)

Auf die Rückseite dieser Liste schrieb Fink als Überschrift »Weitere Vorgehensweise«:

Weitere Vorgehensweise:

Überprüfung der Alibis all jener, die ein Motiv hatten

Gespräch mit dem Journalisten

Überprüfung der Beichtgeschichten

Kreinhuber las sich den Zettel durch, nachdem er sich von seinem Schock ein wenig gefangen und wieder Appetit hatte auf den Braten, der allerdings schon abgekühlt war:

»Alle Achtung, Fink. Da sieht man schon, wie ein Profi arbeitet.« Dieses Lob freute den Ermittler, obwohl er wusste, dass es eigentlich nur ein ziemlicher Schmierzettel war, auf dem er das alles notiert hatte. Er hätte es auch auf einen Bierdeckel schreiben können, wenn der Wirt einen so großen gehabt hätte. Normalerweise konnte er viel strukturierter vorgehen, wenn er in seinem Büro in Salzburg arbeitete. Auf der anderen Seite gab es sogar schon Steuerreformen, die angeblich auf einem Untersetzer Platz gefunden hätten. Aber auf solche Vergleiche wollte er sich qualitativ gar nicht herunterlassen. Was hätte außerdem seine Ermittlung mit dem Staatshaushalt gemeinsam gehabt, sollte doch der Mord am Hias im Gegensatz zum Budgetloch irgendwann einmal gelöst werden. Mit ein paar Palmkatzerln wäre Letzteres auf jeden Fall nicht zu stopfen. Egal, unter diesen eigenartigen Umständen musste er eben auf so primitive Mittel wie ein Blatt Papier und einen Werbekuli zurückgreifen.

Der Pfarrer war trotzdem beeindruckt, denn er war es überhaupt nicht gewohnt, so klare Pläne und Arbeitsschritte zu formulieren. In seinem Job war ihm das Meiste ohnehin durch die Liturgie vorgegeben, und bei der Seelsorge hätte ihm ein Plan nichts genützt, denn da ging es ums Zuhören und um menschliches Gefühl. Überhaupt, ein guter Pfarrer, der etwas auf sich hielt, war spontan und bereitete auch seine Predigten nicht minutiös genau vor. Was der Kirchengemeinschaft natürlich manchmal einiges an Wiederholungen, nicht nur über das Jahr verteilt, sondern auch während ein und demselben Gottesdienst bescherte.

Kapitel 28

Fink und Kreinhuber verspeisten nach dem Schweinsbraten noch eine Sachertorte mit viel Schlagobers und tranken dazu Kaffee. Der Kreinhuber schmatzte, als hätte er noch niemals eine so gute Torte verspeist.

»Also, ich hab noch nie eine so gute Sachertort'n gessn, bei meiner Seel!« Da schoss es ihm durch den Kopf: Natürlich war nach dem Ablass keiner mehr zum letzten Beichttermin vor Ostern gekommen, weil sie alle schon vorher beim Hias gewesen waren. Nun kollerte dem Kreinhuber, dem die Zusammenhänge wie Schuppen von den Augen fielen, plötzlich ein Kuchenstück wegen der viel zu großen Sahnehaube von der Gabel. Es landete auf seiner Kutte, noch bevor er es in seinen in voller Erwartung weit geöffneten Schlund befördern konnte. Als der Pfarrer hastig nach einem Stofftaschentuch suchte, um den Schlagobersbatzen auf seiner Kutte wegzuwischen, stürmte plötzlich Carmen in das Wirtshaus herein. Ihre Blicke suchten nervös nach dem Inspektor und als sie ihn fanden, eilte sie zum Tisch der beiden und sprudelte hervor.

»Commissario, hier sindä Sie ja! Ichä habä ich mich erinnertä. Hiasi hat erzähltä mirä vor Ostern vonä schlimme Geschichten in Hinterstein. Hattä ich vergessen, weil ich dachtä, nurä Fantasie von jungä Bua, aber jetzt kannä mich erinnernä.«

Kreinhuber war völlig verdattert. Erstens war er einfach überrumpelt vom Auftreten dieser verwegenen Frau, zweitens verstand er nicht, wieso sie von Hias Informationen hatte, denn er hatte nie mitgekriegt, wie eng die Verbindung zwischen diesen beiden, seinem Koch und der ungeliebten Zigeunerin, gewesen war. Drittens schämte er sich maßlos über seinen Fleck auf der Kutte, der an einer Stelle saß, die verfänglicher nicht hätte sein können.

Carmen hatte bei ihrem Vortrag immer darauf geachtet, nicht zu sehr auf das bekleckerte Gewand des Seelsorgers zu starren. Aber wie das eben so ist: Man versucht es und muss trotzdem immer hinschauen. Obwohl unsere Carmen eigentlich die Unreine hier im Dorf war, sah das zumindest für diesen Augenblick etwas anders aus. Und obwohl sie selber zweifelsohne über magische Fähigkeiten verfügte oder zumindest darüber Bescheid wusste, zog der weiße Fleck auf dem schwarzen Stoff ihre Blicke maßlos an. Fink hingegen war äußerst amüsiert über dieses Bild. Das alles brachte unseren Kreinhuber aus dem Konzept. Er verfolgte die ganze Schilderung der Roma-Frau mit, ohne überhaupt zu kapieren, worum es ging. Fink blieb unaufgeregt, wie es sein Job war.

»Setzen Sie sich erst mal. Wollen Sie was trinken? Einen Kaffee vielleicht? Oder einen Tee?«

Carmen war noch nie in ihrem Leben in einem Gasthof gewesen, denn einerseits wollte sie sich das Geld lieber sparen, andererseits gehörte es nicht zur Kultur der Roma, in Wirtshäusern zu speisen. Die Frau beruhigte sich ein wenig, sah sich dann um und bestellte eine Tasse schwarzen Tee. Es gefiel ihr, bedient zu werden, noch dazu vom Wirt höchstpersönlich, der aus Neugierde ganz besonders lange um den Tisch herumschwänzelte und immer wieder fragte, ob alles in Ordnung sei. Auch die Ohren von Franz Fux, dem Postler, erreichten eine Länge, die man ihnen nicht zugetraut hätte. Es sah fast so aus, als wäre der Briefträger von einem Moment zum anderen zu einem Elefanten mutiert, so sehr vergrößerten sich seine Lauscher, um alles mitzubekommen, was Carmen erzählte. Was sie dann tatsächlich von sich gab, war zwar nicht besonders konkret, für Fink aber dennoch hilfreich.

»Hiasi hat was erzähltä vonä Beichten, von wilden Geschichten in Hinterstein. Und dass er bald berühmt sein würdä. Ich habä gelachtä und es nichtä so ernst genommen.«

Der Kommissar wollte natürlich wissen, ob der Schraglgschwandtner Namen und Details genannt hatte, aber das verneinte die Roma-Frau. Er hätte wenig Zeit gehabt an diesem Tag und ihr die Geschichten ausführlich ein andermal erzählen wollen. Für Fink war damit klar, dass die Beichtgeschichten nicht erfunden waren. Kreinhuber hingegen, der seinen ausufernden Fleck endlich etwas unter Kontrolle gebracht hatte, wollte der Roma-Frau die Bestätigung der Geschichte und die Anerkennung seines Freundes nicht überlassen, hätte doch er, wenn er nicht so gierig nach dem Kuchenstück geschnabelt hätte, diese Beichtgeschichten mit seiner neuen Erkenntnis ein paar Sekunden früher selber untermauern können.

»Das ist doch eigenartig, Fink. Warum fällt ihr das alles erst jetzt ein? Ich sag dir, sie hat diese Geschichten selber erfunden und will uns jetzt in die Irre führen«, flüsterte der Pfarrer dem Polizisten ins Ohr, als Carmen genussvoll einen Schluck von ihrem Tee nahm.

Wäre unser Kreinhuber Don Camillo gewesen, hätte die Stimme Gottes spätestens jetzt eingegriffen und den Geistlichen nach seinem gedanklichen Meineid zur Besinnung gerufen. Unser Pfarrer mag diese Stimme innerlich gehört und sich für seine falschen Anschuldigungen zu einem späteren Zeitpunkt vor seinem Chef verantwortet haben.

Der Grundner Karl und der Postfux hatten auf jeden Fall nur die gesprochenen Worte Carmens mitgehört und alles in sich aufgesaugt. Fink hatte wiederum mitbekommen, dass diese beiden es mitbekommen hatten und war darüber gar nicht besorgt. Im Gegenteil, er hatte das sogar so gehofft. Carmen hatte die Flüsterei des Pfarrers ebenso gehört. Sie war ein wenig traurig über dieses Misstrauen und tat vorerst so, als hätte sie nichts verstanden. Der Kreinhuber bemühte sich die ganze Zeit über – so wie er sich in Anwesenheit Carmens immer bemühte – ihr keinesfalls in die Augen zu sehen. Denn er dachte, sie würde ihn sicher hypnotisieren, wenn sie seinen Blick erst einmal gefangen hielt. Am Tisch entstand ein betretenes Schweigen zwischen den drei Personen.

Der Wirt trocknete hinter der Ausschank ein paar Gläser ab und schaute unverhohlen zu. Der Postillion glotzte ganz ungeniert die ganze Zeit auf den Fleck auf Kreinhubers Gewand. Aber auch auf Carmen, denn diese Frau faszinierte ihn seit langem, und er war auch schon öfter bei ihr gewesen, um sich seine Zukunft vorhersagen zu lassen. Das Schweigen wurde irgendwann von Fink gebrochen.

»Also, Carmen«, sprach er so laut, dass alle Anwesenden es hören konnten, »der Pfarrer Kreinhuber ist der Meinung, dass Sie nicht die Wahrheit sagen. Er glaubt, Sie hätten aus irgendeinem Grunde den Hias ermordet und diese Beichtgeschichten nur erfunden, um uns auf eine falsche Spur zu locken.«

Alle im Raum waren völlig paff über diese Offenheit des Kommissars außer ihm selbst. Am meisten erschüttert war der Pfarrer, der es als unverschämte Illoyalität und Gemeinheit seines Freundes ansah, diesen Verdacht so offen auszusprechen. Fink freilich hatte das nicht aus Unvorsichtigkeit gemacht. Im Gegenteil: Er erhoffte sich davon mindestens zwei Effekte: Erstens sollte jeder Zweifel über Carmens Unschuld ausgeräumt werden. Zweitens – und das war viel wichtiger – sollten der Wirt und der Postler noch neugieriger gemacht werden. Sie erzählten nämlich ganz sicher alles am Stammtisch und in der Kartenrunde und weiß Gott wo sonst noch herum, so dass der echte Täter dadurch vielleicht verunsichert werden konnte. Kreinhuber versuchte, sich aus der Affäre zu ziehen.

»Also, so direkt habe ich das nicht gesagt, dass Sie, verehrte Frau Zigeunerin, damit was zu tun haben könnten. Ich wollte nur darauf hinweisen, dass man diese Möglichkeit auch in Betracht ziehen sollte«, sagte er, ohne Carmen dabei in die Augen zu sehen.

Diese aber fühlte sich gar nicht beleidigt, sondern lächelte nur und antwortete ganz ruhig. »Weiß ichä schon langä, was du denkst, Pfarrerä. Kann ich lesen deine Gedanken in deine Gesicht.«

Bei diesen Worten wurde es dem Kreinhuber angst und bange, und er verlor abermals sämtliche Gesichtsfarbe. Sollte diese Hexe etwa seine Gedanken gelesen haben?

Sie fuhr fort: »Warum solltä ich meine Bua, die Hiasi, weh tun? War ich wie eine Mutter für ihnä«, fragte sie nun an den Fink gewandt. Fink spielte das Spielchen weiter.

»Der Verdacht des Pfarrers ist aber gar nicht so aus der Luft gegriffen, gnädige Frau.« Bei diesen Worten blinzelte er ihr leicht zu, und die kluge Carmen wusste sofort, dass es Fink um etwas anderes ging, auch wenn sie nicht wusste, worum.

»Immerhin sind Sie eine Zugereiste, eine Fremde sozusagen. Außerdem haben Sie Visionen. Da ist doch ein gewisses Misstrauen sehr verständlich, nicht wahr?«

Jetzt fühlte sich der Kreinhuber bestätigt und legte gleich ein Schäuferl nach.

»Ja, genau. Und wenn Sie schon alles sehen und so gscheit sind, warum können Sie uns dann nicht sagen, wer der Mörder war? Und warum konnten Sie diese furchtbare Tat nicht verhindern?«

Am Ende dieses Satzes vergaß er seine Angst und blickte in die Augen Carmens. Nun klebte sein Blick wie ein Magnet an diesen beiden dunklen Kugeln im Gesicht der Roma-Frau, und er konnte sie nicht mehr abwenden. Ja, es war gerade so, wie er es befürchtet hatte. Jetzt würde sie ihn verzaubern, dachte er. Ganz falsch lag er mit dieser Befürchtung nicht.

Carmen fixierte den Pfarrer und sprach mit sanfter Stimme. »Kann ichä nicht alles sehen, was ich willä. Manchmal sehä ich nur Konturenä und Nebel, manchmal sehä ich klarä. Du, Pfarrerä, bist einä gutä Mannä, aber ängstlich. Du hastä Angst vor mirä und darum denkst du, ichä habä die Hias getätet. Aber ich täte nicht. Böse Menschen haben gebaichtet bei meine Bua. Aber sähe ich nicht, wer und was.«

Des Briefträgers Elefantenohren waren nun noch länger geworden. Seine Augen waren von Carmens Anblick so gefangen, dass er aussah wie ein völlig vertrottelter Ochse auf der Weide. Der Wirt putzte schon eine Viertelstunde am selben Glas herum, so dass es mittlerweile wieder mehr Schlieren hatte als nach dem Waschgang. Finks Plan ging somit einigermaßen auf: Der Verdacht Kreinhubers, dass Carmen was mit dem Tod des Kochs zu tun haben könnte, löste sich zum zweiten Mal in Luft auf. Es fehlte ganz einfach ein Motiv. Die Unschuld Carmens wurde in den Worten dieser Frau so deutlich, dass niemand daran zweifeln konnte. Die Neugierde des Wirts und des Postlers war angestachelt. Sie wussten nun, dass es irgendwelche Beichtgeschichten gegeben hatte und würden das garantiert weiterverbreiten. Damit war es aber noch nicht genug.

»Sagen Sie, Carmen, Sie können doch auch mit den Toten Kontakt aufnehmen, nicht wahr?«

Die Zigeunerin nickte, fügte aber hinzu: »Schwierig nurä, wenn ichä selber emotional bin und um diese Personä traurigä. Dann ist schwieriger und dauert längerä.« Fink verstand.

»Gut, aber ich bitte Sie dennoch, bald zu versuchen, den Schraglgschwandtner zu kontaktieren.«

Das war der Höhepunkt des mysteriösen Gesprächs, bei dem allen Anwesenden außer Fink und Carmen der Atem stockte. Kontakt mit dem toten Hias, Kontakt mit dem Mordopfer! Welch ein Gedanke. Eigentlich hätte der Kreinhuber spätestens jetzt protestieren müssen, denn das ging nun wirklich zu weit: Ein Kommissar, der solche heidnischen Rituale zur Lösung eines Falles einsetzen wollte! Doch niemand regte sich auf, denn das Charisma von Carmen übermannte sie alle. Sie trank ihren Tee aus, ergriff die Hand des Kommissars und strich dem Pfarrer kurz über die Wange. Dann stand sie auf und ging.

Kreinhuber saß da und sprach kein Wort mehr. Er starrte traurig und beschämt in eine Ecke. Der Wirt setzte sich wieder zu seinem Spezl an den Stammtisch. Sie flüsterten irgendwas. Fink unterstrich auf seinem Zettel den Punkt »Überprüfung der Beichtgeschichten«, was bedeutete, dass dieser Punkt eigentlich erledigt war. Dann fragte er den Pfarrer.

»Und, Paul, glaubst immer noch, dass Carmen die Mörderin ist?«

Der auf diese Weise und erstmals seit langem mit seinem Vornamen angesprochene Kreinhuber schüttelte nur den Kopf und meinte dann: »Weißt du, Werner. Diese Frau hat recht. Ich bin ein Feigling gwesn und hab aus Angst geurteilt. Die Carmen ist unschuldig wie ein Osterlamm. Und ich werd sie in Zukunft besser behandeln, auch wenn ich sie nicht mehr so lange durchgehend anschauen werd. Außerdem ist mir selber eingefallen, dass bei der letzten Gelegenheit vor Ostern keiner von den Verdächtigen bei mir gebeichtet hat, weil sie eben offenbar vorher schon beim Hias warn.« Das untermauerte die Aussagen Carmens. Fink dachte aber schon an die nächsten Schritte.

»Wir können jetzt jedenfalls sicher sein, dass bald der ganze Ort von unserem Gespräch mit Carmen erfährt, denn dafür werden der Wirt und der Postler sorgen. Das wird den Täter ein bisschen unter Druck setzen – und wenn ein Täter unter Druck ist, dann macht er meistens einen Fehler«, erklärte Fink dem Pfarrer.

Dieser lobte die Klugheit des erfahrenen Ermittlers heute schon zum zweiten Mal anerkennend. Nun sollte aber trotz allem das Lieserl befragt werden, ebenso wie der Journalist der Bezirksnachrichten, der den Artikel über Hias in London verfasst hatte. Man einigte sich darauf, sich diese beiden Arbeitsschritte aufzuteilen. Kreinhuber übernahm das Lieserl. Fink wollte mit dem Journalisten reden, dessen Namen und Adresse er vom Pfarrer, der ihn von dem kuriosen Interview her ja kannte, bekommen hatte.

Kapitel 29

Nachdem Kreinhuber und Fink den Gasthof verlassen hatten, stellte der Wirt Karl Grundner seinem Freund, dem Postillion, ein Schnapserl hin und schenkte sich selber auch eins ein. Sie kippten das Gläschen schnell hinunter, denn als Wirt und als Postler war man geeicht und es war eine Ehrenfrage, dass man Schnäpse ex aussoff und nicht lange herumfackelte. Grundner schaute sich in seinem eigenen Wirtshaus noch einmal vorsichtig um. Nachdem er sicher war, dass sich außer dem Fux kein Gast mehr darin befand – weder vor dem Klo noch hinter dem Schanktisch noch unter einem der Wirtshaustische – fing er zu reden an.

»Na, Franz, was sagst jetzt?« Der Briefträger hatte eine ganz eigene Art, zu kommunizieren. Es war nicht leicht, aus ihm was Gehaltvolles rauszuquetschen. Vor allem antwortete er fast immer mit einer Gegenfrage.

»Ja, Karl, was soll ich da sagen?« Der Wirt, der dieses Spielchen schon seit vielen Jahren und von unzähligen Kartenrunden und

Schnapslereien kannte, hatte nur auf diese Gegenfrage gewartet, um zu einem längeren Monolog auszuholen.

»Die alte Zigeinerin hat was erzählt von Beichten, von denen der Hias wusste. Das heißt, der Bursch hat Bescheid gewusst über alle möglichen Sünden hier im Ort. Nur gut, dass ich selber nicht hingangen bin. Wahrscheinlich hat ihm deswegen irgendwer den Garaus gmacht. Ja, ja, so wird's gewesen sein. Irgendwer ist vom Hias erpresst worden wegen einer gebeichteten Sünd. Und dieser Irgendwer hat ihm dann aufgelauert und erstochen.«

An dieser Stelle schaute Fux auf. »Wieso erstochen? Ist der nicht mit einem Ei erstickt worden?«

Dem Wirt war dieses Detail nicht so wichtig, denn Wirten sind in der Regel die Details ziemlich egal. Hauptsache, es gab ein interessantes Gerücht, das man am Stammtisch verbreiten und mit dem man vielleicht auch neugierige Gäste anlocken konnte. Deswegen ignorierte er den Einwand des pedantischen Briefträgers.

»Also, dieser Irgendwer ist also der Mörder. Aber wer ist denn dieser Irgendwer?«, fragte er.

»Ja, wer ist denn dieser Irgendwer? Vielleicht ist dieser Irgendwer der Mörder?«

Die beiden Männer hatten mit diesem monologhaften Dialog also ihre Feststellungen getroffen. Sie vermuteten wie Fink, dass der Mord mit den Beichten zusammenhing, von denen auch Carmen berichtet hatte. Wieder nahm Grundner die Schnapsflasche und schenkte nach. Der Postfux nickte kurz, stieß sein Gläschen an das des Wirten und schüttete sich die Medizin in den Rachen. Nach längerer Pause bemerkte er: »Solln wir das nicht dem Doktor und dem Grufti erzählen, das mit den Beichten?«

Der Wirt fand diese Idee sehr gut. Er wollte darauf anstoßen und schenkte daher nach. Ex und weg. Dem Franz Fux lag aber noch was im Magen: »Du, Karl, ich glaub, wir hätten gegenüber der Polizei da nicht lügen sollen letztens.«

Grundner verstand nicht gleich.

»Ja, weißt schon. Wegen dem Alibi von den beiden. Die sind

doch schon viel früher gegangen an dem besagten Abend.«

Der Wirt machte eine wegwerfende Handbewegung.

»Aber was. Die beiden haben mit dem Mord doch nichts zu tun. Die waren doch stockbesoffen, als sie gegangen sind. Ein paar Stunden auf oder ab, das ist doch nicht gelogen.« Da hatte der Wirt zwar sicher recht, aber dem Briefträger war dennoch nicht ganz wohl bei der Sache. Er war ein ehrlicher Mann, grundehrlich. Und er hatte in seinem Leben fast nie gelogen, außer in absoluten Notsituationen. Wie die meisten Hintersteiner glaubte auch er daran, dass es irgendeine höhere und strafende Instanz gab, die man nicht verärgern durfte.

Deswegen war ihm einfach nicht ganz wohl dabei, dass er auf Finks Frage nach dem Alibi der Kartenrunde damals wie folgt geantwortet hatte: »Na ja, Herr Inspektor. Wir waren alle stockbesoffen an diesem Abend und sind da ewig lang gesessen, bis vier oder fünf in der Früh. Ich weiß das nicht mehr so genau.« An dieser Aussage war eines richtig, nämlich dass er es nicht mehr so genau wusste. Was sicher nicht stimmte, war die Uhrzeit. Denn jedenfalls der Doktor und der Totengräber waren schon wesentlich früher gegangen, spätestens um Mitternacht. Aber die beiden hatten den Postler inständig darum gebeten, die Aussage genau so zu tätigen, wie er es tat.

»Weißt eh, Franz. So ein Polizist kommt auf die wildesten Ideen, wenn es kein Alibi gibt. Wenn du ihm sagst, dass wir früher gegangen sind, dann glaubt der noch, wir hätten mit dem Mord was am Hut. Das würde unser Image ja völlig zerstören, auch wenn es noch so falsch ist. Meine Familie wäre am Ende. Unser Ruf, unser Haus. Alles müssten wir aufgeben, nur weil du uns nicht geholfen hast.«

So hatte der Dr. Metzger damals mit dem Franz gesprochen und hinzugefügt: »Welcher Arzt würd dir denn dein Viagra verschreiben, wenn ich nicht mehr wär, Franz? Das zahlt sich doch nicht aus.« Mit dieser letzten Frage war endgültig klar, dass eine kleine Halbwahrheit behauptet werden musste. Jetzt plagte den Armen wegen dieser blöden Lappalie dann doch ein wenig das Gewissen. Der Wirt merkte das und schenkte daher noch zweimal, dreimal, viermal nach, so dass es dem Postfux bald wieder besser ging.

Kapitel 30

Fink machte sich auf den Weg zur Redaktion der Bezirksnachrichten. Er wollte rausfinden, was es mit der Geschichte um den Hias in London auf sich hatte. Als er in das Büro von Max Stifter eintrat, saß dieser gerade mit einem dicken Verband um den Kopf am Schreibtisch. Es hatte kurz zuvor nämlich eine neue Welle an Empörungsanrufen gegeben, die den Schreiberling aufs Neue zu einem nutzlosen Kamillenumschlag veranlasst hatten.

»Wenn Sie sich beschweren wollen, dann sind Sie hier falsch. Der Kollege, der den Artikel verfasst hat, ist auf Urlaub«, sagte Stifter präventiv, ohne zu wissen, wen er vor sich hatte.

»Inspektor Fink, ich habe einige Fragen an Sie.« Der andere erschrak ein wenig, obwohl er mit einem solchen Besuch schon gerechnet hatte.

»Sind Sie verletzt?«, fragte der Inspektor und zeigte auf die komische, unprofessionelle Bandage am Kopf des Journalisten. Fink dachte sofort an Handgreiflichkeiten, vielleicht sogar an einen Kampf mit einem sich wehrenden Koch.

Doch der andere antwortete wahrheitsgemäß: »Ach, Herr Inspektor, Sie wissen ja gar nicht, was ich an Beschwerden und Vorwürfen per Telefon hinnehmen muss. Mir ist das Ohrwaschel schon so angeschwollen, dass ich mir eine Bandage gemacht hab. Wissen Sie, meine Tante hat immer gesagt, dass Kamille alles heilt.«

Der schrullige Satz war für Fink ein sicheres Zeichen dafür, dass Stifter kein Mordkomplize, kein Mitwisser und sicher kein Mörder war. Fink hatte ja ein Gespür für finstere Gesellen, und dieser Mensch, der ihm nun gegenüberstand, konnte garantiert keiner

Fliege was zu Leide tun. Er musste aber dennoch was wissen: »Machen wir es kurz, Herr Stifter. Sagen Sie mir, was es mit dieser erlogenen Geschichte auf sich hat. Dann bin ich zufrieden, und Sie können sich wieder ausruhen.«

Stifter hatte sich nach der Drohung von Herrn Meissner schon was zurechtgelegt: »Tja, das war wirklich eine blöde Geschichte, Herr Inspektor. Ich erhielt ein anonymes E-Mail von irgendeinem Anonymen mit der Information, dass der vermisste Pfarrerskoch in London wäre. Das Foto war als Anhang am Mail drangehängt. Für mich war das Beweis genug. Als Journalist einer kleinen Zeitung braucht man gute Geschichten, sonst ist man zum Scheitern verurteilt. Diese Geschichte war sensationell. Ich wollte gar nicht wissen, ob sie stimmt oder nicht. Und jetzt beschuldigt und verdächtigt man mich. Sie können sich gar nicht vorstellen, wie schlimm das für mich ist.«

Fink machte eine mitfühlende Kopfbewegung.

»Und dieser anonyme E-Mailer hat keinen Namen genannt?«

Stifter schüttelte den Kopf.

»Sonst wäre er ja nicht mehr anonym«. Da hatte er freilich recht. Der Inspektor ließ aber nicht locker.

»Sie haben doch dem Pfarrer Kreinhuber im Interview gesagt, dass Sie einen Kontaktmann haben. Dann haben Sie zumindest also seine E-Mail-Adresse, nicht wahr? Ich darf Sie also bitten, mir diese zu nennen und mir einen Blick in Ihre Mails zu gewähren.« Damit hatte der rasende Reporter nicht gerechnet.

»Ach so, na ja, das geht jetzt aber leider nicht. Ich hab seine Mail-Adresse leider verloren, wissen Sie, man löscht solche Informationen schnell und dann hat man nichts mehr in der Hand. In dieser schnelllebigen Internetzeit ist das so. Heut eine Info, morgen ist sie schon wieder veraltet, und alle Spuren sind futsch. Tut mir leid, Herr Inspektor.«

Fink wusste, dass er da nicht viel machen konnte. Er hätte sich die richterliche Genehmigung holen können, alle Mails einzusehen, aber das wäre unnötig kompliziert gewesen. Da er den schwachen Charakter seines Gesprächspartners längst erkannt hatte, versuchte er es anders:

»Herr Stifter, Sie belügen mich doch, nicht wahr? Schauen Sie, mir können Sie nichts vormachen. Man hat Sie eingeschüchtert, Ihnen gedroht. Aber ich kann Ihnen auch Angst machen, denn Sie decken hier womöglich einen Mörder. Was das heißt, wissen Sie ja wohl. Wir sind außerdem über andere Machenschaften von Ihnen im Bilde, wir kennen Ihre Kontakte ziemlich gut. Also, packen Sie aus und geben Sie mir den Namen des Mannes, der Ihnen diese Geschichte erzählt hat.«

Stifter war offensichtlich sehr verunsichert, aber die Angst vor Sir John war noch größer als jene vor einer möglichen Strafe. Immerhin wäre es besser, ins Gefängnis zu gehen und dort vielleicht eine kleine Häfn-Zeitung herauszugeben, als von diesem wahnsinnigen Meissner umgebracht zu werden.

»Beim besten Willen, Herr Inspektor. Ich kann Ihnen nicht helfen, weil der Anonyme eben partout seinen Namen nicht sagen wollte. Tut mir leid.«

Fink wurde ein wenig ärgerlich, denn normalerweise hatte er, der ja vieles mit einem edlen Adler gemein hatte, mit solchen Angsthasen leichtes Spiel und bekam die Auskünfte so, wie er sie haben wollte. »Hören Sie zu, Herr Stifter. Ich sag's jetzt ein letztes Mal. Wir wissen ohnehin, wer diese Geschichte erfunden hat. Wir wissen auch, dass Sie mit dieser Person in sehr engem, beruflichen Kontakt stehen. Geben Sie also zu, dass es Hubert Deutscher war, der mit Ihnen diese Lüge ausgeheckt hat!«

Nun geschah etwas Kurioses. Fink war sich ziemlich sicher gewesen, dass Deutscher für die London-Geschichte verantwortlich war, was aber nicht stimmte. Der Kommissar erwartete sich eine Bestätigung seines Verdachts, während der Journalist durch diese Vermutung völlig verdutzt war und aus dem Konzept geriet.

»Wie kommen Sie denn darauf?«, stotterte er. »Der Hubert hat damit nichts zu tun. Der mag doch die Engländer überhaupt nicht und war noch nie in London.« Dieser Satz wiederum löste bei

Fink den Knoten, und es fiel ihm plötzlich ein, dass es ja einen unter den Verdächtigen gab, der ein äußerst großer London-Fan war und ständig dorthin reiste. Bis jetzt war der Schuldirektor Meissner nur ein Verdächtiger zweiten Ranges gewesen, denn seine gebeichteten Sünden hatten keine allzu schweren Delikte beinhaltet. Nun aber ging dem Alpencop ein Lichtlein auf. Wer hätte denn auf die Idee kommen können, gerade London als Ziel zu wählen, wenn nicht Sir John?

»Herr Stifter, ich sage Ihnen jetzt einen Namen, und Sie müssen nichts weiter tun, als zu nicken, wenn ich richtig liege: Johann Meissner.«

Stifter war verängstigt und verwirrt, vor allem aber war er überrascht darüber, dass Fink den Informanten plötzlich kannte. Daher nickte er stumm und mit einem gewissen Gesichtsausdruck des Schuldbewusstseins. Ohne einen Gruß verließ der Inspektor die Redaktion und machte sich auf den Weg zurück nach Hinterstein.

Kapitel 31

Das Weidenstätter Lieserl war gerade dabei, im Pfarrhof ein wenig aufzuräumen, als der Kreinhuber plötzlich vor ihr stand. Sie erschrak über dieses unerwartete Auftauchen des Pfarrers, fing sich aber rasch vom Schreck und sagte charmant wie immer.

»Na, Herr Pfarrer, jetzt haben S′ mich aber erschreckt!«

Kreinhuber lächelte ein wenig. Er fühlte sich schlecht. Zum einen musste er spionieren und das Lieserl ausfragen, das er doch so gerne mochte und von dessen Unschuld er überzeugt war. Zum anderen hatte er Angst davor, als Amateur-Kommissar zu versagen und nicht die von Fink erhofften Informationen zu erhalten. Gleichzeitig fürchtete er, zu viele und zu schreckliche Informationen zu erhalten, und zwar solche, die für das Lieserl belastend waren. Und wenn sie wirklich was mit dem Mord am Hias zu tun hatte? Das wäre ja so undenkbar grauenhaft für den Kreinhuber gewesen: Er hätte dann nicht nur in kürzester Zeit den zweiten schweren kulinarischen Verlust erlitten, sondern sich ja durch die Wiedereinstellung der früheren Köchin quasi mitschuldig gemacht am Mord. Sein Herz klopfte ihm bis zu den Schläfen und ins letzte Geheimratseck, und er wusste nicht, wie er das Verhör so unauffällig wie möglich gestalten sollte. Das Lieserl durfte auf keinen Fall denken, dass der Pfarrer sie verdächtigte. Nach langem Hin und Her fing er endlich an.

»Lieserl, du braves Kind, du weißt ja, dass der Hias gestorben ist.« Das war so ziemlich die blödeste Eröffnung, die man sich vorstellen konnte. Die Pfarrersköchin starrte ihn verdutzt an. Kreinhuber versuchte es noch einmal.

»Sag, Elisabeth, wo warst du denn… das heißt, ich wollte fragen, wo bist du denn gewesen als…«

Die Weidenstätterin kapierte überhaupt nicht, was der Gottesmann von ihr wollte. Ihr Blick war fragend und erstaunt. Kreinhuber konnte es nicht, das war ihm klar. Der nächste Versuch verlief nicht besser.

»Tja, was ich dich fragen wollte, wo warst du denn…. Das heißt, wo ist eigentlich das kleine Margaretherl?«

Nun lachte die Elisabeth erleichtert auf. »Hochwürden, ich glaub, Sie sind vor lauter Hunger schon ein bissl verwirrt. Die Margreth ist heut bei ihrer Oma. Aber ich werde Ihnen jetzt eine anständige Mahlzeit machen, damit Sie wieder klarer denken können.«

Kreinhuber hatte nichts dagegen, obwohl er ja schon beim Dorfwirt gegessen hatte. Aber er brauchte eine kleine Pause, damit er das Fragendesaster überwinden konnte. Das Lieserl zauberte in Null-Komma-Nix ein leckeres Tirolergröstl in der Pfanne, so wie es ihr Arbeitgeber Hochwürden am liebsten hatte. Als sie es dem vermeintlichen Ermittler mit einem erlesenen Messwein kredenzt hatte, fasste dieser neuen Mut und machte den nächsten

Anlauf. Diesmal verhielt er sich geschickter.

»Es war sicher eine schwierige Zeit für dich, Elisabeth, als du damals so geschmäht wurdest und deinen Job verloren hast«, begann er. Das war das erste Mal, dass der Pfarrer diese leidige Geschichte ansprach. Das Lieserl war irgendwie froh darüber, denn bis dato lag es unausgesprochen in der Luft – diese ganze Geschichte mit dem Gumphauser.

»Ja, freilich, Hochwürden. Und ich bin Ihnen ja so dankbar, dass Sie mir die Möglichkeit gebn haben, endlich wieder kochen zu dürfen. Ich hab ja so auf diese Gelegenheit gewartet«. Das klang in den Ohren des Pfarrers schrecklich, denn es nährte den schlimmen Verdacht, den Fink geäußert hatte.

»Sag, hast du den Matthias eigentlich gut gekannt? Der muss dir ja doch hin und wieder über den Weg glaufen sein, nicht wahr? Hast dich sehr gekränkt, dass er deine Stelle kriegt hat?«

Nun senkte das Lieserl den Kopf. »Nein, ich hab ihn kaum gekannt, Herr Pfarrer. Ein bissl schon, ganz flüchtig. So wie man sich halt kennt in Hinterstein. Aber beneidet hab ich ihn, mein Gott. Das geb ich zu. Sie können sich ja gar nicht vorstellen, wie schwer das ist, wenn man allein ist mit einem Kinderl ohne Mann. Da war ich schon neidisch auf den, der mir meine Stelle abspenstig gmacht hat.« Schuldbewusst blickte sie dem Kreinhuber in die Augen. Dieser fühlte ihren Blick wie einen Stich in seiner Brust. War das ein Geständnis? War das der Blick einer Mörderin, die zu einer schrecklichen Tat getrieben wurde durch die Schuld zweier Kirchenmänner, die Schuld des Gumphauser und des Kreinhuber?

Der Pfarrer stocherte verunsichert in der Pfanne herum. Ihm war klar, dass er mit seinen Fragen nun die allerschlechtesten, zutiefst verborgenen und verdrängten Erinnerungen eines Menschen an die Oberfläche gebracht hatte. Unbewusst hatte er deshalb auch das frische Gröstl beiseite geschaufelt und kratzte nun die angebrannte Kruste vom Boden. Eine betretene Stille war in der Küche eingekehrt. Wie sehr wünschte sich der Pfarrer, dass das

Margaretherl bei der Tür hereinkommen und die ganze Situation mit ihrer kindlichen Art auflösen würde. Doch das Margaretherl war nicht da und so würde dieser Kelch an unserem Pfarrer nicht vorübergehen, so sehr er es sich wünschte. Irgendwie musste er sich aus dieser ihm so unbekannten und unbeliebten Rolle des Ermittlers selber hinausmanövrieren und die endgültige Bestätigung des Lieserls herbeiführen.

Das Beste am Gröstl, also die Kruste, hatte er fein säuberlich auf einer Seite der Pfanne aufgetürmt. Auf der anderen Seite hatte er das mittlerweile erkaltete Gröstl mit Speck deponiert. Er sah von der Pfanne auf und direkt in das verzerrte Gesicht der Elisabeth, in dem sich in einem Sekundenbruchteil die gesamte Verzweiflung ihres erst kurzen Lebens widerspiegelte. An der Wange konnte er eine Träne erkennen, die am Ende einer halb eingetrockneten Spur, von ihren rehbraunen Augen ausgehend, hing. Unser Laienkommissar Kreinhuber hatte plötzlich das zur vorliegenden Situation wohl unpassendste Lied im Kopf: »Rehbraune Augen hat mein Schatz«. Dieser blöde Gedanke bescherte ihm innerlich noch mehr Unbehagen und schlechtes Gewissen gegenüber seiner Köchin.

Das Lieserl würdigte den Pfarrer mit keinem Blick, obwohl er doch eigentlich ein Würdenträger war, ja sogar ein Hochwürden. Aufgrund dieser Missachtung und zur Herstellung des ursprünglichen harmonischen Zustandes musste er das Gespräch wieder aufleben lassen und das Eis der Stille brechen. Nicht aber ohne zuvor noch eine Gabel vom Gröstl und einen Schluck Messwein genommen zu haben, sozusagen, um Mut für den Schlussakt zu fassen. Kreinhuber genehmigte sich eine große Gabel der wunderbaren Kruste und griff zum Kelch, der sinnbildlich zwischen ihm und der Köchin gestanden hatte. Aber noch bevor er ansetzen konnte, verschluckte er sich an der staubtrockenen Gröstlkruste und bekam einen schrecklichen Hustenanfall. Das Lieserl, mittlerweile aus ihrer traurigen Lethargie erwacht, schlug ihm mit ihrer zarten, kleinen Hand auf den Rücken, damit er sich erhole.

Die Schläge dieser jungen Frau waren aber überraschend stark ausgeführt, mit der Kraft einer Köchin, die tagtäglich totes, rohes Fleisch zu einem Schnitzel klopft, so dass der Kreinhuber sofort an die Beule am Kopf des toten Hias und an die Worte des Fink denken musste. Während er noch hustete, überkam ihn die völlige Sicherheit, dass sie es gewesen sein musste. Sie hatte ein Motiv, ein wunderbares, perfektes Motiv. Sie hatte unerwartete Kräfte, die auch Männer erschüttern konnten, und sie hatte ein Lächeln, das sie vor Verdächtigungen schützte. Ja, plötzlich schien es dem Kreinhuber sonnenklar. Elisabeth Weidenstätter war die Mörderin. Wer sonst hätte es sein können? Das Lieserl, wer sonst? Das Lieserl! 'S Lieserl! Pfarrer Paul steigerte sich in diese Feststellung so hinein, dass ihm das Wort »Lieserl« in seinem Kopf im Kreis umherschwirrte. Dabei wurde ihm so schwindlig und daslig, dass er seinen Husten- und Brechreflex verlor und bald darauf auch sein Bewusstsein.

Mit weit geöffnetem Mund kippte er vornüber und schlug mit dem Kopf in der Pfanne auf. Die aufgehäuften Erdäpfel des Gröstls dämpften den Aufprall. Gott sei Dank mochte Kreinhuber lieber die weichen, mehligen Kartoffeln. Nicht auszudenken, was passieren hätte können, wenn es speckige gewesen wären. Das Lieserl hob vorsichtig seinen Kopf, brachte den Oberkörper wieder zurück in die Ausgangsposition und schlug mit voller Kraft und flacher Hand immer wieder gegen Kreinhubers Rücken, aber es nützte nichts. Ganz im Gegenteil: Der massige Mann in schwarzer Kutte fiel plötzlich vom Eck der Eckbank auf den Boden und blieb reglos liegen.

Kapitel 32

Als Fink in das Vorhaus des Pfarrhofes trat, war es unangenehm still. Irgendetwas lag in der Luft. Er wollte seinen Schulfreund

und Hobby-Dr.-Watson rasch abholen, damit sie gemeinsam zum neuen Hauptverdächtigen, dem Schuldirektor Johann Meissner fahren könnten. Denn was der Journalist Stifter dem Kriminaler berichtet hatte, war wirklich mehr als belastend für den eleganten Sir John. Dieser hatte dem Schreiberling eine erstunkene und erlogene Story serviert – sicher, um eine falsche Spur zu legen. In dem großen, kantigen Gebäude mit den dicken Mauern war es mucksmäuschenstill. Das war eigenartig, denn eigentlich turnte hier meistens irgendwo das Margaretherl singend herum. Außerdem sollte laut Abmachung ja der Pfarrer das Weidenstätter Lieserl aushorchen und dann dem Inspektor davon berichten. Es musste jemand da sein. Noch dazu war die Eingangstür unversperrt. Doch es waren keinerlei Geräusche zu vernehmen. Ein düsteres Gefühl sagte Fink, dass etwas faul sein musste. Deswegen schlich er jetzt auf leisen Sohlen in Richtung Küche, dorthin, wo sich der Pfarrer für gewöhnlich am häufigsten aufhielt, wenn er nicht gerade schlief. Wäre Fink einer von den wilden Cops aus den Hollywood-Filmen gewesen, dann hätte er jetzt seine Waffe gezückt und sich mit einem waghalsigen Sprung und einer Judo-Rolle dem verdächtigen Raum genähert. Aber das schien ihm doch etwas übertrieben. Selbst wenn ein Bösewicht in der Nähe war – ja, selbst wenn es der mutmaßliche Mörder Johann Meissner sein sollte – dann wäre der Einsatz von Feuerwaffengewalt immer noch gut abzuwägen gewesen.

Auf leisen Sohlen also schlich der Fink nun wie eine Katze, die er als Vogelliebhaber überhaupt nicht mochte, Richtung Küchentür. Diese stand, wie er vom Treppenabsatz aus schon erkannte, offen. Als er sich an der Wand des Flures entlang näher heranpirschte, erkannte er auf dem Küchentisch ein Pfandl, auf dem noch eine gute Portion Gröstl lag. Zwar etwas »eingedetscht«, aber immerhin. Das war äußerst verdächtig. Der Pfarrer Kreinhuber ließ nie auch nur ein einziges Bröserl von seinem Mahl übrig. Das wäre für ihn schlimmer als Blasphemie gewesen. Denn das Essen war eine Gottesgabe und man durfte nicht verschwenderisch mit ihm umgehen, wie er stets sagte. Seit Fink den Kreinhuber kannte – also schon seit vielen Jahrzehnten – hatte er es nie erlebt, dass er irgendetwas übrig gelassen hätte. Nicht einmal dann, wenn ihm was nicht schmeckte. Nein, der Pfarrer aß ständig alles auf, und das nicht nur aus Appetit und Gusto oder gar Heißhunger, sondern aus religiösem Prinzip. Dass hier noch ein Gröstl-Restl übrig war, war kein gutes Zeichen.

Endlich war der Ermittler so nahe an der Küche, dass er den Raum einigermaßen überblicken konnte. Er erkannte, dass sich hinter dem Tisch, und somit von diesem ein wenig verdeckt, etwas abspielte. Leise betrat er nun die Küche, und endlich konnte er alles erkennen, obwohl er nichts verstand. Denn was er sah, überstieg seine kriminalistische Vorstellungskraft bei weitem, und er wusste nicht, ob er wachte oder träumte.

Der Kreinhuber lag auf dem Rücken am Boden. Die Füße waren in unnatürlicher Stellung überkreuzt. Neben seinem Kopf lagen mehrere Stückchen Gröstl herum. Das Schlimmste aber: Das Weidenstätter Lieserl kniete neben dem Pfarrer und küsste ihn direkt auf den Mund. Was hatte das zu bedeuten? In Sekundenschnelle huschten tausend Gedanken durch den Kopf des Vogels Fink. War das Lieserl verrückt, vielleicht gar pervers, und hatte sie zuerst den Pfarrer gemordet, um ihn dann sexuell zu missbrauchen? Womöglich hatte sie dasselbe grausige Spiel auch schon mit dem Hias getrieben – ihn zuerst mit Eiern – wohlgemerkt: mit Eiern! – also auch mit etwas Essbarem erstickt und ihn dann minutenlang abgeschmust? Hatte sie nun den Kreinhuber mit Gröstl gekillt, um ihn in seinem Tode willig zu machen? Oder war der Pfarrer selbst schwach geworden gegenüber den Verführungen der jungen Frau und küssten sie sich gerade innig? Sollte der Kleriker gar sein Zölibat aufgeben wollen, um das Lieserl, diese verführerische Köchin, zu ehelichen? Oder hatte er womöglich genau aus diesem Grunde selber den Hias beiseite geschafft, um die Affäre, die er schon lange hatte, vertuschen zu können? Diese furchtbaren Gedanken schossen durch das Spatzenhirn des Fink. Und das alles in

Sekundenbruchteilen. Noch ehe er sich sammeln konnte, brach das kleine Margaretherl, das fröhlich hereingelaufen kam, weil ihre Oma es gerade zurückgebracht hatte, in das kuriose Szenario herein und rief. »Mama, Mama, was machst du denn da mit dem Onkel Paul?«

Das Lieserl schaute auf. Jetzt erst bemerkte Fink, dass ihr Gesicht tränenüberströmt war. Die Arme hatte nur versucht, den Pfarrer wiederzubeleben, aber da sie wenige medizinische oder ersthelferische Kenntnisse hatte, war die Mund-zu-Mund-Beatmung erfolglos geblieben.

»Um Gottes Willen«, sagte sie nun in Anbetracht des Inspektors, »so helfen Sie mir doch, der Pfarrer ist am Sterben!«

Endlich löste sich die Lähmung des Ermittlers, und er verstand, was sich da vor seinen Augen abspielte. Rasch schob er das Lieserl beiseite, beugte sich selbst über seinen alten Freund, tätschelte ihm die Wange und musste dann – auch wenn es eine große Überwindung war – eine echte Mund-zu-Mund-Beatmung durchführen. Ähnlich eines Rotkehlchens, welches seine Jungen füttert, presste Fink seinen Schnabel auf den Mund des Pfarrers und führte die Reanimation durch. Glücklicherweise wirkte diese rasch.

Es stellte sich heraus, dass die Ohnmacht gar nicht aufgrund eines steckengebliebenen Speckwürferls oder Erdapfels verursacht war. Die Speisereste dürften beim Aufprall auf den Boden aus seinem Mund gekollert sein, drum lagen sie jetzt ja auch neben ihm. Nein, seine Bewusstlosigkeit war dem Schock über den Verdacht gegenüber seiner Köchin gefolgt. Das konnte er vorerst aber nicht preisgeben, solange das Lieserl anwesend war. Sehr irritiert über Fink, der über ihn gebeugt neben ihm kniete und sich den Mund abwischte, richtete sich der Pfarrer nun langsam auf. Er hatte höllische Kopfschmerzen, und in seinem Gesicht klebten links und rechts kleine Kartoffelstückchen, auf der Stirn zwei Speckwürfel. Mit diesen sah er aus wie die Luzifer-Puppe vom Kasperltheater des Margaretherls. Diese dachte ihrerseits, Mutter und Onkel hätten ein Schminkspiel gemacht und war ziemlich angefressen, weil es nicht zum Mitspielen eingeladen worden war. Kreinhuber hielt sich den Kopf und war sehr verdattert.

»Wo bin ich denn?«, stammelte er. Als er über den Tischrand heraufkam, fragte er erbost. »Warum hab ich denn mein Gröstl nicht aufgegessen? Das geht nicht an, dass ein Pfarrer was übrig lässt.« Er setzte sich halb verwirrt wieder an den Tisch und aß weiter.

Fink, der sich zumindest ein Dankeschön für die Lebensrettung erwartet hätte, setzte sich dazu und ließ seinem Freund ein wenig Zeit, sich zu sammeln. Unterdessen brachte das Lieserl ihre Tochter auf ihr Zimmer. Das Wesentliche nicht aus den Augen verlierend, rief Fink den in mehrerlei Hinsicht »Gefallenen« nach dem letzten Bissen wieder zur Ordnung, besser gesagt zur Tagesordnung: »So, jetzt schick dich, Kreinhuber. Wir haben einen wichtigen Weg vor uns.«

Kapitel 33

Die Stunden, die der Kreinhuber für das Lieserl-Verhör und der Fink für das Gespräch mit dem Journalisten verbracht hatten, ließ auch der Postmann Franz Fux nicht ungenutzt. Er wollte die wichtigen Informationen über das Gespräch zwischen Carmen, dem Pfarrer und dem Kommissar an den Totengräber Gruber und den Arzt Dr. Metzger weiterleiten. Daher machte er sich gleich nach dem Wirtshausbesuch, den er mit mehreren Stamperl Schnaps intus beendet hatte, auf den Weg zum Hause des schwarz gekleideten Gräbers. Er hatte Glück, der Fux, denn erstens war die Behausung des »Stoffs« ja nur um die Ecke vom »Zum Hinteren Stein«, und ein weiterer Fußmarsch hätte dem schwer Angeheiterten heute nicht mehr zugesagt. Zweitens sah er, als er hinkam, das Auto des Arztes vor dem Haus stehen. Offensichtlich hatten der Doktor und der Gruber grad ein Stelldichein. Der Postillion achtete darauf, dass ihn vom nahe gelegenen Pfarrhaus aus niemand sehen konnte, denn er hätte nicht gewollt, dass der Kreinhuber oder gar der Fink ihn hier entdeckten. Listig und noch immer berauscht blickte er um sich, ehe er auf die Klingel drückte. Ein Mal und dann ein zweites Mal. Wenn der Postfux zweimal klingelt, dachte er bei sich, dann bringt er die Post nicht schriftlich vorbei, sondern dann bringt er eine stille Post. Bei diesem blödsinnigen Gedanken grinste er breit in sich hinein. Der Franz Fux war zwar kein Poet, konnte sich aber durchaus zu einem Wortspiel, wenn auch nur zu einem einfachen, hinreißen lassen.

Es dauerte geraume Zeit, bis der schleppende Gang des Totengräbers diesen bis zur Türe hingeführt hatte. Endlich machte er auf.

»Was willst denn du da, Postillion? Hast noch an Brief für mich oder willst Karten spielen?«

»Lass mi eini, Gruber. Ich muss dir und dem Doktor was Wichtiges erzählen. Es geht um den Mord.«

Der Grufti reckte den Hals und somit den Kopf bei der Tür heraus, schaute nach links und nach rechts und dann besonders lange und genau in Richtung Pfarrhaus. Als er sicher war, dass niemand die Szene beobachtete, ließ er seinen Kartenfreund eintreten. In der Stube saß Dr. Metzger, der gerade ordinationsfreie Zeit hatte. Er trank eine Tasse Kaffee und schaute überrascht, als er sah, wer da hereinkam.

»Ich weiß was über das Mordmotiv, stellt's euch vor«, begann der Postmann. Gruber und Metzger sahen sich fragend an.

»Die Carmen, diese Zigeinerin, hat erzählt, dass der Hias was gwusst hat über die Beichten von allerhand honorigen Leuten im Ort. Wahrscheinlich war das der Grund, warum ihn irgendeiner von diesen Sündern umbracht hat. Ich hab mir dacht', dass euch das interessiert, weil damit könnt ihr ja beruhigt sein. Der Salzburger Bulle wird die Mörder bald gfunden habn. Dann kehrt endlich wieder Ruhe ein im Ort.«

Der Mediziner zuckte unwillkürlich mit dem rechten Auge. Das irritierte den Briefträger. Er glotzte, wie er heute im Gasthof schon auf den Fleck vom Kreinhuber geglotzt hatte, unverhohlen auf das zuckende Aug des Arztes. Dann zeigte er mit dem Finger hin und fragte: »Sag, Herr Doktor. Hast du a Problem mit deinem Aug? Des zuckt ja wie ein kaputter Blinker von einem Auto.«

Metzger fing sich langsam wieder und lächelte mild und ruhig.

»Gut gemacht, Franz, dass du uns das gleich erzählt hast. Aber sag, hat diese Carmen irgendwelche Namen genannt?«

»Leider nit, Herr Doktor. Sie hat gsagt, sie kann sich nit so genau erinnern und der Hias hätt keinen Namen gsagt. Aber sie hat gsagt, dass sie mit dem Toten in Kontakt treten wird, um ihn zu befragen, hat sie gsagt.«

Der Totengräber saß die ganze Zeit über wie versteinert am Tisch – nur von Zeit zu Zeit schenkte er dem Postler ein Glaserl Schnaps ein, womit dieser am heutigen Tag sicher schon auf seine 15 bis 20 Stamperl kam. Jetzt erhob der Schwarze seine Stimme.

»Das Zigeiner-Weib wird sich schon noch anschaun. So heidnische Rituale, so eine Schweinerei«, sagte er mit bebenden Lippen.

Da protestierte in seinem Rausch überraschend der Postfux: »Geh, hör auf zum Schimpfen. Die Carmen hat Fähigkeiten, die wir nit haben. Die kann die Wahrheit rausfinden, glaub mir das. Die kommt schon drauf, wer das gewesen ist.« Er kippte den nächsten Spiritus in sich hinein, dann stand er auf und ging, denn er war der Meinung, seine Schuldigkeit getan zu haben.

»Bleib ruhig«, sagte Dr. Metzger nach dem Abschied des Postlers zu seinem Freund, dem Totengräber.

»Die Carmen weiß doch nix. Und ich bin mir sicher, dass sie auch nix in Erfahrung bringen kann.«

Kapitel 34

Inspektor Werner Fink erzählte während der Autofahrt zum Hause von Johann Meissner seinem Freund, dem Pfarrer Kreinhuber, von dem Gespräch mit Max Stifter. Dieser war so erleichtert darüber, dass es nun einen Hauptverdächtigen gab, welcher nicht das Lieserl war, dass er dem Polizisten gleich während der Fahrt ein Busserl aufgedrückt hätte, wäre da nicht die Geschichte mit der Mund-zu-Mund-Beatmung noch peinlich in Erinnerung gewesen. Deshalb sagte er nur:

»Mein lieber Schwan, da bin ich aber jetzt erleichtert, dass es dieser Meissner war und nicht das Lieserl. Ich hab mich ja so aufgeregt, dass ich direkt in Ohnmacht gfallen bin.« Fink relativierte ein bisschen:

»Na ja, Paulchen, zu hundert Prozent können wir das noch nicht sagen, ob's der Meissner war. Aber wahrscheinlich ist es schon. Jedenfalls hat er ein Motiv mit seiner Beichtgeschichte. Und wir haben die Aussage des Journalisten, dass er eine Lüge erzählt hat. Mal schauen, was er dagegen vorbringt.«

Das Haus Sir Johns war aus rotem Stein und sehr englisch. Es passte gar nicht recht ins Ortsbild Hintersteins, aber das machte nichts. Natürlich hing eine englische Flagge, der Union Jack, vom Balkon. Es stand sogar eine rote Telefonkabine an der Hauswand, und auch der Garten war ein typisch englischer. Sir John öffnete auf das Klingeln der beiden Besucher. Er war überrascht:

»Welcome, welcome. What brings you zu mir?« Der anglophile Fanatiker vermischte gerne die beiden Sprachen Deutsch und Englisch. Nach den üblichen Begrüßungsritualen, die sehr kurz gehalten wurden, begann Fink.

»Sie haben Informationen an die Bezirksnachrichten gesendet, die einen Aufenthalt von Matthias Schraglgschwandtner in London vorgaukelten. Was haben Sie dazu zu sagen?«

Sir John gefiel es nicht, dass der Kommissar in einem solchen Ton mit ihm sprach. Immerhin war er Schuldirektor und eine elegante Persönlichkeit, der man Respekt zollen musste. Ja, er fühlte sich wie ein englischer Lord, der aus ungeklärten Ursachen und unverständlicher Weise noch nicht von der Queen geadelt war.

»Please, please«, fing er seine Rechtfertigung ziemlich herablassend an, »don't be so unfriendly, my dear officer. Ich habe nichts vorgegaukelt, das passt nicht zu meinem Stand. Für Gaukeleien bin ich viel zu elegant. Ich habe in der Tat geglaubt, den Schraglgschwandtner in London gesehen zu haben.«

Er ging zu einer Schublade und holte eine englische Zeitschrift hervor. Sir John hatte ein Abonnement auf fünf verschiedene Newspapers und mehrere, wöchentlich erscheinende Magazine. Auf einem Foto war ein junger Mann zu sehen, der dem Hias ähnlich sah und sich mit Kochutensilien ausgerüstet vor dem Buckingham Palast präsentierte. Das Foto ähnelte jenem, das in den Bezirksnachrichten erschienen war.

»Kennen Sie this young man?«, fragte nun Meissner die überraschten Männer.

»Der schaut dem Hias wirklich ähnlich, aber er ist es nicht« sagte der Pfarrer.

Sir John antwortete: »Well, Mister Kreinhuber, Sie kannten den Matthew besser als ich. Ich aber dachte mir, als ich mein abonniertes Journal aufschlug, my god, das muss er sein. Es schien mir alles logisch. Ein junger Koch, der in London ein Star wurde. Ich schrieb dem Journalisten der Bezirksnachrichten ein E-Mail, dass ich den cook in einem englischen Magazin gesehen hätte. Da ich das Foto nicht digital hatte, sondern nur gedruckt in dieser Zeitschrift, bastelte der Zeitungsmann selber ein Bild zusammen: Er nahm das Fahndungsfoto, das in allen Medien war, setzte eine Kochmütze drauf und stellte den Hias vor den Buckingham Palast. Fertig war die Story. That's all. Erst als ich vom Tode des poor little boy hörte, wusste ich, dass ich mich getäuscht hatte.«

Fink staunte nicht schlecht. Die Geschichte war zwar ziemlich schräg, aber letztlich doch glaubwürdig, denn die Ähnlichkeit zwischen diesem Koch und Matthias Schraglgschwandtner konnte man nicht leugnen. Komisch nur, dass Stifter so eingeschüchtert war und den Namen nicht preisgeben wollte. Doch auch dafür gab es eine Erklärung, wie Meissner ausführte.

»Wissen Sie, ich wollte natürlich nicht verdächtigt werden, denn, after all, habe ich ein Image zu verlieren. Stifter beschuldigte mich on the phone, so dass ich ihm in meiner Nervosität einfach ein bisschen Angst machte. I'm really sorry for this. Aber mit dem Mord habe ich selbstredend nichts zu tun, officer.«

Kreinhuber war unendlich enttäuscht. Nun war es also doch das Lieserl gewesen. Er war so enttäuscht und fertig, dass er wegen der Beichtgeschichten des Sir John gar nicht mehr intervenierte. Fink hielt die Geschichte mit dem Kopiergeld zwar für eine Frechheit, aber für den Mordfall, den es zu klären galt, war das seiner Meinung nach nicht der Rede wert. Ein bisschen peinlich berührt verabschiedeten sich die beiden von Sir John, der gnädig meinte:

»Oh, you just did your job. Good bye and have a nice evening.«

»Nun steh ich da, ich armer Thor«, dachte der Kommissar, »und bin so klug als wie zuvor«. Den Meissner konnte man wohl von der Liste der Verdächtigen endgültig streichen. Es war schon später Nachmittag und da der Tag ein sehr ereignisreicher gewesen war, ohne dass er wirkliche Fortschritte gebracht hatte, beschloss Fink, nach Hause zu fahren. Er wollte nicht noch eine zweite Nacht im Pfarrhaus verbringen, nein, er brauchte wenigstens eine Nacht lang Abstand vom Kreinhuber und all den Hintersteinerinnen und -steinern.

»Weißt du, Kreinhuber, ich fahr jetzt heim in die Stadt. Es war ein anstrengender Tag. Morgen Vormittag mach ich ein bisschen Schreibtischarbeit und rekapituliere. Dann melde ich mich bei dir. Am Nachmittag ist das Begräbnis vom Hias, da müssen wir vorher noch einiges besprechen.«

Kapitel 35

Am Abend desselben Tages saß Carmen wie immer in ihrem Wohnwagen, trank Tee, aß Kekse und dachte an ihren verlorenen Hias. Der arme Bub hatte sich seit seinem Tod nicht bei ihr gemeldet. Sie hatte schon mehrere Male versucht, mit ihm Kontakt aufzunehmen, doch ihre Emotionalität und Trauer ließen es nicht zu, dass sie sich in einen entsprechend konzentrierten Trancezustand begab. Der Kommissar Fink hatte heute in diesem Gasthaus zu ihr gesagt, sie sollte doch mit dem Toten in Verbindung treten, um ihn befragen zu können. Carmen nahm das sehr ernst. Fink hingegen hatte es gar nicht so ernst gemeint. Er wollte damit nur die beiden Zuhörer, den Wirt und den Briefträger, aufrütteln und im Ort für Unruhe sorgen, damit der Täter nervös werde. Fink hatte ja nicht gewusst, dass die Frau neben ihren anderen unglaublichen Fähigkeiten auch tatsächlich ein Medium zwischen den Welten war. Visionen zu haben, ist die eine Sache, aber mit Verstorbenen zu plaudern, das hätte der Kommissar niemandem zugetraut. Wie auch immer, Carmen konnte es. Das heißt, sie hätte es können, wäre sie gegenüber Matthias nicht so emotional gewesen. So saß sie traurig in ihrem Wohnwagen und knabberte an den Keksen, tunkte sie hin und wieder in den Tee und sinnierte.

Plötzlich hörte sie draußen ein Geräusch. Als sie zum Fenster rausschaute, sah sie eine dunkle Gestalt vorbeihuschen, die sich nun irgendwo rund um den Wagen versteckte. Sie hatte in ihrem Leben schon einiges erlebt, so dass sie nichts mehr erschüttern konnte – schon gar nicht irgendeine Kreatur vor ihrem fahrenden Haus, das aber schon lange nicht mehr gefahren war. So stieg sie also ganz einfach aus ihrem Wagen, obwohl es draußen stockdunkel war und sie keinerlei Waffe bei sich hatte, um sich im Fall des Falles verteidigen zu können:

»Wer ist da? Wo bist du, feigä Voyeur?«

Der Voyeur, der kurz zuvor noch durch das Fenster gespäht hatte, war verschwunden. Carmen drehte eine Runde durch die Finsternis, konnte aber nichts erkennen. Sie schnappte sich schnell eine Taschenlampe aus dem Inneren des Caravans, schaltete sie ein und leuchtete damit ein wenig in der Gegend rum. Doch wieder war nichts zu sehen. Erst in dem Moment, als sie die Suche abbrechen wollte, um wieder in die warme Stube zurückzukehren, sah sie eine Stiefelspitze unter dem Wohnwagen hervorlugen. Sie beugte sich runter und leuchtete rein. Der alte Grufti lag zusammengekauert und, wie Carmen nun hörte, leise krächzend am Boden und versteckte sich. Er hatte die Augen vor Angst geschlossen und wusste nicht, dass Carmen ihn erblickt hatte. Sie gab ihm einen ordentlichen Tritt in die Seite, so dass er laut aufschrie:

»Was willstä du hier, du kleinä, altä Krautmandl?«, schrie die Roma-Frau streng, wie sie sonst selten war. Gruber erschrak heftig.

»Ach so, Carmen. Du bist das. Ich hab mei Uhr verloren, weißt. Und jetzt such ich sie überall«, stammelte er.

»Glaubstä du, ich bin totalä deppert?«, erwiderte sie schroff. Sie befahl ihm, herauszukommen und mit ihr in den Wohnwagen einzusteigen.

Im Gegensatz zu Carmen war der alte Grufti ein eher ängstlicher und scheuer Typ. Aufgrund seines hatschenden Ganges hatte er als Kind schon nicht davonlaufen können und war seitdem ein wenig traumatisiert. Carmen hatte ihn mit ihrer Unverfrorenheit gänzlich aus dem Konzept gebracht. Er wollte sie eigentlich einschüchtern, und nun zitterte er selbst am ganzen Leibe. Zwar war er es gewohnt, in der Dunkelheit auf dem Friedhof zu arbeiten, aber in der Grube einer toten Leiche hätte er sich wohler gefühlt als im Wohnwagen einer lebendigen Zigeunerin und vor allem einer Wahrsagerin! Gruber war zwar schon einmal wie fast alle Hintersteinerinnen und Hintersteiner bei Carmen zu Besuch gewesen und hatte sich allerlei Dinge vorhersagen lassen, aber nun schien ihm die Situation bedrohlich, dabei wollte er doch nur ein wenig spionieren.

»Ich wollt nur a bissl spionieren, Carmen, und schaun, ob du schon mit dem Toten in Kontakt getreten bist«, gestand er nun, da er wusste, dass man diese Frau nicht anlügen konnte. Sie lächelte ein wenig und schüttelte den Kopf. Der Grufti schien erleichtert. Carmen versuchte, ihm ganz tief in die Augen zu sehen, aber der kleine alte Giftzwerg wandte seinen Blick stets von ihrem ab. Er wusste, was sie mit Menschen machen konnte, wenn sie erst einmal deren Augen gefangen hielt.

»Warumä schaust du mich nicht anä, altä Grufti?«, sagte sie so direkt, wie sie immer war.

»Ich kann nicht lang bleiben, Carmen. Weißt eh, die Geschäfte. Tut mir leid, aber ich muss schon gehen.« Er wollte rasch hinaus, aber sie hielt ihn am Arm fest. Er begann, wieder heftig zu zittern. »Lass mich in Ruh, du Hex«, schrie er nun.

Sie aber hatte längst bemerkt, dass er ihr etwas verschweigen wollte. Sie nahm sein schmales, vor Angst bebendes Köpflein mit der spitzen Nase und den eingefallenen Backen in ihre beiden schönen, weichen, aber trotzdem starken Hände und hielt es fest. Instinktiv schloss der Totengräber die Augen, um nicht in Gefahr zu geraten, den hellseherischen Fähigkeiten der geheimnisvollen Frau zum Opfer zu fallen.

»Sagä mir, du alte Gerippä, wasä hast du mit meinä Bua, die Hiasi, gemacht? Sagä mir, was du weißtä!«

In diesem Moment erhielt sie einen Schlag auf den Hinterkopf. Bewusstlos fiel sie zu Boden. Rasch schleppte sich das schwarze Gerippe, wie sie den Gruber genannt hatte, vom Acker. An seiner Seite befand sich eine zweite Gestalt – jene, die der Carmen eins übergezogen hatte. Beide verschwanden in der Dunkelheit.

Kapitel 36

Am nächsten Morgen brummte Carmen ordentlich der Schädel. Sie hatte eine Riesenbeule am Hinterkopf. Als sie sich einigermaßen gefangen hatte und sich an alles erinnerte, eilte sie geschwind zum Pfarrer Kreinhuber, denn es schien ihr, dass dieser die richtige Ansprechperson war – vielleicht wäre ja auch der Inspektor gerade bei ihm.

Kreinhuber reagierte diesmal auf den Besuch der Roma-Frau viel freundlicher, als er das in der Vergangenheit getan hatte. Er hatte seit dem Gespräch im Gasthof noch immer ein schlechtes Gewissen ihr gegenüber. Irgendwie wollte er die sündige Eifersucht, die er gegen diese Frau stets gehegt hatte, gutmachen, aber er wusste noch nicht, wie. Als Carmen nun an seine Türe klopfte, schien es ihm, als hätte ihm der Herrgott diese Gelegenheit geschenkt, um sich von seiner Schuld zu befreien. Doch der Besuch der alten Dame verlief nicht so, dass er sich wirklich hätte rehabilitieren können. Sie war äußerst aufgebracht und sprudelte rasch hervor:

»Pfarrerä, Pfarrerä, habä ichä gestern diese alte Grufti, deine Totengräber, gesehen, wollte bei mir spionieren, ob ichä mit Hias sprächä. Als ich ihnä erwischtä, hat mir ein zweiter Individuumä auf Kopfä geschlagenä. Schau, Pfarrerä, schau!«

Sie zeigte dem verdutzten Kreinhuber unter ihrer schwarzen Mähne ein riesiges, blau gefärbtes Hörndl, das er vorsichtig betastete.

»Um Gottes Willen«, sagte er und bot ihr einen kalten Umschlag an, den sie aber ablehnte.

»Eine Beule am Hinterkopf«, murmelte der Pfarrer in sich hinein, »genau wie beim toten Hias.«

»Das muss der Mörder gewesen sein«, sagte er nun zu Carmen gewandt. Diese erzählte ihm die Geschichte des Vorabends in allen Einzelheiten.

Die beiden, die sich bis dato so gegensätzlich gegenübergestanden hatten, wurden nun in der Dramatik der Ereignisse zu Verbündeten. Das passte auch gut zu den jüngsten Entwicklungen in ihrer zwischenmenschlichen Beziehung. Kreinhuber dachte zwar jetzt nicht lang darüber nach, aber es war schon so, dass sich das Schicksal wieder einmal – wie so oft im Leben – auf unvorhergesehenen Bahnen zu einem überraschenden Schlenkerer hinreißen ließ und den katholischen Kleriker mit der Wahrsagerin verbandelte.

»Was sollen wir nun tun?«, fragte Kreinhuber sich selbst und gleichzeitig seine neue Freundin.

»Wir holen unsä diese grausigä Mandl, diesä Grubengräber Gruber und quetschen ihnä aus!«, schlug die furchtlose Frau vor und machte dabei eine Faust, die sie dem Geistlichen vor die Nase hielt. Der weniger furchtlose Kirchenmann befand das für keine gute Idee. Nach anfänglicher Nervosität fing er sich aber. Er hatte in dem Trubel ganz vergessen, dass es da ja einen gewissen Inspektor Fink gab, der auf solche Fälle spezialisiert und sogar sein Freund war.

»Wir rufen den Fink an«, stellte er nun triumphierend und mit Stolz bezüglich dieses heroischen Vorschlags fest. Carmen hatte nichts dagegen. Was hätte sie auch dagegen haben können? So griff der Pfarrer zum Hörer und wählte die Nummer seines Freundes.

Fink saß gerade beim Rekapitulieren in seinem Büro. Er ging die ganze Geschichte akribisch von vorne bis hinten durch. Der Mörder des toten Pfarrerskochs konnte an und für sich jeder sein, vom Bürgermeister angefangen über das Weidenstätter Lieserl bis hin zum Schraglgschwandtner Sepp. Sie hatten zwar nicht alle ein gleich starkes Motiv, sie hatten zum Teil auch mehr oder weniger glaubwürdige Alibis, aber bei dem gesamten Wahnsinn, der ihm in dem kleinen Hinterstein begegnet war, schloss er eigentlich nichts mehr völlig aus. Mittlerweile war kein (Hinter-)Stein mehr auf dem anderen geblieben.

Nur zwei Personen schienen ihm in diesem Ort wirklich unverdächtig, nämlich die mysteriöse Carmen und der Pauli Kreinhuber. Sie waren auch die Einzigen, die den Hias gemocht und gebraucht hatten. Den Adoptivvater des Toten hatte Fink in seinen Überlegungen bis dato ziemlich vernachlässigt, sowohl gedanklich als auch praktisch. Er wusste aus beruflicher Erfahrung, dass ein Vater seinen Sohn normalerweise nicht umbringt – umgekehrt geschah das viel häufiger. Fink kannte die Kriminalgeschichte gut.

Vatermörder gab es immer wieder. Söhnemörder fand man nicht so oft. Der Inspektor sinnierte so dahin und dachte, dass dies vielleicht damit zu tun hatte, dass sich Väter von ihren Söhnen immer irgendwie so etwas wie eine Nachfolge versprechen. Der Wunsch, einen Nachfolger zu haben, der nach dem eigenen Tod irgendwas von einem selber weiterträgt – und wenn es nur die vererbte Nase oder eine schlechte Charaktereigenschaft war – könnte der Grund für die Seltenheit von Söhnemördern sein. Nun erkannte Fink freilich gleich, dass im Fall von den Schraglgschwandtners die Sache anders lag: Erstens war der Hias nicht der leibliche Sohn, sondern der ungeliebte Adoptivsohn gewesen, zweitens hatte er die Adoptiveltern schwer enttäuscht. Warum hätte sich also der Sepp von diesem Bastard noch irgendwas versprechen sollen? Andererseits: Warum hätte er ihn auch umbringen sollen? Fink fiel beim besten Willen kein vernünftiges Motiv ein. Dass der Sepp ein bisschen wahnsinnig war, wusste er ja nicht. So oder so – hin oder her – für den Fink stand der alte Jungbauer nicht weit oben auf der Verdächtigenliste. Andere schienen ihm schon viel gefährlicher.

Hubert Deutscher, dieser politische Fanatiker, aber auch der Totengräber, dieses hinterlistige Männlein, waren trotz ihrer Alibis immer noch gefährlich. Das Weidenstätter Lieserl war bei all ihrer Naivität und Durchschaubarkeit doch undurchschaubar. Warum sollte nicht sie es gewesen sein? Ob sie ein Alibi hatte oder nicht, war immer noch nicht geklärt. Vielleicht war die verzweifelte Rettungsaktion des Kreinhuber nur großes Theater gewesen? Ach, wie es der arme Fink drehen und wenden wollte, er kam einfach nicht weiter in seinem Sinnieren. Verzweifelt schlug er mit der Faust auf seinen Schreibtisch – so fest, dass der Telefonhörer von ihm unbemerkt zur Hälfte vom Telefon sprang. Das reichte aus, um die Leitung zu blockieren. Kreinhubers Anrufe blieben daher unbeantwortet. Dieser wunderte sich, dass immer nur das Besetzt-Zeichen erklang. Der Pfarrer war aber trotz seiner kritischen Haltung gegenüber allen Technologien klug genug, um es auch auf dem Handy des Ermittlers zu versuchen. Endlich gelang es.

»Sag, warum bist du denn schon wieder nicht erreichbar?« Fink war ob der verbalen Forschheit des Pfarrers überrascht und stammelte irgendetwas von »Überlegungen« und »Sackgasse« daher.

»Steckst du etwa den Kopf in den Sand, du Vogel Strauß? Wir wissen jetzt, wer's war. Du musst schnell kommen!«, schimpfte der Kreinhuber.

Fink wunderte sich. Sollte sein weltfremder Freund, der bayrische Pfarrer, tatsächlich herausgefunden haben, wer der Mörder war? Und warum sprach er in der Mehrzahl von »Wir wissen«. Wen meinte er denn, etwa das Lieserl?

»Wer ist denn ›Wir‹, Paul?«, fragte er nach.

»Na, die Carmen und ich. Wir wissen's. Es waren der Grufti und noch ein zweiter, wahrscheinlich der Doktor Metzger.«

Fink sprang ins Auto und machte sich auf den Weg, während der Pfarrer ihm am Telefon die Geschichte Carmens ein wenig abgewandelt und spektakulärer erzählte, als sie wirklich war. Nach etwa einer Stunde Fahrzeit kam der Kommissar in Hinterstein an. Er hatte sich während der Fahrt überlegt, wie man weiter vorgehen sollte. Man beschloss, vor allem und zuerst das Begräbnis abzuwickeln und die verdächtigen Gestalten genau zu beobachten.

Kapitel 37

Der Kreinhuber musste an diesem Tag die Totenmesse lesen. Das war ihm die schwierigste Messe, die er je hatte abhalten müssen. Dafür gab es mehrere Gründe: Zum einen war der Hias ja dem Kreinhuber so nahe gestanden wie kaum ein anderer Mensch in Hinterstein, zum anderen war er ermordet worden und zum dritten war dieser Mord noch nicht aufgeklärt und der Mörder womöglich unter den Begräbnisgästen. Ein schrecklicher Gedanke. Doch der geübte gebürtige Bayer bemühte sich, diese Prüfung zu bestehen und den bitteren Kelch nicht an sich vorüberziehen zu lassen, sondern ihn lieber zu leeren. Erwartungsgemäß war der Andrang beim Begräbnis des Schraglgschwandtner enorm. Aufgrund des Medieninteresses, das durch die Falschmeldung über den Londontrip noch angeheizt worden war, und aufgrund der ohnehin naturgegebenen Neugierde der Hintersteinerinnen und Hintersteiner versammelten sich weit über tausend Menschen, um vom Hias Abschied zu nehmen. Sogar der begräbnisscheue und seit kurzem hauptverdächtige Totengräber war erschienen.

Fink beobachtete alles sehr genau. Kreinhuber hielt die Zeremonie wie in einem Trancezustand ab. Fotografen und Journalisten umzingelten ihn, aber er ließ sich nicht beirren. In seiner Predigt fand er ganz besonders berührende Worte:

»Meine lieben Brüder und Schwestern im Herrn. Heute ist ein trauriger Tag für uns alle, denn ein Mitglied unserer Kirchengemeinde und unserer Gemeinde Hinterstein hat uns verlassen. Wir trauern gemeinsam um unseren geliebten Matthias Schraglgschwandtner, der als Koch im Pfarrhof jahrelang dem Christentum große Dienste erwiesen hat.«

Die älteren Frauen nickten und weinten, so wie sie es bei jedem Begräbnis taten. Die älteren Männer starrten reglos Löcher in die Luft. Die Fotografen knipsten eine Unmenge an Bildern, alle und alles wurde fotografiert. Die Roma-Frau Carmen war zum ersten Mal in die Kirche gekommen und saß in der ersten Reihe neben Fink. Sie starrte auf den Jesus am Kreuz und grummelte die ganze Zeit über leise Gebete vor sich hin, so als würde sie sich mit dem toten Hias unterhalten. Normalerweise hätte den Kreinhuber das irritiert, aber heute störte es ihn nicht. Alle Granden des Ortes waren versammelt.

»Ich habe«, fuhr der Pfarrer nun fort, »vor einiger Zeit ein Gespräch mit unserem Matthias über die Zeit nach dem Tode geführt. Er wollte von mir wissen, was nach dem Sterben passiert.

Nun, jetzt weiß es der Matthias, und er weiß es besser als wir alle. Er weiß, dass das Leben nach dem Tod schöner ist als unser Leben hier auf Erden, und er sitzet zur Rechten Gottes, wo ihm ganz bestimmt nicht langweilig werden wird.«

Diesen letzten Satz verstand niemand so recht außer dem Kreinhuber selber, aber das war nicht so wichtig. Danach sprach der Pfarrer das aus, was an Sorge und Unbehagen in der Luft lag und was zuvor mit Fink und Carmen vereinbart worden war.

»Ich möchte euch allen, meine Schäfchen, noch etwas sagen: Fürchtet euch nicht! Das möchte ich euch sagen: Fürchtet euch nicht! So wie der Erzengel Gabriel es gesagt hat: Habt keine Angst, denn der Herr passt auf euch auf. Ich weiß, dass ihr beunruhigt seid nach dem, was dem armen Matthias passiert ist. Ich weiß, dass ihr Angst habt, es könnte der Mörder unter uns sein. Und vielleicht habt ihr recht? Ja, ganz wahrscheinlich habt ihr recht, wenn ihr das vermutet.«

An dieser Stelle ging ein Raunen durch die ganze Kirche. Sollte der Pfarrer damit tatsächlich sagen wollen, dass der Mörder hier in einer der Bänke saß? Kreinhuber blickte Fink an, dieser nickte ihm zu. Dann fuhr der Gottesmann fort.

»Der Mörder, der diese Tat auf dem Gewissen hat, ist wohl hier unter uns. Wir wissen nicht, wer es ist, aber einer von uns ist es gewesen. Vielleicht du?«, Kreinhuber zeigte auf Carmen, die im Gebet vertieft aber keine Notiz davon nahm.

»Vielleicht aber auch du!« Nun zeigte der Finger auf den armen Postillion, der gleich sein »Komm Sing Mit«-Buch fallen ließ, »Oder du!«, und jetzt traf es Dr. Metzger, der nur milde lächelte.

»Oder aber du?«, schnalzte Kreinhuber nun hervor und zeigte auf eine der ältesten und gebrechlichsten Frauen in der ersten Bank, die gar nicht hören konnte, worum es ging. Nun sah sie den Finger des Pfarrers auf sich gerichtet und wusste nicht, was sie tun sollte. Sie dachte, der Kreinhuber würde sie zu sich winken und machte Anstalten, mühsam auf ihrem Gehstock aus der Bank hervorzuklettern. Die Kirchengäste waren so gefesselt von der

Predigt, dass sie schon glaubten, die Alte wolle tatsächlich rausgehen und den Mord gestehen, doch das Weidenstätter Lieserl lief rasch zu ihr hin und schrie ihr ins Ohr. »Bleibn S′ sitzn, bleibn S′ sitzn.«

Die Alte antwortete nur: »Was? Ach so, ja freilich.« Und dann setzte sie sich wieder. Indes fuhr der Pfarrer fort.

»Wer immer es gewesen ist, er wird seiner gerechten Strafe nicht entkommen, sowohl im Himmel nicht als auch nicht auf Erden, denn was da oben der Herrgott ist, das ist da herunten der Inspektor Fink.«

Ein Blitzlichtgewitter ergoss sich über den Salzburger Cop, als diese Worte ausgesprochen waren. Es war das erste Mal, dass man ihn mit Gott verglich, das schmeichelte ihm zugegebenermaßen, denn normalerweise verglich man ihn ja nur mit den diversen Vögeln dieser Welt. Kreinhuber hatte nicht beabsichtigt, den Fink mit dem Herrgott gleichzusetzen, denn das wäre niemals möglich gewesen. Er wollte nur, wie vorher mit dem Inspektor besprochen, dem Mörder ein wenig Angst einjagen.

Fink versuchte unterdessen, alle Verdächtigen, besonders Metzger und Gruber, genau im Auge zu behalten und zu sehen, wer sich von den Worten, die von der Kanzel kamen, bedroht fühlte. Dummerweise waren das neben diesen beiden so ziemlich alle, und daher beschloss der Kommissar, noch zu beobachten, wer sich am Grab besonders auffällig verhielt.

Das letzte Begräbnis und der Sturz des Sarges in das offene Grab steckten noch allen damals Beteiligten in den Knochen, wie das Halbe-Glas wohl noch immer in der Hand der Mena Schraglgschwandtner. Genau dieses Grab hatte der Grufti nun schon wieder öffnen müssen, war es doch das Familiengrab der Schraglgschwandtners. Sepp als Ziehvater und Witwer war zwar zum Begräbnis erschienen, hatte sich aber ganz hinten beim Friedhofsausgang platziert. Für jeden, der die näheren Umstände innerhalb der Familie Schraglgschwandtner kannte, war das keine Überraschung. So auch nicht für unseren Ermittler. Obwohl Sepp nicht als Täter ausgeschlossen werden konnte, beobachtete Fink ihn nicht so eingehend wie die anderen.

Das Weidenstätter Lieserl, das während der ganzen Zeremonie freundlich und hübsch wie immer ein Lächeln auf den Lippen trug, stand bei der Aussegnung direkt vor Stefan Gruber. Wie Fink bemerkte, starrte ihr dieser ganz unverhohlen auf den Allerwertesten und machte dabei schmatzende Laute. Diese vulgäre Geste empörte den Inspektor und erinnerte ihn plötzlich an die unfassbare Beziehung zwischen dem alten Lustmolch und der Gemeindesekretärin Hannelore Mutzner. Diese war ihm bis jetzt nicht aufgefallen und seine Blicke schweiften durch die Menge. Er konnte sie nicht entdecken. Fink überlegte. Bisher schien ihm die Rolle dieser Frau unbedeutend. Doch ihre Abwesenheit beim Begräbnis verunsicherte ihn. Warum fehlte gerade sie?

Das konnte natürlich alle möglichen Gründe haben. Vielleicht nur ganz banale und unspektakuläre, dachte Fink. Während er diese Gedanken wälzte, wurde der Sarg hinuntergelassen. Gott sei Dank ohne Zwischenfälle und besondere Vorkommnisse. Weit weniger spektakulär als das Leben des Verstorbenen ging das Begräbnis unseres Pfarrerskochs zu Ende.

Kapitel 38

Mit der Bestattung der leiblichen Überreste war der vorläufige Schlussakt des schrecklichen Verbrechens vollzogen worden. Der letzte Vorhang war für den Pfarrerskoch gefallen. Hinterstein aber war als Bühne des Verbrechens noch immer in den Medien vertreten, aufgrund des Begräbnisses aktueller denn je. Wer hätte sich das jemals gedacht? Hinterstein im Zentrum der Aufmerksamkeit, so wie es sich die Bewohner immer erträumt hatten. Hätte man den Kreinhuber nach dem Zentrum des Ortes gefragt, so wäre es in jedem Fall die Kirche gewesen. Was ja durchaus Sinn ergibt, denn von hier aus hatte das Verbrechen seinen Lauf genommen. Die Kirche war sozusagen das Epizentrum des Mordes am Schraglgschwandtner. Am Hintersteiner Friedhof war schließlich auch der letzte Auftritt für den toten Hias.

Vom Ort des Gedenkens aus, direkt nach der Verabschiedung, wollte das Ermittlerduo das letzte Mal starten. Es galt nun, endlich Nägel mit Köpfen zu machen und so richtig auf den Busch zu klopfen. Fink überlegte, während er im Auto auf Kreinhuber wartete, der noch mit dem Umziehen in der Sakristei beschäftigt war, wen man am besten als Ersten heimsuchen sollte. Nachdem ja die meisten Verdächtigen auf dem Begräbnis gewesen waren, musste man ihnen Zeit geben, sich zu Hause einzufinden. Deshalb beschloss der Inspektor, zuerst die Gemeindesekretärin Hannelore Mutzner zu einigen Dingen zu befragen. Denn sie hatte er auf der Beerdigung nicht erblickt. Vielleicht wäre sie der Schlüssel, der ins Schloss der Lösung zu all den verworrenen Geschichten und Alibis passte. Als Gemeindesekretärin hatte sie ein gutes Netzwerk, oder Networking, wie man im heutigen Jargon sagt. Außerdem hatte sie mit dem neuen Hauptverdächtigen, dem Totengräber Gruber, ein Verhältnis gehabt.

»Wir fahren jetzt zur Hannelore Mutzner«, informierte der Polizist den Pfarrer. »Sie war die Einzige, die beim Begräbnis gefehlt hat.«

Kreinhuber beschrieb dem Inspektor den Weg. Fink passte es gar nicht, dass hier nun ein Pfarrer den Ton und die Richtung angab. Dementsprechend war sein Fahrstil ein wenig aggressiv. Kreinhuber war ob des gelungenen Begräbnisses eigentlich ganz guter Dinge. Ja, für einen Priester stellen auch mit Bravour gemeisterte traurige Anlässe ein Erfolgserlebnis dar. Obwohl natürlich in diesem Job Erfolg weder Messgrad noch Qualifikation bedeuten können. Wäre Stolz nicht eine der sieben Todsünden gewesen, so hätte Kreinhuber dieses Gefühl zugelassen. Aber nur innerlich, in seiner fleischlichen, körperlichen Hülle, die sich jetzt langsam aber sicher wegen des Fahrstils des Kommissars zu fürchten begann.

Mittlerweile hatte man die Birnbergkreuzung erreicht. Von hier ging eine Straße Richtung Vögerlschlund ab. Dort wohnte Hannelore Mutzner. Als Fink die Kreuzungstafel sah, ärgerte er sich. Zum Vögerlschlund hätte er doch auch selber herfinden müssen. Er nahm die ersten Kurven nach der Kreuzung mit einem ziemlich beherzten Tempo. So erschien es zumindest dem Beifahrer.

»Kannst du nit a bisserl Geschwindigkeit drosseln«, bat der Pfarrer mit ängstlicher Stimme.

Der Kommissar, der in Gedanken versunken schon beim Verhör der Mutznerin war, ließ Kurven, Abzweigungen und seinen Kompagnon neben ihm links liegen, obwohl der eigentlich rechts von ihm saß. Die Straße ging nun bergab und wurde zudem kurviger. Der Vögerlschlund war ein dunkler Talschluss. Dass hier freiwillig jemand sein Domizil errichten würde, konnte man fast nicht für möglich halten. Der Kommissar musste nun aufgrund der steilen Straße einen niedrigen Gang einlegen, um die Motorbremse zu aktivieren. Doch nach einer weiteren scharfen Linkskurve wurden das Tempo zu hoch und die Straße zu steil. Er musste auch die Fußbremse betätigen.

»Was fährst du denn jetzt so schnell«, fragte Kreinhuber sichtlich erregt.

»Weißt du nicht, dass Gottes Mühlen langsam mahlen?« Doch Finks Pupillen waren mittlerweile ziemlich erweitert und starrten durch die Windschutzscheibe in den düsteren Talschluss und dann wieder hinunter in den Fußraum. Verzweifelt trat er mit dem rechten Fuß immer wieder auf die Bremse, die aber nicht reagierte.

»Wenn ich nicht wüsst, dass Gott mit uns fährt, tät ich mich jetzt direkt a bissl fürchten«, legte der Pfarrer noch einmal nach, in der Hoffnung, nun auf die Vernunft des kühlen Ermittlers zählen zu können.

»Falls Gott wirklich bei uns im Auto sitzt, sag ihm, er soll sich lieber anschnallen. Die Bremsen sind kaputt!« Fink war weiß wie eine Möwe und ruderte am Lenkrad wie ein Matrose auf hoher See in einem schweren Sturm.

»Um Gottes Willen!« Der Kleriker bekreuzigte sich mit links, denn mit der Rechten umklammerte er den Griff am Autohimmel, in den er immer wieder Stoßgebete schickte: »Herrgott, steh uns bei.«

Fink überlegte blitzschnell, was man in einer solchen Situation machen konnte. Er versuchte zumindest, blitzschnell zu überlegen, was wiederum in solchen Situationen meistens nicht möglich ist. Er war kein Actionheld, und diese Umstände waren ihm gänzlich neu. Allerdings hatte er bei Bruce Willis schon gesehen, dass man sich nur noch aus dem fahrenden Auto werfen konnte, um glimpflich davonzukommen. Doch dazu fehlte ihm die Übung, und außerdem wäre es unverantwortlich gewesen, dem Kreinhuber, der auch nicht gerade ein Mel Gibson war, so einen Stunt zuzumuten. Mit seiner Kutte hätte er sich sicher irgendwo verhakt und wäre hängen geblieben.

So versuchte der Kommissar eben, den Dienstwagen trotz der nun schon ziemlich hohen Geschwindigkeit unter Kontrolle zu halten. Lange gelang es ihm aber nicht. Und so kam es, dass die beiden Helden in einer besonders engen Kurve mit dem Auto die schon vorher lädierte Leitschiene durchstießen und einen tiefen Abhang hinunterflogen. Kreinhuber hatte nun beide Hände um den Griff geklammert, während Fink wie versteinert das Lenkrad umkrallte und auf den Aufprall wartete.

Der kam aber nicht. Zumindest nicht so, wie erwartet. Das Auto setzte nach etwa zehn Metern am Hang auf und prallte wieder ab, wobei die Räder wie Sprungfedern wirkten. Wie ein riesiger Bussard flog das Auto durch die Lüfte.

Fink hätte in dieser lebensbedrohlichen Situation selber Flügel gebraucht, aber leider hatte er nur den Namen eines Vogels und nicht dessen Flugfähigkeiten.

Kapitel 39

Nach einem Satz von mindestens 15 Metern krachte das Vehikel in die weit auslegenden Äste eines dicken Baumes und prallte mit der Schnauze an den Stamm. Mit einem ohrenbetäubenden Knall öffneten sich gleichzeitig die Fahrerairbags. Die Windschutzscheibe barst und beide saßen mit zugekniffenen Augen in ihrem Wagen. Zitternd, ohne ein Wort zu sagen. Zögerlich öffneten sie nach und nach ihre Augen, um dann das ganze Ausmaß der Katastrophe, welche eigentlich nur durch einen glücklichen Zufall, wie sich noch herausstellen sollte, nicht tödlich endete, zu begutachten. Das Autoradio dudelte unversehrt weiterhin das Lied eines lokalen Schlagersenders: »Hurra, wir leben noch!«

»Tja, jetzt haben wir wohl unseren Schutzengel ziemlich strapaziert«, durchbrach der geschockte Inspektor das Schweigen, nachdem er den Sack des Airbags von seinem Mund weggedrückt hatte.

Kreinhuber saß da, und starrte mit weit geöffneten Augen und Mund geradeaus durch die fehlende Windschutzscheibe. Erst jetzt registrierte Fink, dass sich der Beifahrerairbag nicht geöffnet hatte. Im gleichen Moment lief dem Gottesmann eine Träne aus dem Auge.

»Mein Gott, Paul, hast du dich verletzt?«, fragte der Lenker Fink seinen Freund. Dieser saß noch immer regungslos im Fahrzeug. Es schien fast, als hätte er zu atmen aufgehört.

»Paul, sag was!«, schrie der Kommissar nun in Panik. Langsam drehte Kreinhuber den Kopf zu seinem Kollegen herüber. Tränen kullerten ihm die Wangen herunter und vermischten sich mit dem Blut der Schnittwunden, die er aufgrund der Glassplitter im Gesicht hatte. Da erst sah Fink den spitzen Ast, der sich durch das rechte Seitenfenster direkt bis zum Kopf des Klerikers gebohrt und Millimeter vor seiner Schläfe innegehalten hatte. Nun wurde auch er kreidebleich.

»Fehlt dir was, hast du Schmerzen?«, fragte Fink abermals.

Der sonst so gesprächige Kreinhuber war nicht fähig, irgendetwas mitzuteilen.

»Komm, wir sehen zu, dass wir so schnell wie möglich hier herauskommen. Ich kletter raus und du folgst mir«, übernahm der Ermittler das Kommando. Langsam öffnete er die Fahrertür. Unter ihm ging es drei bis vier Meter in die Tiefe. Der Boden schien felsig zu sein und zum Teil mit Wurzeln des Baumes durchwachsen. Langsam und vorsichtig kletterte Fink auf einen Ast hinaus, dann nahm er Kreinhuber beim Arm und zog ihn zu sich auf den Fahrersitz herüber. Das war bei dessen körperlichen Ausmaßen ein Kraftakt.

»Du musst dir die Kutte ausziehen«, befahl der Polizist. Das waren wohl die ersten Worte, die Kreinhubers Gehirn wirklich erreichten.

»Ja, bist du wahnsinnig, ich entblöß mich doch da nit vor der ganzen Welt und vor dem Herrn«, entgegnete er Fink. Dieser wollte jetzt gar nicht über Gott und die Welt diskutieren und wurde schärfer.

»Zieh sofort das weite Gewand aus, mit dem bleibst du am Weg nach unten überall hängen, vielleicht ziehst du noch das Auto mit dir in die Tiefe, und es fällt uns beiden auf den Kopf!«

»Nie und nimmer schlüpf ich aus meinem heiligen Gewand heraus, kann kommen, was will«, antwortete Kreinhuber trotzig und verschränkte die Arme.

In diesem Moment gab es einen lauten Knall. Die beiden erschraken gewaltig. Nun hatte sich auch der Beifahrerairbag geöffnet, wurde aber gleichzeitig von dem hereinstehenden Ast durchbohrt. Langsam zischte die Luft aus dem Ballon, und die weiße Hülle legte sich um den Ast. Nach Sekunden hing der Airbag nur mehr wie eine weiße Haube des Ku-Klux-Klans auf dem Holz. Wäre zum Zeitpunkt der Explosion noch jemand auf dem Beifahrersitz gesessen, die Wucht des Airbags hätte den Kopf in den Ast katapultiert und aufgespießt.

Kreinhuber wurde zuerst rot, dann weiß und dann wieder rot

im Gesicht. Er sah die Sache mit dem Airbag als Zeichen und fing an, sofort seine Kutte abzulegen. Indessen hatte sich Fink einen Ast tiefer gewagt und überlegte die Strategie des Abstiegs, welche er dann auch gleich in die Tat umsetzte. In Unterhosen und Ruderleiberl, aber am Leben, kletterte der Pfarrer seinem Freund hinterher. Unten angekommen ging man einige Schritte zur Seite und in Sicherheit. Ehe man sich gegenseitig beglückwünschte und auf die Schultern klopfte, schlüpfte Kreinhuber wieder in seinen Umhang.

Der Baum, in dem der Dienstwagen mit Salzburger Kennzeichen nun hing, war der einzige weit und breit. Von Zufall konnte hier wirklich keine Rede mehr sein, für den Pfarrer war die ganze Sache inklusive dem versagenden Airbag und dem damit gewonnenen Zeitfenster für seine Rettung durch Fink eindeutig Bestimmung. Das sah auch der an sich ungläubige Kriminaler so. Dass der Inspektor seinem Flügelkameraden, dem Schutzengel, gedankt hatte, rechnete ihm der Priester hoch an. Sie blickten beide noch mal nach oben. Das Heck des Fahrzeugs hing mit den beiden Hinterrädern verkeilt in einer riesigen Astgabel, während die Frontpartie von dem Hauptstamm durchpflügt worden war. Wäre der Baum nicht so gesund und stark verwurzelt gewesen, die Wucht des Aufpralls hätte ihn mit Sicherheit umgeworfen und die beiden Insassen mit in die Tiefe gerissen. Denn hinter dem Baum tat sich nach etwa fünf Metern ein tödlicher Abgrund auf, der sogenannte zweihundert Meter tiefe Vögerlschlund.

Der Salzburger Ermittler sah in Gedanken seine Pate vor sich: Werner Fink, getötet durch einen tragischen Unfall im Vögerlschlund. Doch damit noch nicht genug. Der Wagen hoch oben im Baum sah von weitem aus wie ein Adlerhorst. Zufall oder Bestimmung? Auf jeden Fall waren die beiden Freunde dem Tod noch einmal vom Baum gesprungen.

Ziemlich abgeschürft und frierend mussten sie dann auch noch den Abhang hinaufklettern, ehe sie blut- und dreckverschmiert am Straßenrand ankamen. Von dort aus alarmierte Fink einen

Kollegen der Polizei aus der Bezirkshauptstadt, den er gut kannte und dem er vertraute. Dieser sollte vorerst alleine kommen und niemanden von der Sache informieren. Der Beamte wollte kaum glauben, dass man so ein Glück haben konnte. Das Auto war tatsächlich mit einer unglaublichen Präzision in dem Baum hängen geblieben. Wäre es vorbeigeflogen, es hätte keine Rettung mehr gegeben.

Inspektor Fink wollte vorerst gegenüber der Hintersteiner Bevölkerung geheimhalten, dass er und Kreinhuber überlebt hatten. Der Vertrauensmann fuhr die beiden daher erstmal zu einer Routineuntersuchung ins Krankenhaus der Bezirkshauptstadt.

»Ja, ja, so leicht stirbt kein Pfarrer nicht«, sagte Kreinhuber erleichtert. Und Fink fügte hinzu: »Und auch kein Inspektor.«

Kapitel 40

Außer einem Schock, ein paar Abschürfungen und Schnittwunden hatten Fink und Kreinhuber nichts abbekommen. Der Pfarrer klagte im Klo des Krankenhauses zwar über sein entstelltes Gesicht im Spiegelbild, aber wenn man überlegte, was passieren hätte können, dann war dies alles doch ziemlich glücklich ausgegangen.

Das Auto wurde von einer Einheit der Kripo Salzburg geborgen und sofort in die kriminaltechnische Untersuchungsanstalt gebracht. Die genaue Überprüfung unmittelbar nach dem Eintreffen des Fahrzeuges ergab das, was sich Fink natürlich schon gedacht hatte: Die Bremskabel waren angesägt worden und beim ersten heftigen Tritt auf die Fußbremse gerissen. Sabotage also. Ein skrupelloser Mordanschlag auf die wichtigsten Ermittler.

Hätte der Anschlag funktioniert und das Auto wäre abgestürzt, dann wäre es ein tragischer Unfall gewesen und niemand hätte die Sabotage bemerkt. Aber durch die schützende Hand des lieben Herrgottes hatte der Baum das Schlimmste verhindert. Die Ermittlungen freilich waren dadurch etwas ins Stocken geraten. Erst nach Mitternacht konnten Fink und Kreinhuber nach umfassendem Gesundheitscheck entlassen werden. Mit dem hilfsbereiten Kollegen kamen die beiden unfreiwilligen Stunt-Car-Fahrer am Dorfplatz von Hinterstein an. Da es stockdunkel war und um diese Zeit alle schliefen, konnte im Ort niemand bemerken, dass die Verunfallten überlebt hatten.

Als sie vor dem Pfarrhof ankamen, fiel der geschulte Blick des Inspektors auf den alten, ausrangierten Dienstwagen mit den roten Streifen und der »Gendarmerie«-Aufschrift, der im gelblichen Licht einer Straßenlaterne an der Bordsteinkante stand.

»Könnte man den nicht reaktivieren?«, fragte Fink, und man hörte schon aus seinem Unterton eine gewisse Heimwerkerader heraus. Noch ehe Kreinhuber eine ernsthafte Antwort geben konnte, hatte der Polizist bereits die Motorhaube des alten Dienstfahrzeuges geöffnet.

»Sieht doch gar nicht so schlecht aus.« Wichtig war es jetzt in erster Linie, nicht aufzufallen, und vor allen Dingen, von niemandem gesehen zu werden. Daher gingen die beiden vorerst in den Pfarrhof.

Mit einem alten Gärtnermantel und einem Lagerhauskapperl getarnt, machte sich Fink zehn Minuten später an die Arbeit. Nach einer Viertelstunde, in der im Keller des Pfarrhofs noch nach Werkzeug oder Ersatzteilen »gefahndet« wurde, führte Fink den ersten Startversuch durch. Nach einigem Stottern und Zetern des alten Opel röhrte dessen Auspuff, und eine schwarze Rußwolke schoss zuerst auf das Kopfsteinpflaster des Dorfplatzes, um dann stinkend gen Himmel zu fahren.

Das war wirklich nicht der gebührende Dank, der dem Himmel heute zustand, dachte sich Kreinhuber, der das Szenario von seinem Schlafzimmerfenster aus beobachtet hatte. Hoffentlich hatte das laute Geräusch niemand gehört. Der Motor funktionierte, auch wenn er nicht ganz rund lief. Vorerst sollte der wiederbelebte

Polizeiwagen aber noch stehengelassen werden. Erst am nächsten Abend wollte Fink ihn benutzen. Müde begab er sich nach der erfolgreichen Reparatur in den Pfarrhof und verständigte noch seine Esther, die sich mittlerweile an die Anrufe aus Hinterstein zu jeder möglichen Tages- und Nachtzeit gewöhnt hatte. Er teilte ihr mit, dass er glücklich sei, den Tag überlebt zu haben, und sie sich keine Sorgen machen solle. Er habe Personenschutz von ganz oben. Dann schlief er in der verwaisten Kammer des Ex-Pfarrerskochs ein.

Kapitel 41

Als Fink und Kreinhuber am späten Morgen erwachten, tat ihnen das ganze »Fahrgestell« weh. Bei einem kräftigenden Frühstück legte man die weitere Marschroute fest. Kreinhuber hatte Sorge, dass die Bremsen des Gendarmeriewagens aufgrund des Alters von alleine kaputt gehen könnten. Da Fink aber so schnell kein anderes Dienstauto auftreiben konnte, gab es keine Alternative. Zuerst jedoch musste die Nachricht vom Tod der beiden Ermittler verbreitet werden. Dazu brauchte man einerseits das Weidenstätter Lieserl und andererseits die Hilfe eines Journalisten. Obwohl die junge Frau immer noch nicht ganz von der Liste der Verdächtigen gestrichen war, musste man sie einweihen, um den anderen dunklen Gestalten auf die Spur zu kommen. Fink erklärte dem Lieserl, was zu tun war, und musste sie deshalb zu einer Lüge animieren. Das hätte der Pfarrer nie so authentisch gekonnt. Außerdem hätte er damit gegen seinen Ehrenkodex verstoßen.

Die Weidenstätterin rief also bei dem Journalisten Stifter an und erzählte ihm von einem ganz tragischen Unfall, den der Pfarrer und der Kommissar gehabt hätten. Zwischendurch seufzte und schneuzte sie sich so aufgelöst ins Telefon, dass dem Reporter direkt graute. Würde denn Hinterstein vor neuen Leichen gar nicht mehr verschont bleiben?, dachte er. Nach einer Beileidsbekundung an Frau Weidenstätter sah sich der Journalist seinem Auftrag der Nachrichtenverbreitung verpflichtet und gab das Ganze erst mal an den lokalen Radiosender weiter, ehe er sich an die Druckversion und einen Nachruf für die beiden Ermittler machte.

Diese freuten sich, als sie am frühen Nachmittag das erste Mal im Radio ihre eigene Todesnachricht hörten. Der Plan lief gut, denn nun hatten sie freie Bahn für eine weitere Ermittlungsrunde, die sie in der hereinbrechenden Dunkelheit begannen. Nachdem am Dorfplatz nicht viel los war, schlichen sie aus dem Pfarrhof hinaus und setzten sich in das unversperrte Auto. Wie man Autos ohne Schlüssel startete, hatte Fink als Schlaumeise und Schlaumeier schon in der Nacht vorher demonstriert.

Kreinhuber war von den erlebten Dingen der letzten Tage ziemlich aufgewühlt und sehnte die Klärung des Falles herbei. Er wollte als Komplize des Guten zur Lösung beitragen. Messe hatte er ja schon seit Tagen keine mehr gehalten, denn die Rolle des Aufklärers nahm ihn zu sehr in Beschlag. Für die heutige Abendmesse hatte er jedenfalls eine gute Ausrede. Das Lieserl hatte an die Kirchentür einen Zettel geklebt: »Wegen Todesfalls des Herrn Pfarrer bis auf weiteres geschlossen«. Spätestens damit wussten alle Hintersteiner, auch jene ohne Radio, von der traurigen Neuigkeit. Auf jeden Fall konnte Pfarrer Kreinhuber nun ungestört auf Gaunerfang gehen.

Wie besprochen, fuhr man dieselbe Strecke wie am Vorabend wieder, diesmal ohne Zank, dafür mit funktionierenden Bremsen. Als sie an der Unfallstelle des Vortages vorbeikamen, lief es den beiden kalt den Rücken runter, aber sie sprachen nicht mehr davon. Endlich kamen sie beim Haus von Hannelore Mutzner an. Kreinhuber hatte große Ehrfurcht vor der Vorgehensweise Finkens. So hochoffiziell inkognito war der Pfarrer noch nie unterwegs gewesen. Deshalb schloss er ganz sachte die Tür des Wagens, obwohl es dafür eigentlich gar keine Veranlassung gegeben hätte. Der Überraschungseffekt wäre ohnehin auf ihrer Seite gewesen.

Aber Kreinhubers Phantasie hatte ein Eigenleben entwickelt. Er fühlte sich wie Pfarrer Braun bei höchst geheimen Ermittlungen. So empfand Kreinhuber, dass Fink diesmal seine Waffe besonders griffbereit hergerichtet hatte, denn offensichtlich war mit diesen dunklen Gestalten Hintersteins nicht zu spaßen.

Der Pfarrer öffnete das Gartentürl. Es knarrte. Kreinhuber duckte sich sofort und drehte sich zu Fink um. Dieser legte den Zeigefinger auf den Mund. Zumindest sah es der Priester so. Eigentlich hatte Fink bloß vom Abendessen noch etwas zwischen den Zähnen und wollte es herausholen. So schlich man auf den, durch den Frost im Vögerlschlund aufgebrochenen, unebenen Gartenpflastersteinen zum Bungalow hin. Die Behausung von Frau Mutzner war für eine Gemeindesekretärin eigentlich ziemlich einfach. Von weitem sah es eher aus wie eine Holzhütte. Als die beiden zur Tür kamen, sahen sie sich erst mal um. »Vögerlschlund 8« stand auf dem Hausnummernschild. Unseren belesenen und kosmopolitischen Kommissar erinnerte das ganze Szenario eher an den Kinofilm Hinterholz 8.

Er deutete dem Pfarrer an, sich von hinten dem Haus zu nähern, um eventuelle Personen im Gebäude ausfindig zu machen. Kreinhuber zeigte dem Fink mit dem Finger, den er zu einem Pistolenlauf machte, dass er keine Waffe bei sich hätte und drückte sein Unbehagen mit einem Naserümpfen aus, welches in der Dunkelheit aber unterging. Der blitzgescheite Inspektor hatte die Anspielung auch ohne Grimasse verstanden. Er schnappte sich eine Mistgabel, die im Frühbeet steckte, und drückte sie dem Kreinhuber in die Hand, damit er sich sicherer fühlte.

Dieser machte sich widerwillig auf den Weg und schlich ums Haus. Der Weg war im Übrigen genauso uneben wie die ganze Zufahrt. Man musste hier wirklich aufpassen, um nicht zu Fall zu kommen. Nachdem Fink dem Pfarrer etwas Vorsprung gewährt hatte, läutete er an der Haustür. Der Inspektor war fest davon überzeugt, der Lösung des Falles Schraglgschwandtner ein beträchtliches Stück näher zu kommen. Wenn die Mutznerin was wusste, würde sie im Überraschungseffekt einen Fehler begehen. Davon war der erfahrene Polizist überzeugt. Vielleicht war sogar ihr Gespiele, der alte Totengräber, grad bei ihr.

Nachdem sich auf das Läuten nichts rührte außer auf der Rückseite des Hauses der Magen Kreinhubers, der einmal gebrummt hatte, probierte es Fink noch einmal. Wieder regte sich nichts. Die Dame war offenbar nicht zu Hause. Daher ging der Inspektor auf die Rückseite des Bungalows, um seinen Freund zu verständigen. Dem mit der Mistgabel bewaffneten Pfarrer aber war langweilig geworden, und daher hatte er sich selber auf den Weg gemacht. Die beiden vollzogen somit unfreiwillig eine Rochade rund um das Gebäude. Fink war verdutzt, als er hinter dem Haus nicht den wartenden Kreinhuber antraf. Ebenso ging es dem mit der Mistgabel Bewaffneten, der schon glaubte, sein Freund hätte ihn alleine gelassen.

Gerade als er sich auf den Weg zum Auto machen und die Mistgabel wieder ins Frühbeet stecken wollte, ging im Inneren des Häuschens ein Licht an. Kreinhuber zuckte zusammen, duckte sich und kauerte sich im Frühbeet auf den Boden. Er hörte Schritte im Flur, dann sperrte jemand die Haustür auf. Was sollte er der Mutznerin jetzt als Ausrede präsentieren? Die Tür ging auf, und Fink lugte heraus. Er hatte es an der Hintertür probiert, die zu seiner eigenen Überraschung unversperrt war. Auf diese Idee wäre der Geistliche nie gekommen.

Fink bat den Pfarrer in das Mutzner'sche Heim und zeigte ihm einen Zettel, der auf einer alten, übermalten Kredenz lag.

»Treffen uns bei mir um neun, gibt was zu feiern. ubi«, stand zu lesen. Beim letzten Wort, das wie eine Unterschrift aussah, war der Zettel zerrissen. Der Name musste im Original länger sein, aber man konnte außer »ubi« nichts entziffern. Während der Pfarrer auf den handgeschriebenen Blockzettel starrte und zu verstehen versuchte, blickte sich Fink im Raum um. Das Mobilar spiegelte die Tatsache der Geldknappheit der Gemeindesekretärin wider. Für den Inspektor stand fest, dass sich die Gemeindesekretärin das Begräbnis des Onkels nie hätte leisten können. Geld konnte sie wirklich nicht viel haben, so heruntergekommen wie ihre Behausung und deren Einrichtung waren. Alle Möbel stammten aus den Siebzigern, die Vorhänge hatten große Blumenmuster. Und die Fliesen und PVC-Böden waren ebenfalls von anno dazumal. Kreinhuber unterbrach Finkens Überlegungen.

»Ich glaube, ubi ist die Abkürzung für ›Hubi‹, Hubert Deutscher.«

»Genau das denke ich auch«, konstatierte der Ermittler und ging wieder ins Vorhaus, um die Tür von innen zu versperren.

Dann machte er überall das Licht aus und fuhr los. Im Auto diskutierten die beiden darüber, was die Mutznerin mit ihrem Verdienst wohl so machte. Auf eine korrekte und saubere Unterbringung legte sie offenbar keinen Wert. Auf jeden Fall müsste man nun überprüfen, ob auch sie ein Gspusi mit dem HKP-Gemeinderat hatte und was es denn Besonderes zu feiern gab. So fuhren die beiden aus dem Vögerlschlund weg, ohne jemanden angetroffen zu haben. Nach einer halben Stunde waren sie dann beim Haus Hubert Deutschers eingetroffen. Das Auto ließ man wieder etwas abseits stehen, um den Überraschungseffekt voll ausnutzen zu können.

Kapitel 42

Als Fink an der Haustür läutete, machte niemand auf. Gewaltsam wollte er nicht eindringen, hatte er doch keinen Durchsuchungsbefehl, und im Gegensatz zu den Kommissaren im Fernsehen verletzte er selten gewaltsam den Hausfrieden der Verdächtigen. Er hielt sich fast immer an die Gesetze. Fast immer, denn wo Türen offen standen, empfand er es als Einladung, mal kurz vorbeizuschauen. Aber ansonsten war er gesetzestreu, denn wo käme man hin, wenn sich selbst die Polizei nicht mehr an die Gesetze hielte und einfach einbrechen würde. Da wären dann Recht und Unrecht noch schwieriger auseinanderzuhalten. Nein, Fink ließ sich auf solche Dinge nicht ein. Nur in äußersten Notfällen, wenn es um Leben oder Tod ging, brach er das Gesetz. Aber so akut schien ihm die Lage diesmal nicht. Man hatte ja eher erwartet, eine leicht bekleidete Mutznerin in den Armen des Charmeurs Deutscher vorzufinden. Gefahr war keine in Verzug. Einen Durchsuchungsbefehl hatte Fink aber jedenfalls schon beantragt, und zwar für alle Häuser der Verdächtigen.

Kreinhuber hatte sich diesmal mit einer kleinen Gartenhaue bewaffnet – etwas anderes lag nicht herum. Man beratschlagte:

»Vielleicht haben sie sich woanders zu einem Techtelmechtel getroffen«, mutmaßte der Pfarrer.

»Kann sein, außer das »ubi« heißt etwas anderes. Aber was?«, fragte sich Fink.

Kreinhuber hielt noch immer die Gartenhaue in der Hand.

»Willst du die dem Deutscher fladern? Damit könntest du deinem Totengräber Konkurrenz machen. Nimm sie nur mit«, grinste er. »Vielleicht brauchst du sie ja in Zukunft wirklich, falls wir den Grufti einlochen müssen.«

Der Pfarrer war über seine eigene Schussligkeit etwas verärgert. Er drehte am Absatz um und schmiss die Gartenhaue wieder in das Grundstücksinnere von Hubert Deutscher.

»Ich mag ja die Herumgraberei überhaupt nit. Um nichts auf der Welt würde ich den Job vom …«

Dann hielt der Priester inne.

»Jetzt weiß ich's!«, stieß er hervor.

»Was?«, fragte Fink neugierig.

»Grubi sollte das auf dem Zettel heißen, nicht Hubi. Den Zettel hat der Totengräber gschriebn«, klärte der Pfarrer auf.

»Ist das ein Spitzname vom Gruber?«

»Grufti, Mufti, Stoff, Steffei – zu dem sagt jeder anders«, erwiderte Kreinhuber. »Aber er selber hat öfters von sich als »Grubi« gesprochen. Das klingt nicht so blöd, hat er mir einmal erklärt.

Das könnte er auch den Kindern besser beibringen, die ihn immer wegen des Glöckners hänselten.«

»Wir fahren mit dem alten Gendarmerie-Opel in der Pampas herum, wo die Mutznerin vielleicht gleich neben der Kirche beim Gruber Stefan verweilt«, resümierte Fink.

»Nichts wie los!« Während der Fahrt stellten sich die beiden in ihrer Phantasie abermals das Schäferstündchen des grausigen Gruber Stefan mit der attraktiven Hannelore Mutzner vor. Stillschweigend allerdings, denn darüber sprechen wollte man im Detail nicht, schon gar nicht der Geistliche. Die beiden Männer brausten nun also nach dem erfolglosen Besuch bei Deutscher zum Haus des Totengräbers.

Obwohl dieses Haus mitten in Hinterstein lag, war es ungepflegt und mit Totengestank umhüllt. Ob dies vom nahen Friedhof kam oder aus der Bude, konnte man nicht sagen. Jedenfalls lag etwas Gespenstisches in der Luft. Es war mittlerweile 23.00 Uhr. Fink, der Geier nicht mochte und Aasgeier noch viel weniger, konnte trotz seiner langjährigen Erfahrung mit Verbrechen und unheimlichen Dingen sein Unbehagen nicht leugnen. Sie klingelten. Kreinhuber verzichtete diesmal auf eine Bewaffnung und ging dafür hinter seinem Freund ein wenig in Deckung. Es dauerte eine Weile, bis sich etwas tat. Nach mehreren Versuchen öffnete sich die Tür. Kreinhuber erschrak beim Anblick des Totengräbers. Dieser wiederum erschrak beim Anblick Finks. Er hatte nicht mit Besuch gerechnet. Schon gar nicht mit dem Besuch zweier Personen, die eigentlich tot sein mussten. Er war kreidebleich im Gesicht und schaute so, als würde er Gespenster sehen. Dennoch war er sehr bemüht darum, freundlich und ruhig zu wirken, aber es gelang ihm überhaupt nicht. Er war ein nervöses Männlein und seine Unsicherheit wurde durch sein kaputtes Bein noch verstärkt. Der Überraschungscoup, den der Inspektor erhofft hatte, schien zu funktionieren.

»Aber Sie sind doch… im Radio haben's doch gsagt, dass…« Gruber hielt inne.

»Dürfen wir kurz mit Ihnen sprechen?«, fragte Fink. Der Totengräber beteuerte, er hätte grad sehr wenig Zeit und wäre froh, wenn es ein andermal ginge.

Doch Fink ließ nicht locker. »Es ist aber sehr dringend.«

Plötzlich ertönte von hinten eine Stimme. Es war jene von Hubert Deutscher: »Grufti, was is denn los? Wer is denn da? Kommst du endlich wieder zurück in die Küch zum Feiern?«

Fink und Kreinhuber ließen sich nun vom Totengräber nicht mehr aufhalten und drängten ihn zur Seite. Als der Inspektor nun in die Küche spechtelte, da sah er etwas ganz Bemerkenswertes. Sie war gerammelt voll.

Kapitel 43

Alle Personen, die in der Küche von Stefan Gruber versammelt waren, kamen in den Aufzeichnungen des Schraglgschwandtner Hias vor. Dort saßen der Arzt Dr. Metzger, der Bürgermeister, die Gemeindesekretärin Hannelore Mutzner, der Gemeinderat Hubert Deutscher und der Schuldirektor Johann Sir John Meissner. Konnte das ein Zufall sein? Offensichtlich feierten sie etwas. Beim Anblick von Fink und Kreinhuber wurde es plötzlich mucksmäuschenstill im Raum. Die beiden wurden angestarrt, als wären sie zwei Phantome.

»Meine Damen und Herren, das trifft sich ja ausgezeichnet«, begann Fink. »Sie können gleich alle hier bleiben, ich hab Ihnen einige interessante Fragen zu stellen.«

Die Runde wurde unruhig, bemühte sich aber genau so wie der Grufti zuvor, einen coolen Eindruck zu vermitteln.

Kreinhuber drängte sich durch die Küchentüre. »Na, servus, Kaiser«, entfloh es ihm. Und im Flüsterton sagte er zu Fink: »Da könnt man ja direkt Angst kriegen bei diesen ganzen, eigenartigen Gestalten, wenn man weiß, was die so auf dem Kerbholz haben.«

Fink, dem der Kreinhuber in dieser Situation etwas lästig war, fuhr fort: »Was gibt es denn Schönes zu feiern?«, fragte er.

Der Bürgermeister lächelte. »Ich hab heute mein zehnjähriges Bürgermeister-Jubiläum und da haben wir uns ein bisschen zusammengesetzt und angestoßen.«

Fink schaute Kreinhuber an. Mit dem fragenden Blick wollte er herausfinden, ob der Bürgermeister tatsächlich genau zehn Jahre im Amt war, aber Kreinhuber war noch nicht so lange im Ort, um das zu wissen, und er konnte deswegen keine Antwort geben. Außerdem hatte der Pfarrer wieder einmal nicht überrissen, was der Ermittler überhaupt von ihm wollte. Fink ging trotzdem gleich zum Angriff über.

»Ich habe interessante Geschichten über Sie alle hier in Erfahrung gebracht.« Die Verdächtigen warfen sich gegenseitig fragende Blicke zu.

»Kurz, ich weiß alles über ihre skandalösen Beichten.« Nach diesen Worten trat betretenes Schweigen ein. Keiner gab einen Laut von sich.

»Ich werd also gleich mal mit Ihnen, lieber Herr Bürgermeister, beginnen.« Der Bürgermeister begann zu transpirieren, als hätte er gerade zwei Stunden in der Sauna verbracht. Hilfesuchend blickte er sich um. Die anderen sagten nichts.

»Sie haben also…«, begann der Kommissar. Doch bei diesen Worten schon sprang der Bürgermeister auf und schrie herum, es dürfe ein Beichtgeheimnis nicht ausgeplaudert werden. Dabei sah er hilfesuchend zum Pfarrer Kreinhuber.

Dieser blieb ganz kühl. »Ja, was schaun Sie da mich an. Bei mir haben Sie ja nicht gebeichtet. Ich hab auch nichts ausgeplaudert. Außerdem geht es hier um einen Mord.«

Hubert Deutscher, der von Anfang an schon nicht mehr wusste, wie er sich drehen und wenden sollte auf seinem Stuhl, hielt es nicht mehr länger aus.

»Was soll denn das? Sie können uns doch nicht verdächtigen. Das ist ja eine Frechheit. Und außerdem, was habn unsre Beichten mit dem Mord am Hias zu tun?« Die Runde unterstützte diese Frage mit intensivem Kopfnicken.

Fink erklärte also. »Die Beichten liefern ein Motiv. Denn es war nicht unser Kreinhuber hier, der im Beichtstuhl saß, sondern der Hias. Aber das dürften Sie ja bereits in Erfahrung gebracht haben. Und der schlaue Koch hat alles mitgeschrieben.«

Deutscher blickte mit starren Augen auf die Gemeindesekretärin. »Aber du hast doch gesagt, dass du den blöden Laptop während der Begräbnisfeier entsorgt hast!«

Die Gemeindesekretärin wurde grünlich im Gesicht. Das schlug sich eindeutig mit ihrer rosaroten Weste. Mit dieser Gesichtsfarbe verkaufte sich die sonst Adrette unter ihrem Wert. Deutscher hielt inne, als er merkte, was er mit seiner Aussage angestellt hatte. Denn für Fink war damit eine der Fragen schon geklärt, nämlich, wo dieser vermaledeite Laptop hingekommen war. Offensichtlich wussten diese Personen, wie sie da saßen, alle etwas über den Mord. Aber es galt, noch aufzuklären, was genau sie damit zu tun hatten. Die Verdächtigen schwiegen nach Deutschers Fauxpas. Auch die Gemeindesekretärin hielt es für besser, auf Huberts Angriff nicht zu reagieren. Niemand wollte mehr etwas sagen. Ganz so, als hätten sie sich das zuvor ausgemacht.

Kreinhuber kaute nervös an einem Lutschbonbon, welches er aus Finkens Auto hatte mitgehen lassen, und machte dabei krachende und zischende Laute. Er fand das Ganze äußerst spannend, spannender als einen Krimi. Einmischen mochte er sich jetzt vorerst nicht. Die Befragung überließ er dem Profi Fink. Dieser beschloss, nachdem er das minutenlange Schweigen der Anwesenden nicht mehr aushielt, eine neue Strategie zu versuchen.

»Herr Deutscher, so wie Sie sich gebärden, haben Sie wohl ein schlechtes Gewissen«, sagte er ganz ruhig.

»Woher wissen Sie denn, was auf dem Laptop drauf war?«

»Gar nichts, gar nichts war drauf auf dem Laptop«, stieß dieser hervor und merkte nicht, dass er sich damit noch weiter hineinritt.

»Und woher wissen Sie das?« Jetzt erst erkannte Hubert, was für einen Fehler er gemacht hatte und versuchte, so zu tun, als wäre nichts gewesen.

»Woher weiß ich was? Ich kenn mich nicht aus. Und ich lass mich nicht verdächtigen von Ihnen, Herr Inspektor. Ich bin ein unbescholtener Mann und hab nichts Schlimmes gemacht.«

Da fuhr der Kreinhuber, der diese bizarren Lügen nicht ertragen konnte, aus der Haut, und verschluckte sich fast an seinem Bonbon. »Gib doch zu, du Sünder, dass du den Mord an meinem Hias geplant und durchgeführt hast!«

Jetzt flippte Deutscher fast aus. Er sprang auf, schrie herum und schimpfte, dass er diese Verleumdungen nicht akzeptiere und er der einzige anständige Hintersteiner wäre. Fink nahm die Gelegenheit beim Schopf. Die anderen in der Runde schauten überrascht zu.

»Sie haben herausgefunden, dass der Hias im Beichtstuhl gesessen war und nun alles wusste. Und weil Sie Angst hatten, er könnte alles weitererzählen – dem Beichtgeheimnis unterlag er als Pfarrerskoch ja nicht – weil Sie also diese Angst hatten, haben Sie ihn brutal umgebracht. Sie, Herr Deutscher, Sie sind der Mörder.«

Bei diesen Worten fuhr es dem Verdächtigen durch Mark und Bein. Er fühlte sich in die Enge getrieben und von den anderen konnte er keine Hilfe erwarten.

»Nein, ich war es nicht. Ich war es nicht. Mit dem Mord am Hias hab ich nichts zu tun. Ich schwör's. Außerdem hab ich ein wasserdichtes Alibi.«

»Schwöre nicht zu leichtfertig«, fügte Kreinhuber hinzu und senkte den Blick.

»Wer also war es dann?«, fuhr Fink fort.

»Vielleicht Sie, Herr Meissner oder soll ich sagen: Sir John? Was war nochmal Ihre Sünde, die Sie beichteten? Ach ja, Sie schlagen Kinder. Ein ausgewachsener Mann, ein Schuldirektor, der Kinder schlägt? Schändlich genug. Aber nicht nur das: Sie haben auch noch Geld unterschlagen. Unsummen von Geld. Geld von armen Familien, die sich keinen Urlaub leisten können nach England oder sonst wohin, Sir John.«

Sir John reagierte auf diese Anschuldigungen äußerst eigenartig. Er begann zu singen, ja, er summte ein Liedchen vor sich hin und wirkte völlig abwesend. »Good morning, good morning, good morning....«

Erst als Fink mit der Faust auf den Tisch schlug, kam er wieder zu sich. Der Inspektor fuhr fort.

»Ja, Sir John. Und weil Sie die Schande nicht ausgehalten hätten, wenn der Hias das weitererzählt hätte, dass Sie – ein ehrenwerter Mann – Kopiergeld von armen Kindern in die eigene Tasche gesteckt haben, weil Sie diese Schande nicht ausgehalten hätten, musste der Hias sterben. Sie, Sir John, Sie sind der Mörder.«

Aber auch Sir John leugnete vehement, wies alle Anschuldigungen von sich und meinte schließlich:

»Und im Übrigen verbitte ich mir diesen Ton. Don't speak to me in this way.«

Fink wusste, dass er auf dem richtigen Weg war. Die anderen in der Runde hielten es schon fast nicht mehr aus. Sie spürten, Sie würden alle nach der Reihe drankommen.

»Aber zurück zu unserem Herrn Bürgermeister«, setzte Fink fort.

»Der große, ehrenwerte, große Bürgermeister von Hinterstein hat doch tatsächlich...«

»Halt, ersparen Sie mir das«, schrie der Politiker.

»Ich war nicht dabei. Ich hab nichts mit dem Mord am Hias zu tun. Ich bin völlig unschuldig. Ich kann nichts dafür.«

Bei diesen Worten geriet die Runde plötzlich in Bewegung. Dr. Metzger und Sir John versuchten zwar, die Ruhe zu bewahren und die anderen dazu zu bringen, endlich die Klappe zu halten und nichts mehr weiter auszuplaudern.

»Ohne unsere Anwälte sagen wir jetzt nichts mehr«, intervenierte Dr. Metzger. Das nahm Fink zum Anlass, auf diesen Herrn genauer einzugehen.

»Ach ja, Herr Doktor. Von Ihnen haben wir ja noch gar nicht gesprochen. Sie wenden Ihre Spritzerl ja sehr großzügig an und leisten gerne Sterbehilfe. Ob die Betroffenen das auch immer als eine Hilfe verstehen? Was meinen Sie?«

Nun wankte auch der Gott in Weiß. Im Raum machte sich eine solche Nervosität breit, dass kaum jemand mehr Herr über sich selbst war. Der Bürgermeister wollte aufstehen und gehen.

»Ich muss jetzt nach Hause, Herr Inspektor. Sie können hier ja weiterermitteln, aber ich geh jetzt, denn ich hab nichts mit dieser Sache zu tun.«

Diese Aussage erzürnte den HKP-Gemeinderat. »Was, du hast nichts damit zu tun? Dass ich nicht lach. Es war doch deine Idee«, sagte Deutscher zu seinem politischen Intimfeind.

»Was war seine Idee?«, fragte Fink.

»Den Hias umzubringen«, schluchzte nun die Gemeindesekretärin.

»So eine Frechheit«, schrie der Bürgermeister. »Es war doch der Grufti, der uns das geraten hat.«

Das kleine, geierähnliche Männchen mit seinem Buckel, das die Szene von der Seite beobachtet hatte, atmete schwer.

»Ich hab euch nur gesagt, dass es nicht der Pfarrer, sondern der Hias war, der im Beichtstuhl gsessn is. Mehr hab ich nicht getan. Außerdem hätt der uns alle verraten können, dieser Pfaffenkoch, dieser verdammte.«

Mit dieser Aussage war der Damm gebrochen, und es wurde langsam klar, was sich in Hinterstein zugetragen hatte. Die Täter und Täterinnen waren nun alle sehr geschwätzig und sangen wie die Vögelein, was Fink besonders freute. So erfuhr er ganz genau, wie sich alles zugetragen hatte. Und das noch dazu vom Gruber, dieser falschen Krähe. Das war für Fink als Saubermann und Geiergegner natürlich eine Genugtuung.

Kreinhuber erschrak ein wenig, als der Aasgeier plötzlich loskrächzte. »Das war ja alles nur ein blöder Zufall. Nach meiner Ablass-Beichte setzte ich mich in eine Kirchenbank und betete, weil die Strafen meiner Sünden ja schwer wogen, dreiundvierzig Vater Unser. Das dauerte natürlich ziemlich lange. So ungefähr nach einer halben Stunde, ich war gerade beim zweiundvierzigsten Vater Unser angelangt und wunderte mich schon, was der Pfarrer noch so lange im Beichtstuhl gmacht hat, hab ich langsam die Türe vom Beichtstuhl aufgehen und wen rauskommen gsehn. Ich wär ja fast mei eigener Kunde worden, wie ich die Visage vom Hias gsehn hab. Ich hab's dann den anderen erzählt, die ich bei der Beichte gsehen hab, und dann habn wir ihn aufgsucht, diesen Sauburschen.«

Kreinhuber und Fink hörten gespannt zu. Die anderen saßen mit hängenden Köpfen daneben. Keiner versuchte mehr, sich aus der Affäre zu ziehen, denn es wäre zwecklos gewesen.

»Er wollt uns erpressen und hat uns gedroht, dass er unsere Gschichten der Polizei erzählt und den Medien noch dazu. Schweigegeld hat er gfordert. Hunderttausend Euro wollt er haben. Er hat gsagt, er will endlich aus Hinterstein abhaun, hat er gsagt.«

Fink und Kreinhuber erfuhren nun alle Details der schrecklichen Tat.

»Wenn der depperte Stall abbrennt wär, dann hätt man ihn nie gfunden«, schloss der Totengräber sein Geständnis.

Das Szenario in der ekligen Hütte des Totengräbers schien wie aus einem Kriminalfilm. Die schrecklichen Gestalten hatten das schaurige Verbrechen tatsächlich gemeinsam verübt und dem Schraglgschwandtner ein Osterei in den Hals und jeweils drei Palmkatzerln in die Nasenlöcher gesteckt.

Auch die Sabotage an Finkens Auto wurde zugegeben. Diese ging auf das Konto von Hubert Deutscher, welcher das kurz vor dem Begräbnis des Matthias erledigt hatte. Alle anderen waren damit selbstverständlich einverstanden gewesen. Wie Fink und Kreinhuber überlebt hatten, war ihnen schleierhaft.

Dass ihre Feier, deren Anlass eigentlich die erfolgreiche Beseitigung der Ermittler gewesen war, nun in einem solchen Fiasko endete, war ihnen in der Geschwindigkeit noch gar nicht bewusst geworden. Das sollten sie erst vor Gericht realisieren und in den Gefängniszellen in den vielen Jahren danach.

Der Mord war geklärt, die Täter geständig. Mit einem Schlag waren fast alle prominenten Hintersteiner, vom Bürgermeister über den Schuldirektor bis hin zum Totengräber, als Verbrecher entlarvt.

Kriminalkommissar Werner Fink blieb mit dem Dorf und vor allem dem Pfarrer weiterhin in freundschaftlicher Verbindung. Die beiden telefonierten hin und wieder und wärmten alte Beichtgeschichten auf. Deshalb stritten sie manchmal sogar ein wenig, um dann aber doch wieder versöhnlich einzulenken.

Bei einem dieser spätabendlichen Telefonate fragte der Inspektor dann noch zu guter Letzt den Pfarrer, was er eigentlich dem kleinen Margaretherl über den nächtlichen Besuch in der Kammer erzählt hätte, was bei allen außer ihm damals zu so guter Laune geführt hatte.

Kreinhuber lachte verschmitzt und erwiderte: »Du bist ein neugieriges Meiserl, mein Fink. Aber alles kannst auch du nicht in Erfahrung bringen. Irgendwann wird's dir sicherlich ein Spatz vom Dach pfeifen. Und jetzt schlaf gut, Werner.«

Kriminalkommissar Fink legte das Handy weg und sich selber zu seiner Esther, wohlwissend, dass er auch dieses kleine Geheimnis eines Tages lüften würde.

Lisa Gallauner

Teufelsmahl

Der zweite Fall von Chefinspektor Hans Meierhofer und Stefano Staudinger.
Ein erfolgreicher Unternehmer wird an einen Stuhl gefesselt in einer Waldhütte aufgefunden - vergiftet. Schnell sind dessen ehemalige Frau und deren gemeinsamer Sohn als mögliche Täter ausgeforscht. Doch wenig später passiert erneut ein Verbrechen. Wieder wird ein Mann vergiftet, wieder in einer Waldhütte und wieder wurde das Opfer an einen Stuhl gefesselt. Die Parallelen zwischen den Morden sind offensichtlich - doch augenscheinlich gibt es keine Verbindung zwischen den Opfern..